사이비
The fake

사이비
The fake

1판 1쇄 인쇄	2013년 11월 20일
1판 1쇄 발행	2013년 11월 25일

원작 연상호
소설 방진호

발행인 김성룡
편 집 이성주
교 정 김은희
디자인 권혜영
펴낸곳 도서출판 가연
주 소 서울시 금천구 가산동 37-50 에이스하이앤드 3차 1407호
구입문의 02-858-2217
팩 스 02-858-2219

ISBN 978-89-6897-004-7 13810

* 이 책은 도서출판 가연이 저작권자와의 계약에 따라 발행한 것이므로
  본사의 서면 허락 없이는 어떠한 형태나 수단으로도 이 책의 내용을 이용할 수 없습니다.
* 잘못된 책은 구입하신 서점에서 교환해 드립니다.
* 책 정가는 뒷표지에 있습니다.

사이비
The fake

| 연상호 원작
| 방진호 소설

가연

차 례

프롤로그 · 6
1. 귀향 · 20
2. 교회 · 50
3. 기적 · 70
4. 천양호텔 · 96
5. 하나님의 일 · 118
6. 탈출 · 138
7. 침묵 · 154
8. 충격 · 178
9. 상처 · 190
10. 할머니의 죽음 · 206
11. 아버지와 딸 · 226
12. 응징 · 254
13. 최후의 심판 · 294
에필로그 · 320
부록 · 327

프롤로그

안 내
수몰예정지역
수로선
↓
EL 265.5

너른 벌판에 제법 크게 한 동 세워진 비닐하우스는 주변은 물론 그 비슷한 구조물조차 없는 황량한 곳에 위치해 있었기에 더욱 커 보였다. 하지만 그 모양은 조악하기 그지없어, 꼭대기에 세워 놓은 십자가가 없었다면 교회라는 것을 알 수 있을 만한 것은 거의 없었다.

 주변에 펼쳐진 농지와 벌판은 꽤 넓어서 언뜻 보면 모두 교회 앞마당처럼 보였다. 그곳에 사람 좋아 보이는 인상의 남자가 서 있었다.

 30대 중반으로 보이는 그는 한쪽 구석에 묶여 있는 개를 물끄러미 바라보다 머리를 쓰다듬었다. 집도 없이 땅에 대충 박은 말뚝 하나에 덩그러니 묶여 있는 개는 뭐가 좋은지 연신 꼬리를 살랑거리며 그의 손길을 반겼다.

 그때 누군가 큰 소리로 그를 불렀다.

 "성 목사님! 성철우 목사님!"

 남자는 자신의 이름을 부르는 소리에 고개를 돌렸다.

 "……."

 성 목사를 부르며 비닐하우스 교회 안에서 급한 걸음으로 나오는 한 사람이 보였다. 40대 중반에 멀끔하게 정장을 차려입은 사내는 한 손에는 성경을 들고 다른 손을 성 목사에게 들어 보이며 다가왔다. 이곳에서 장로를 맡고 있는 최경석이었다.

"성 목사님!"

최 장로는 습관처럼 주변을 한번 둘러보고는 밝은 표정으로 성 목사에게 다가와 살가운 목소리로 입을 열었다.

"아이구, 아니 지금 이렇게 계시면 어떻게 해요. 지금 다들 목사님 말씀 들으려고 기다리고 있는데요."

성 목사는 한 손으로 개를 쓰다듬으며 최 장로를 말없이 바라보았다. 최 장로는 자신보다 어린 성 목사의 태도가 내심 불쾌했지만 산전수전 다 겪은 능구렁이답게 속내를 감추고 웃으면서 말을 이었다.

"이거 새 신자들을 만난다고 들뜨셨나 보네요?"

성 목사는 미소로 대답을 대신한 채 여전히 꼬리를 흔드는 개만 쓰다듬었다. 개는 앞발을 굴려 성 목사에게 매달리려 했지만 묶인 줄 때문에 번번이 실패했다.

최 장로는 개를 힐끔 보며 말했다.

"야, 이놈 이거, 강 사장님이 실한 놈으로 보내셨네. 지웅아, 빨리 이놈 준비 좀 해줘라."

최 장로가 손짓을 하자 저쪽에서 사내 서넛이 어슬렁거리며 다가왔다. 그중 한 명은 해머를 바닥에 질질 끌며 야릇한 웃음을 띠고 있었다. 사내들이 내뿜는 폭력적인 기운을 느꼈는지 개가 가랑이 사이로 꼬리를 감추며 낑낑거리기 시작했다. 성 목사는 묵묵히 개를 바라보았다.

"자자, 여기서 이러지 말고 신도님들 기다리시니까 일단 안으로 들어가시죠."

최 장로는 성 목사의 팔을 잡으며 비닐하우스 쪽으로 잡아끌었다. 성 목사는 개가 조금 신경 쓰이긴 했지만 조용히 최 장로를 따라나섰다.

그 사이에 사내들이 개를 둘러쌌다. 성 목사는 걸음을 옮기며 잠깐 뒤돌아보았지만, 건장한 사내들에 가려 개의 모습은 보이지 않았고 낑낑대는 소리만 들릴 뿐이었다. 사내들은 뭐가 즐거운지 눈을 희번덕거리며 야비한 웃음을 흘렸다.

최 장로가 성 목사의 주의를 끌려는 듯 낮게 헛기침을 했다. 그때서야 성 목사는 최 장로에게로 시선을 옮겼다.

"목사님, 어떻습니까? 뭐, 좀 보기엔 누추해 보이긴 하지만 그래도 짧은 시간에 준비한 거에 비하면 있을 건 다 있습니다."

"아, 최 장로님이 너무 수고 많으셨습니다."

성 목사는 온화한 미소를 지으며 고개를 끄덕였다.

"벌써 여기 오면서 여기 마을 사람 몇이랑 얘기를 해봤는데요. 댐 들어서서 마을이 물에 잠긴다고, 돈 받고 고향 넘긴 것 아니냐고 괴로워하는 우리 형제들이 많이 있어요. 여기 우리 형제들에게 다 같이 모여 살 수 있도록 큰 기도원도 세우고 교회도 새로 크게 짓는다고 했더니 다들 벌써부터 기대들이 커요."

최 장로는 혀로 입술을 훔치며 말을 이었다.

"목사님도 새로 지어질 교회에서 담임 목사 한번 되셔야죠. 안 그렇습니까?"

"저야 그저 하나님의 뜻에 따라 사는 사람일 뿐입니다."

성 목사는 조용히 고개를 끄덕이며 겸허하게 말했다.

"그렇죠. 바로 그겁니다. 여기 힘들고 지친 사람들에게 그 하나님의 밝은 빛을 보여 주는 거죠."

최 장로는 갑자기 나란히 걷던 성 목사를 붙잡아 세우며 기대에 찬 목소리로 말했다.

"목사님! 여기에선 목사님은 빛입니다. 이 마을을 구원하러 온 메시아라고요! 아시겠습니까? 예?"

성 목사는 여전히 미소로 대답을 대신했다.

두 사람은 바깥세상과 교회를 구분 짓는 유일한 커튼을 젖히고 예배당 안으로 들어섰다.

"자, 어떻습니까? 밖에서 보는 것과는 다르죠. 있을 건 다 있습니다."

정말이었다. 내부는 생각보다 널찍했고 단상부터 스피커 등의 음향기기까지 최 장로의 말대로 있을 건 다 있었다.

성 목사는 앞에 있는 단상에 올라 예배당을 둘러보았다. 이미 수많은 사람들이 예배당에 모여 앉아 저마다의 목소리로 절을 하고 박수를 치며 통성 기도를 하고 있었다.

"……."

성 목사는 그런 모습을 무표정한 얼굴로 한참 동안 바라보았다.

사람들은 미친 것처럼 울고 소리 지르며 기도했지만, 성 목사의 얼굴엔 아무 감정도 보이지 않았다. 마치 두 개의 전혀 다른 세계가 마주하고 있는 것처럼 단상을 기준으로 양쪽의 모습은 이질감이 느껴질 정도로 너무나 대비되어 보였다.

* * *

안개가 잔뜩 낀 새벽 논두렁 길. 희뿌연 안개를 뚫고 누군가 걷고 있었다.

느긋하게 어슬렁거리며 걷는 팔자걸음, 꼿꼿이 세운 목, 깔보는 듯 내리깐 눈을 한 사내가 안개 사이에서 모습을 드러냈다.

"카아악, 퉤!"

어림잡아서 사오십 대로 보이는 사내는 아주 익숙한 동작으로 침을 뱉고는 거칠게 난 수염을 손으로 쓸었다. 늘 다니던 길이지만 오랜만에 돌아왔기에 익숙함과 어색함이 걸음마다 번갈아 느껴졌다.

어깨에 멘 큰 가방이 흘러내리자 사내는 신경질적으로 가방을 추켜올리고는 앞을 바라보며 우뚝 멈춰 섰다. 그의 가방엔 매직펜으로 대충 휘갈겨 쓴 「김민철」이란 이름이 적혀 있었다.

민철은 쳐진 입꼬리와 쭉 찢어져 올라간 눈매 때문에, 눈빛만 마주쳐도 사나운 꼴을 당할 것 같은 인상이었다.

멀리 안개 사이로 마을이 조금씩 모습을 드러냈다. 대도시 큰 빌딩만 보다 고향으로 돌아오니 모든 것이 작고 초라해 보였다. 민철은 불현듯 마을로 돌아오기 직전의 일을 떠올렸다. 그에게는 결코 달가운 기억이 아니었기에 생각만으로도 미간이 찌푸려졌다.

'염병할……'

* * *

편의점 앞 노천 테이블에 앉은 민철이 종이컵에 소주를 따르자 맞은편에 앉아 있던 십장이 소주병을 빼앗아 들고 대신 따라 주었다.

민철은 몹시 못마땅한 얼굴로 십장을 힐끗 쳐다볼 뿐 아무 말도 하지 않았다. 잔을 채운 십장이 미안해하는 얼굴로 말했다.

"민철이, 미안하게 됐네. 어쩔 수 없이 그렇게 됐어."

민철은 소주를 한입에 털어 넣고 빵을 한 움큼 집어 입에 물고는 다른 곳으로 시선을 돌렸다.

"나야 시키는 대로 할 수밖에 없는 거 아니겠나. 응?"

민철은 도끼눈을 뜨고 십장을 노려보며 입을 열었다.

"형님도 그러는 거 아니요. 왜 나만 그만 나오라는 거요?"

"아니, 위에서 얘기가 나왔다니까 그러네."

"내가 무슨 잘못을 했다고 이렇게 괄시를 하는 거요? 내가 뭐 형님 섭하게 해드린 거 있소?"

"어허, 거 참, 위에서 얘기가 나왔다니까."

"위에 어떤 새끼인지 이름이나 한번 대보쇼. 그놈 대갈통을 확 쪼개놔 버릴 라니까."

십장은 입으로 가져가던 종이컵을 소리 나게 내려놓으며 말했다.

"에이, 입은 비뚤어졌어도 말은 바로 하자. 네가 정말 아무 죄도 없다고 생각하는 거여?"

"형님이 한번 말해보소. 내가 무슨 잘못을 했다는 거요?"

"현장 나온 본사 사람을 메쳤다며!"

민철의 얼굴이 험악하게 일그러졌다.

"뭐? 그럼 겨우 그 일로 이런 것이요?"

"겨우 그 일? 사람을 패대기쳐서 입원시켜 놓고 겨우 그 일? 민철이 자네 문제가 뭔지 아는가? 바로 이런 것이여, 이런 거! 도대체가 말로 하는 법이 없고 주먹질부터 해대니 누가 자네

랑 일을 하려고 하겠는가 말여!"

"그 새끼가 본사에서 나왔다고 머슴 부리듯이 부리잖소! 내가 뭐 그 새끼 잡일 해주려고 여기서 일하는 거요?"

십장은 답답한 듯이 종이컵을 단숨에 비우고 곧바로 소주를 채웠다.

"이 답답한 친구야! 그것도 일이라고 일! 우리 일당 누가 주는지 모르는가? 누군 뭐 좋아서 본사 놈들 비위맞추고 다니는 줄 알아? 자네는 도대체가 말이 안 통한다는 거 아녀!"

십장의 말을 들은 민철은 고개를 홱 돌렸다.

"난 잘못 없소."

십장은 테이블을 탁탁 치며 말했다.

"이건 잘못이 있고 없고 문제가 아니여! 죽느냐 사느냐 그 문제인 거여! 남의 돈 받는 게 어디 그렇게 쉬운 줄 아는가?"

"누가 뭐라 해도 난 잘못 없소! 잘못 없으니까 다시 원래대로 돌려놓으라고!"

"그게 그렇게 해서 풀릴 문제였으면 애초에 이런 말도 하지 않았을 것이구먼!"

민철은 잔뜩 화난 눈으로 십장을 바라보았다. 격앙된 입술이 바르르 떨렸지만 아무 말도 하지 않고 노려만 보았다.

십장은 민철의 잔에 소주를 따르며 차분한 목소리로 달래듯 말했다.

"폭행으로다가 고소하지 않은 것만으로도 다행으로 생각혀.

그 친구가 독한 맘먹었으면 자넨 빼도 박도 못하고 콩밥 먹었을 거라고. 알아들어?"

"흥."

"자네도 이제 그 성질 좀 죽이고 살라고. 어디 세상이 성질대로 된 적이 있었는가? 그런 경우는 애초에 없구먼. 그게 세상이여. 언제까지 그렇게 살 거여. 나도 더 이상은 해줄 수가 없구먼."

"형님이 해준 게 뭐 있소!"

십장의 얼굴에 노기가 서렸다.

"애라 이 배은망덕한 놈! 나 아니었으면 여기 와서 입에 풀칠이라도 할 수 있었을 것 같아?"

"노가다 자리 좀 붙여준 거 가지고 생색은!"

"야이 미친놈아! 새벽에 인력시장 나가봐! 이 일이라도 못 얻어서 난리여, 난리! 그래, 너는 그렇게 고마운 줄도 모르고 살아라! 이 싸가지 없는 놈."

"왜 욕을 하고 지랄이여?"

"뭐 지랄? 지금 말 다했어?"

"에이, 씨벌!"

민철은 테이블 위에 있던 것들을 한 손으로 쓸어버리며 벌떡 일어났다. 종이컵이 날아가고 소주병이 떨어져 깨졌.

십장은 갑작스런 상황에 조금 놀라긴 했지만 금세 화난 얼굴로 소리를 질렀다.

"이 자식 망나니짓 좀 보게! 넌 다시는 여기서 일 못할 줄 알어!"

"씨벌 더러워서 안 와! 카악, 퉤!"

"그래 이 썩을 놈아! 그렇게 꼴리는 대로 하면서 얼마나 살 수 있는지, 내가 이 두 눈으로 똑똑히 지켜볼 것이구먼!"

"에이 씨벌!"

민철은 가방을 어깨에 들쳐 메더니 십장이 앉아 있던 테이블을 발로 걷어차 쓰러뜨리고는 발길 닿는 대로 걷기 시작했다. 뒤에서 십장이 욕을 하는 소리가 들렸지만 전혀 신경 쓰이지 않았다.

하지만 막상 성질이 나서 막무가내로 걷긴 했지만 어디로 가야 할지 몰랐다. 그는 노상 매점에서 담배 하나를 집어 들고는 구겨진 천 원짜리 몇 장을 신문 가판대 위에 올려놓았다.

그때 신문의 한쪽 귀퉁이 기사가 눈에 들어왔다. 물에 잠기는 마을에 대한 얘기였다. 그는 신문을 마음대로 꺼내들어 펼쳤다.

돈 낼 생각은 하지 않고 신문을 보던 민철에게 매점 주인이 뭐라고 했지만 그는 기사를 읽어 내려가는 데만 집중했다.

「정부, 수몰예정지역 마을 보상금 지원 결정」

"아저씨! 돈 내고 보라고!"

매점 주인의 말에 민철은 신문을 대충 접어 가판대 위에 아무렇게나 던져 놓고 자리를 떴다.

"아니 뭐 저런 게 다 있어?"

그가 욕하거나 말거나 민철은 곧장 시외버스터미널로 향했다. 어디로 가야 할지 목적지를 정했기 때문이다.

* * *

'결국 이렇게 되는군. 다시 돌아올 생각이 없었는데, 정말 징글징글하구나.'

마을 초입에 있는 작은 다리 앞에 도착한 민철은 담배를 한 개비 더 피워 물었다. 그는 가래를 긁어모아 뱉고는 마을을 향해 다시 걷기 시작했다.

"카아악, 퉤!"

1. 귀향

영세한 규모의 작은 공장은 나름 잘되고 있는 곳인지 바쁘게 돌아갔다. 직원 하나가 노란 공업용 바구니에 잔뜩 실린 부품을 공장 안으로 나른 지 얼마 되지 않아, 완성된 제품이 실린 바구니를 끌고 나와 트럭에 실었다.

 바쁘기는 공장 안쪽도 마찬가지였다. 여공들은 쌓여 있는 노란 바구니 하나를 들어 작업대 옆에 두고 부품을 조립했고 조립된 제품은 반대편 빈 바구니에 차곡차곡 담았다. 바구니가 가득 차면 출입구 쪽으로 밀고가 놓아두었고 어느 정도 쌓이면 남자 직원이 들어와 부품 바구니와 제품 바구니를 바꿔 가기를 반복했다.

 영선은 그렇게 쉴 새 없이 돌아가는 공장 안에서 아무것도 하지 않고 휴대폰만 붙잡고 있는 유일한 인물이었다. 그녀는 공장 구석에 있는 의자에 발을 올리고 쭈그리고 앉아 손톱을 물어뜯으며 초조하게 휴대폰에 귀를 기울였다.

 부품을 끼워 바구니에 담는 동료 몇 명이 영선을 돌아보았지만 나무라는 시선이 아니라, 어떤 소식을 함께 기다리고 있는 눈치였다. 동료 하나가 제품 바구니를 출입구에 옮겨 놓고는 영선 앞을 지나며 물었다.

"아직이야?"

영선은 대꾸도 하지 않고 휴대폰 너머 목소리에만 온 신경을 집중했다. 머쓱해진 동료 직원은 영선의 등을 격려하듯 두드리고는 다시 자기 자리로 돌아갔다. 그러자 영선은 뭔가 맘에 안 들었는지 휴대폰을 들고 복도로 나갔다. 지금 이 순간 휴대폰 말고는 영선에게 중요한 것은 아무것도 없었다.

형식적인 안내 멘트가 지나고 드디어 듣고 싶은 목소리가 나왔다.

「수험번호 네 자리를 눌러 주십시오.」

영선의 심장이 미친 듯이 뛰기 시작했다.

휴대폰에 손가락을 댔다가 접기를 반복했지만 이번에도 누르지 않으면 또다시 처음부터 눌러야 했기에 심호흡을 크게 했다.

'후우, 제발, 제발······.'

보물을 다루듯 두 손으로 휴대폰을 꼭 모아 쥐고 눈을 질끈 감았다가 조심스럽게 누르기 시작했다.

'일, 공, 이, 삼.'

외울 것도 없는, 고작 숫자 네 개였지만 신중하게 되새기며 하나씩 눌러 확인하기를 반복했다.

「수험번호 1023번 김영선님, 합격입니다.」

일순간 영선의 세상은 고요해졌다.

곧이어 그게 현실이란 것을 깨달은 영선은 그 자리에 펄쩍 펄쩍 뛰며 함성을 질렀다. 영선은 공장 안으로 뛰어들며 큰 소리로 외쳤다.

"합격했어! 나, 합격했어!"

일을 하던 동료들이 깜짝 놀라 무슨 영문인지 모르는 얼굴로 영선을 바라보다, 영선의 함성에 그제야 소리를 지르며 함께 기뻐했다.

"뭐야, 합격? 정말?"

"우와, 진짜 됐구나!"

"영선아, 축하해! 설마 했는데 진짜 됐네!"

동료들이 잔뜩 몰려와 영선과 함께 어깨동무를 하고 제자리에서 뛰며 기뻐했다. 그중 나이가 들어 보이는 동료가 영선을 안으며 말했다.

"독한 년, 진짜로 붙을 줄은 몰랐다, 이년아! 축하해!"

"고마워, 언니!"

"이제 서울 가는 거야?"

영선은 상기된 얼굴로 고개를 끄덕이며 말했다.

"응, 그래야지."

"이제 우리랑 헤어지는 건 서운하지도 않냐?"

"자주 놀러 올게, 언니."

"연애하느라 정신없을 텐데 잘도 오겠다!"

"아 참 그렇겠네."

"뭐야?"

영선은 동료들과 실없는 농담까지 주고받으며 한껏 기뻐했다.

"무슨 일이에요?"

부품 바구니를 가져온 직원이 묻자 동료 직원이 기쁜 얼굴로 대신 대답했다.

"영선이, 대학에 합격했어요! 그것도 서울에 있는 큰 대학이요!"

"진짜요? 오늘 파티라도 해야 하는 거 아녜요? 가만있어봐, 제가 사장님한테 한번 얘기를……."

"아니, 저는 오늘 일찍……."

영선의 말이 끝나기도 전에 이미 사무실 쪽으로 달려가는 직원의 뒷모습에 동료 한 명이 혀를 끌끌 찼다.

"저 인간, 저거는 하여튼 술 마실 거리만 찾으러 다닌다니까. 영선아, 사장님께는 내가 말씀드릴 테니까 오늘은 일찍 들어가라. 엄마랑 조촐하게 밥이라도 먹어야지."

영선은 고맙다는 듯 꼭 안아주고는 곧바로 자리 정리를 시작했다.

* * *

마당만 넓은 낡은 시골집에서 영선의 어머니는 홀로 비질을 하고 있었다. 마당은 쓸어낼 쓰레기도 잡초도 없이 말끔했다. 하지만 영선의 어머니는 근심어린 얼굴로 비질에 열중했다.

그러다 문득 쓸어낼 것이 없다는 것을 깨달은 그녀는 빗자루를 한쪽 구석에 내려놓고는 대문 밖을 나가 멀리 마을 입구 길을 바라보았다.

마을 입구는 행인 하나 없이 조용하기만 했다. 그녀는 허리를 두드리며 마루로 돌아왔다.

그녀는 신발을 벗고 삐걱대는 마루로 올라가다 아쉬운 듯 대문을 한 번 더 바라보았다. 그녀는 자신의 방으로 들어가다 말고 찢어진 채 문에 접혀 있던 창호지를 손으로 대충 문질러 방안으로 들어섰다.

영선의 어머니는 방의 불을 켜고 화장대 앞에 자리를 잡고 앉았다. 화장대에는 화려하진 않지만 정성이 들린 조그마한 예배 제단이 대부분을 차지하고 있었다. 그녀는 십자가 앞에 손을 모으고 기도하기 시작했다.

입술을 달싹거리며 기도를 하던 영선의 어머니는 갑자기 눈을 번쩍 떴다.

인기척을 느낀 지 얼마 지나지 않아 밖에서 어수선한 소리와 함께 달뜬 목소리가 들렸다.

"엄마! 엄마!"

영선이었다. 문이 벌컥 열리고 영선이 불쑥 얼굴을 들이밀었다.

"엄마!"

영선은 낡은 미닫이문을 열고 들어와 큰 소리로 외쳤다.

"엄마! 나, 나, 합격했어!"

"진, 진짜여?"

영선의 말을 들은 어머니는 눈을 크게 뜨고는 확인하듯 다시 물었다.

"진짜 합격했어?"

"진짜라니까! 들려줘?"

휴대폰을 꺼내드는 영선을 보며, 영선의 어머니는 그녀의 얼굴을 크게 쓰다듬으며 안도의 숨을 내쉬었다. 그 자리에서 눈을 감고 감사의 기도를 올리는 어머니를 영선은 얼싸안으며 말했다.

"엄마, 이제 됐어. 이제 됐다고……. 당장 등록금 내고 서울에 집부터 알아봐야 할 것 같아."

영선은 곧바로 자기 방으로 뛰어 들어갔다.

남들이 모르는 보물을 숨겨 놓은 것처럼 다급하게 책상 서랍을 열었다. 손을 넣고 깊숙한 곳을 뒤적거리다 놀란 듯 눈을 크게 뜨고는 허리를 숙여 안을 들여다보았다.

잡동사니들 사이로 손을 넣어 헤집어 살폈지만 있어야 할 물건이 보이지 않았다. 물건을 뒤지는 영선의 손이 점점 더 다급해졌다. 나중엔 다급해지다 못해 부들부들 떨리기 시작했다. 먼지까지 털어 보았지만 어디에도 없었다.

"어?"

당황한 영선은 다른 서랍까지 뒤적이며 큰소리로 엄마를 불렀다.

"엄마! 혹시 내 통장 못 봤어? 다른 데 치웠어?"

영선의 어머니 얼굴엔 순식간에 먹구름이 끼었다.

"엄마! 못 봤어?"

영선의 어머니는, 미친 사람처럼 책상이며 가구를 뒤지고 있는 영선을 근심어린 시선으로 바라보았다. 영선은 물건을 뒤지다 어머니를 돌아보았다. 어머니의 얼굴은 새하얗게 질려 있었다. 영선은 덜컥 겁이 났다.

"엄, 엄마. 왜 그래? 무슨 일 있어?"

영선의 어머니는 입을 굳게 다문 채 눈을 지그시 감았다. 영선은 어머니를 붙잡고 말했다.

"없어."

당황한 얼굴로 영선은 어머니를 두 손으로 붙잡고는 말했다.

"없어, 엄마."

영선은 생각난 듯 마루로 뛰어나와 얼마 있지도 않은 가구와 주변을 뒤졌지만 역시 통장은 보이지 않았다.

"내 통장, 내 통장 어디 있어? 도대체 어디다 치운……."

마루를 미친 사람처럼 두리번거리던 영선의 시선이 한곳에 멈췄다. 마루 귀퉁이에 지저분하고 크기만 한 멋없는 가방이 처박혀 있었다. 불길한 느낌이 전신을 훑고 지나갔다.

"혹시, 아……아버지 오셨어?"

영선의 물음에 어머니는 대답하지 못했다.

"아버지, 아버지 지금 어디 가셨어?"

어머니는 절망에 가득 찬 얼굴로 그대로 무너져 내렸다. 영선은 마루는 물론 안방까지 들어가 이곳저곳을 더 찾아봤지만 영선 자신도 알고 있었다. 통장은 이 집 어디에도 없다는 것을.

* * *

그 무렵, 민철은 담배연기로 가득한 좁디좁은 여인숙에서 또래로 보이는 사내 네 명과 화투에 몰두하고 있었다. 간혹 웃는 얼굴의 사내도 있었지만 그들의 표정으로 보아 친목 목적의 화투 놀이는 아니었다. 그걸 증명이라도 하듯 그들 가운데에는 돈다발이 수북이 쌓여 있었다.

자신의 패를 인상을 쓰고 바라보던 민철의 시선이 옆의 사내가 내놓는 화투 패로 돌아갔다. 사내는 화투가 깔려 있는 낡은 모포 위에 호기롭게 패를 던져 놓으며 말했다.

"여기 삼땡이요! 민철이 형님 한번 까보쇼!"

이번엔 다른 사내들의 시선이 민철에게 쏠렸지만 민철은 자신의 패만 뚫어져라 바라볼 뿐 움직일 생각이 없어 보였다. 이번엔 다른 사내가 재촉했다.

"형님 언능 까보쇼. 빨리 다음 판 돌리게. 예?"

민철은 자신의 패만 뚫어져라 바라보다가 화투를 패대기쳤다.

"에라이!"

민철은 판에 쌓여 있는 만 원짜리들을 한 움큼 집으며 잽싸게 일어났다.

"어허이! 이게 뭔 짓이여!"

옆에 있던 사내가 밖으로 나가려는 민철을 잡아채자, 민철은 그의 목을 움켜쥐더니 방구석에 던져버렸다. 나머지 사내들이 일어나 민철에게 덤비려 했지만, 가만히 자리를 지키고 있던 한 사내가 큰 소리로 말렸다.

"그만들 혀!"

그는 민철에게 시선을 돌리며 말했다.

"형님, 오랜만에 마을 오셔서는 또 이러시기요. 이러자고 판 껴달라고 했소. 여기도 다 룰이라는 것이 있다는 것 아니요. 형님 거 손에 쥔 돈 가지고 그냥 보내드릴 테니 다시는 나보고 판 껴달라는 소리 마쇼. 아시것소?"

민철은 자신의 팔을 잡고 있던 사내를 확 뿌리치고는 옷을 털어내며 말했다.

"이 개놈의 새끼들, 니네들이 짜고 도박하는 거 모를까봐 그러냐! 이 새끼들, 내 지금 나가서 순경들한테 썩을 놈들이 여기서 노름이나 하고 있다고 확 질러버릴 테니 니들은 기다리고 있어라, 이 개 상놈의 새끼들."

민철은 한 움큼 쥔 돈을 주머니에 넣은 뒤 화투판에 굴러다니는 만 원짜리를 몇 장 더 쥐더니 방문이 부서질 듯 닫고 나가버렸다.

닫힌 문을 바라보던 무리 중 하나가 불안한 듯 눈알을 굴리며 말했다.

"실나 진짜 순경 부르시는 안 하싯지?"

또 다른 사내가 콧방귀를 뀌며 대답했다.

"다 수작이여, 수작! 순경은 무슨. 쯧!"

사내는 민철과 아는 체 하던 사내를 돌아보며 물었다.

"저 새끼 도대체 뭐 하는 새끼여? 아니 형님은 저런 놈을 왜 판에 끼워서 이 사단을 만든 데요? 예?"

사내는 대답 대신 난장판이 된 화투 패를 정리하며 혼잣말처럼 중얼거렸다.

"에이, 염병, 저 버릇이 어딜 가나 혔다……."

"아니 민철이 형님은 저러고 제 명 다 채워서 살 수나 있을지 몰러. 저러다가 어느 날 밤에 누가 확 쑤시고 도망가도 아무도 슬퍼할 사람 없을 것이여."

팽개쳐졌던 사내도 주섬주섬 자리를 잡으며 신경질적으로 말했다.

"저게 무슨 형님이당가! 천하에 저런 잡놈도 드물 것이구먼! 개놈의 자슥. 쯧!"

"그래도 그렇게 막 말하는 거 아녀! 그나저나 이제 지발 정신 좀 차리고 살아야 할 것인데. 에휴……."

모두 민철이 나간 자리를 바라보며 혀를 찼다.

*　*　*

시내의 허름한 주점.

테이블마다 칸막이가 있고 그 사이마다 배치된 사각 테이블에 사람들이 삼삼오오 모여 이야기를 나누고 있었다.

구석진 곳의 테이블에는 최 장로의 모습도 보였다. 그는 테이블 위에 놓인 촛불장식을 만지작거리며 50대 후반의 남자와 30대로 보이는 남녀에게 뭔가를 열심히 설명하고 있었다.

"여러분들 내일 좀 잘 부탁드립니다. 공연료는 넉넉하게 준비했으니까 아무쪼록 그럴듯하게만 잘 부탁드릴게요."

마주 앉아 있던 50대 남자가 고개를 끄덕이며 말했다.

"저희야 다 연기해서 밥 벌어먹는 사람들인데요. 그냥 제가 맡은 배역이다 여기고 열심히 할 테니 너무 걱정하지 마세요."

"그럼요, 그러시겠죠. 제가 밖에 차도 렌트 해놨으니까, 서울에서 오신 큰 회사 사장님처럼만 하시면 됩니다. 오늘은 이 근처에서 제일 괜찮은 모텔에 방 잡아놨으니까 거기서 묶으시면 되고. 내일 한 7시까지만 오시면 됩니다."

말을 하던 최 장로는 뒤에서 들리는 누군가의 큰 목소리 때문에 인상을 찌푸렸다.

"야! 빨리 술 안 가져와? 빨리 가져오라고!"

최 장로는 말을 하다말고 뒤를 돌아보았다. 언제부터 있었는지 만취한 민철이 술병을 흔들며 고래고래 소리를 지르는 모습이 보였다.

"술 가져오란 지가 언젠데, 이것들이 다들 귀가 먹었나 왜 안 가지고 오고 지랄들이야! 빨랑 안 가져와?"

바 앞에서 팔짱을 끼고 바라보던 마담이 도저히 못 참겠다는 듯 민철 쪽으로 다가왔다.

"아저씨, 술 좀 곱게 마십시다."

민철의 행색을 위아래로 훑어보던 마담이 대뜸 물었다.

"돈은 가지고 지금 술 먹는 거예요? 어디 돈 좀 내놔 봐요."

"에이씨, 이년아 지금 내가 돈 없다고 무시하는 거야 뭐야! 이 창녀 같은 년이! 나 돈 있다, 있어!"

민철은 주머니에서 만 원짜리 몇 장을 꺼내 놓으며 소리 질렀다.

"술이나 가져오란 말이야, 이년아!"

마담에게 욕지거리를 하는 모습에 마담 곁에서 지켜보던 사내의 눈매가 사납게 변했다. 그는 민철에게 성큼성큼 다가가 날 선 목소리로 말했다.

"이봐, 아저씨! 당신 너무 막말하는 거 아냐?"

마담은 금세라도 달려들 것 같은 사내의 팔을 잡아당겼다.

"자기야, 상대하지 마. 괜히 일만 더 복잡해져. 저런 진상은 피하는 게 상책이야. 얘! 여기 맥주 몇 병 더 갖다 드려라!"

마담은 사내를 끌고 바 쪽으로 피하면서 서 있던 종업원에게 작은 목소리로 말했다.

"저 새끼 테이블에 꺼내 놓은 돈 챙기고 난동 피운다고 신고해버려. 하는 꼬라지가 아무래도 일 칠 것 같다."

멀리 떨어져서 수군대며 얘기하는 마담을 노려보던 민철이 말했다.

"그래, 이놈도 저놈도 나를 아주 개똥 취급하는구나. 쌍놈의 새끼들."

민철의 모습을 지켜보던 최 장로는 고개를 가로저으며 끌끌 혀를 찼다.

"어딜 가나 저런 분들은 꼭 한 명씩 있죠."

50대의 남자도 민철을 곱지 않은 시선으로 바라보며 맞장구 쳤다.

"한창 일할 나이에 저게 뭐하는 건지……. 쯧쯧. 요즘 사람들은 참 쉽게 살려고 한단 말이야."

"그러게요. 저 잠깐 화장실 좀 다녀오겠습니다."

최 장로는 화장실로 향하며 아직도 중얼거리는 민철을 힐끗 쳐다보며 지나쳤다.

최 장로와 눈이 마주친 민철이 아니꼬운 목소리로 말했다.

"야! 이 새끼, 뭘 꼴아봐?"

최 장로는 피식 한번 웃고는 민철을 지나쳤다. 민철은 이미 저만치 가고 있는 그의 뒷모습을 노려보며 소리를 질렀다.

"어라? 저런 미친 새끼를 봤나! 야 이 새끼야 내 말 안 들려?"

민철이 일어나서 최 장로를 따라가려고 하자 종업원이 민철을 말렸다.

"저 손님 이러시면……."

"이거 안 놔?"

민철은 자신을 붙잡고 있는 종업원을 거칠게 밀쳤다.

"저리 안 꺼져!"

민철은 화장실로 들어가는 최 장로를 노려보며 중얼거렸다.

"저 새끼가 사람을 아주 물로 보는구먼. 오늘 아주 박살을……."

민철은 최 장로가 들어간 화장실로 성큼성큼 걸어갔다. 당황한 종업원도 황급히 민철을 따라갔다.

"너, 이 새끼……."

민철이 화장실 문을 열고 들어가자 소변기 앞에 서서 일을 보고 있는 최 장로가 눈에 들어왔다.

"아, 손님, 참으세요. 네?"

민철은 뒤따라와서 말리는 종업원을 밀치며 말했다.

"진짜 저리 안 꺼져? 자꾸 귀찮게 헐래?"

"좀 참으시라니까요. 네?"

"뭘 참아, 새끼야. 뭘 참아? 이거 안 놔?"

민철이 때릴 듯 손을 치켜들자 종업원은 반사적으로 눈을 감고는 뒤로 물러섰다.

민철은 종업원을 거세게 밀치고 성큼성큼 안으로 들어갔다. 그는 최 장로를 보며 화장실 문을 잠갔다. 민철은 아직 볼일을 보고 있는 최 장로의 뒤에 대고 소리를 질렀다.

"야, 이 개새끼야, 내가 부르는 소리 못 들었어? 이 개 쌍놈의 새끼. 시내에 사니까 아주 세상이 다 네 거 같지?"

그제야 볼일을 다 끝낸 최 장로는 부드러운 미소를 지으며 민철을 달래 듯 말했다.

"에이, 어르신 왜 이러십니까? 제가 뭘 어떻게 했다고 이러세요."

"이 새끼 봐라? 아까는 사람 똥 취급하면서 가더니 이제 와서 실실 쪼개고 지랄이네?"

"아이, 어르신, 제가 이렇게 해야……."

최 장로는 창문 옆에 있던 벽돌을 살며시 집어 들었다. 그리곤 싸늘하게 바뀐 표정으로 민철의 얼굴을 향해 벽돌을 휘둘렀다.

"니가 방심하지 병신아."

민철은 순간적으로 시야가 까맣게 변하는 걸 느꼈다. 갑작스런 충격으로 귀까지 멍해졌다. 민철은 얼굴을 감싸 쥐며 주저앉았다. 엄청난 통증이 전신으로 퍼져 다리까지 떨리게 했다.

"아악!"

최 장로는 비명을 지르며 버둥거리는 민철을 바라보며 벽돌을 고쳐 쥐고 다시 치켜들었다. 하지만 곧 생각을 바꿨는지 벽돌을 원래 놓여 있었던 곳에 조용히 내려놓았다.

"긴상 깃도 사림 좀 봐 가면서 해라, 병신아."

그는 여전히 주저앉은 채 버둥거리는 민철을 밟지 않으려고 조심스레 걸어 나갔다.

"문은 왜 잠그고 지랄이야, 병신."

최 장로는 화장실을 나오며 앞에 있던 종업원에게 말했다.

"저 양반 많이 취했다. 잘 좀 챙겨드려."

그의 말에 종업원은 화장실 안을 조심스럽게 들여다보았다. 얼굴을 잡고 바닥에 주저앉아 버둥거리는 모습에 종업원은 자신도 모르게 인상을 찌푸려졌다. 그저 민철이 구토나 하지 않기를 바랄뿐이었다.

* * *

민철은 갑작스런 상황에 정신이 하나도 없었다. 얼굴에서 시작된 고통이 온몸으로 퍼져나갔다. 이런 일이 처음도 아닌데 유난히 더 아팠다.

분명 그놈은 사람 좀 때려본 게 틀림없었다.

당황스러움이 가시자 시야가 되돌아오기 시작했다. 그는 주변을 둘러보다 창가에 놓여 있는 벽돌을 발견하고 무슨 일이 있었던 건지 서서히 깨달았다. 그제야 놈이 자신을 벽돌로 찍고 튀었다는 걸 알았다. 만만하게 봤다가 큰코다친 것이다. 분노가 고통을 이기며 피를 끓게 했다.

"이 개새끼가!"

민철은 얼굴에서 흘리는 피를 손으로 닦아내며 벌떡 일어섰다. 자존심상 이대로 도망치게 놔둘 수는 없는 일이었다.

민철은 급한 걸음으로 화장실을 나섰다.

화장실 앞에 있던 종업원은 피를 흘리는 민철을 보며 흠칫 놀랐지만 만취한 사람들이 으레 그렇듯 미끄러져 넘어진 거라 생각했다.

"손님, 좀 참으시죠. 네? 지금 다치셨어요."

"그 개새끼 어디 갔어?"

"참으세요."

"이 새끼는 왜 자꾸 나보고만 참으라는 거여? 이거 안 놔? 그 새끼 어디 있냐고!"

최 장로는 계산을 마치고 일행과 나가려는 참이었다.

"야이 개새끼야! 너 이리 와! 이리 오라고!"

민철은 죽일 기세로 소리를 질렀지만 최 장로는 그런 민철을 한번 돌아보고는 픽 웃은 게 전부였다. 좀 전에도 저 얼굴에 당한 걸 떠올린 민철은 화가 머리끝까지 났다.

최 장로는 서둘지 않고 민철을 비웃으며 문을 열고 밖으로 나갔다.

"저 새끼가! 거기 안 서? 거기 안 서 새끼야!"

민철이 먹이를 발견한 야수처럼 따라나섰지만 또 종업원이 그를 말리는 바람에 바로 따라갈 수가 없었다.

"이 개새끼들이 다 한 패거리냐! 이거 안 놔?"

민철은 앞에서 막고 있는 종업원을 떨쳐내고는 테이블에 놓여 있던 맥주병을 하나 집어 들고 밖으로 나섰다. 하지만 이미 최 장로는 일행과 함께 주차해 두었던 흰색 그랜저에 올라타는 중이었다.

최 장로는 서둘지도 않았지만 그렇다고 느긋하게 움직이지도 않았다. 그는 술집 문을 힐끔거리며 차를 출발시켰다.

맥주병을 들고 쫓아 나온 민철은 출발하는 차를 보며 소리를 질렀다.

"거기 서! 서라고, 개새끼야!"

민철은 저만큼 가고 있는 차를 향해 맥주병을 던졌다. 직선으로 날아간 맥주병은 요란한 소리를 내며 차 꼬리등을 깨뜨렸다. 그와 동시에 차가 급정거를 했다.

차에서 내린 최 장로의 얼굴은 그때까지와는 달리 웃음기가 사라진 싸늘한 얼굴이었다. 그는 어이없는 듯 콧방귀를 뀌며 민철을 노려본 후 맥주병에 맞은 차 뒤편을 확인했다. 꼬리등이 깨진 채 맥주가 묻어 있었고 깨진 파편이 흩여져 있었다.

싸늘했던 최 장로의 표정이 험악하게 일그러졌다.

"저 새끼가……"

민철은 통쾌한 듯 최 장로를 향해 씩 웃어 보였다. 최 장로는 짜증난 표정으로 민철을 바라보다 갑자기 뒤돌아서 차에 올라타더니 그대로 출발해 버렸다.

자신의 예상과는 달리 자리를 떠버리는 최 장로를 본 민철은 약간 당황하며 소리쳤다.

"어라? 저 새끼가? 야! 야! 거기 안 서!"

그때였다. 칙칙 대는 확성기 소리가 들렸다.

"정지, 정지. 아저씨, 정지."

민철은 뒤를 돌아보았다. 어느새 경찰차가 다가와 민철의 옆에 서 있었다. 경찰들이 어정쩡하게 서 있는 민철을 불렀다.

"아저씨, 좀 봅시다."

차에서 내린 경찰은 민철 근처까지 다가왔다가 인상을 찌푸리며 물러섰다.

"아휴 술 냄새가 진동을 하네. 대체 몇 잔을 드신 거예요. 술 많이 자셨네. 같이 좀 갑시다."

경찰이 다가와 그의 팔을 붙잡자 민철은 경찰을 위아래로 훑어보며 팔을 뿌리쳤다.

"이건 또 뭐야? 이거 놔 이 새끼들아. 저 새끼를 잡아야지 나를 왜 잡아? 이거 놔! 이거 안 놔? 이거 놓으라고!"

경찰은 민철을 끌고 차로 이동하면서 말했다.

"신고가 들어와서 그러니까 일단 갑시다."

"뭐? 신고?"

"아니, 뭐 신고라기보다, 그냥 아저씨가 술 좀 자셨다고 전화한 거예요. 자, 자, 일단 서에 가서 얘기합시다. 자, 좋게 갑시다."

"이거 놓으라고 새끼들아! 빨리 안 놔?"

"에헤, 아저씨, 자꾸 욕하면 안 되지."

"내가 왜 경찰서에 가냐고!"

"경찰서 아니고 지구대요, 지구대."

"지구?"

"파출소, 파출소!"

"안 가, 새끼야!"

"어허, 이 양반이! 경찰한테 욕하고 그러면 가중 처벌되는 거 몰라? 자, 자, 좋게 갑시다. 얘기 금방 끝난다니까."

"아까 그 새끼를 잡아야지! 그 새끼가 날 쳤다니까?"

"알았으니까 일단 가서 얘기하자니까."

경찰들과 실랑이를 하던 민철은 경찰들의 완력을 당하지 못하고 경찰차에 억지로 올라탔다.

"그 새끼를 잡아야지, 왜 애먼 사람을 잡냐고 새끼들아!"

"거, 참, 더럽게 시끄럽네. 좀 조용히 못해요? 그리고 한 번만 더 새끼라고 불렀다간 진짜 집어넣습니다!"

"뭘 집어넣어, 뭘! 내가 무슨 죄가 있다고! 아까 그 새끼가 날 돌로 찍고 도망갔다니까!"
경찰은 짜증난 얼굴로 귀를 후비며 말했다.
"했던 말 또 하고 또 하고! 아주 돌아버리겠구먼."
경찰은 굳은 얼굴로 뒤를 돌아보며 말을 이었다.
"아저씨, 내가 지금 장난하는 걸로 보여? 정도껏 해, 정도껏. 알았어?"
경찰의 얼굴에 민철은 뭐라고 더 중얼거리려다 슬그머니 입을 다물었다.
창밖으로 화려하지도, 소박하지도 않은 시내 야경이 스쳐 지나갔다. 하지만 민철의 눈엔 아무것도 보이지 않았다. 그저 경찰이 윽박질러서 더 이상 말을 하진 못했지만 생각할수록 분통이 터져 자꾸 화만 더 났다.

* * *

"김 경장님, 데려왔습니다."
"수고했어."
문서를 작성하던 김 경장은 고개를 들지도 않은 채 인사를 받고는 하던 일을 계속했다. 민철은 민원 대기용 의자에 앉아 경찰들이 일하는 모습을 물끄러미 바라보았다.
"아저씨, 술 드시려면 좀 얌전히 드시지 왜 그렇게 시끄럽게 드셨어요?"

 문서 작성을 끝낸 김 경장이 민철에게 물었지만 민철은 콧방귀를 뀌며 대답도 하지 않았다. 그때 마담이 파출소 안으로 들어섰다.

 민철과 눈이 마주친 마담은 짜증난다는 듯 흘겨보고는 멀찌감치 떨어져 서 있었고 민철은 아예 고개를 돌려버렸다.

 "마침 오셨네, 이리 오시죠."

 김 경장은 마담이 앞으로 오기를 기다려 말을 이었다.

 "저 아저씨가 행패를 부렸다고요?"

 마담은 김 경장을 흘겨보며 대답했다.

 "행패 정도가 아니라니까요. 우리 가게 망하게 하려고 작정을 하고 왔다니까?"

 "뭐 부서진 거라도 있어요?"

 "그러면 변상이라도 받지, 다른 손님들한테 시비를 걸고 다니잖아요, 저 작자가! 저 개차반 때문에 우리 집에 손님이라도 끊기면 그건 누가 책임질 거냐고. 저 작가가 물어줄 건가? 경찰아저씨, 내 말이 틀려요?"

 김 경장은 뒤쪽 의자에 앉아 딴청을 피우는 민철을 힐끗 보고는 말을 이었다.

 "그럼 일단 부서진 건 없는 거네."

 "아, 왜 자꾸 부서진 걸 찾아? 우리 가게가 망가지기라도 했으면 좋겠다는 거예요, 뭐예요?"

"큰 피해도 없고 동네 사람들끼리 그런 거니까 그냥 마무리 합시다. 네?"

"경찰이 이런 식으로 일을 처리하니까 저런 인간들이 나대고 다니는 거라고요. 그리고 난 저 사람 본 적도 없어."

김 경장은 컴퓨터 모니터를 한참 살피며 말을 이었다.

"에이, 동네 주민 맞네, 뭘. 저 양반 주소지가 저수지 들어설 마을이구만."

마담은 민철을 힐끔 쳐다보며 말했다.

"아니, 돈 받고 고향 팔아 넘겼으면 다른 데 가서 잘살 궁리를 해야지 왜 저러고 다닌대요?"

"자자, 저 아저씨도 반성하고 있는 거 같으니까 잘 얘기해서 끝내죠. 네?"

"아니 저 얼굴이 반성하는 얼굴이에요? 저 하는 거 보세요. 아예 안 듣고 있는 얼굴이잖아."

김 경장과 마담은 동시에 민철을 바라보았다.

민철은 의자에 거의 누운 자세로 인테리어를 구경하듯 파출소 내부를 휘 둘러보고 있었다. 마담은 혀를 차며 고개를 가로 저었지만 김 경장은 어깨를 으쓱해 보이며 말했다.

"제가 술 취한 양반들 많이 받아 봐서 아는데 저 정도면 반성하는 거 맞아요. 안 그랬으면 저러고 있겠어? 깽판을 쳐도 서너 번은 쳤지. 괜히 멋쩍으니까 저러고 있는 거라고. 자, 여기에 서명하시고 깔끔하게······."

김 경장과 마담의 대화와는 전혀 관계없는 것처럼 여전히 딴청을 피우던 민철의 눈에, 구석에 붙어 있는 지명수배 전단지가 들어왔다. 무심코 바라보던 민철의 눈썹이 꿈틀거렸다. 민철은 미간을 찌푸리며 쳐다보다 놀란 듯 벌떡 일어나 전단지가 붙은 벽으로 다가갔다.

열 몇 명의 주요 지명 수배자의 얼굴들이 빼곡히 들어서 있고 그 사이에 유독 눈에 띄는 얼굴이 있었다. 사진이 실물과 다르긴 했지만 이 면상을 잊을 리가 없었다. 방금 전 자신의 얼굴을 벽돌로 찍고는 약 올리며 도망친 바로 그 놈이었으니까.

「전과 4범 사기죄, 최경석」

민철은 내심 놀라 중얼거리듯 말했다.

"이, 이놈이네……."

마담과 얘기하던 김 경장이 민철을 돌아보며 물었다.

"뭐요?"

민철은 손가락으로 전단지에 있는 최 장로의 사진을 가리키며 말했다.

"이놈이여, 아까 그놈."

김 경장은 엉거주춤 일어서며 다시 물었다.

"뭐가 이놈이란 말씀이세요?"

"아까 도망간 그 놈이라고!"

김 경장은 짜증을 참는 얼굴로 민철에게 다가서며 다시 물었다.

"또 뭔 소리야⋯⋯. 뭐가 어쨌다고요?"

민철은 답답하다는 듯 전단지 속 최 장로의 얼굴을 손으로 탁탁 치며 큰소리로 말했다.

"야이 새끼들아! 아까 나 치고 도망간 놈이 이놈이라고!"

그제야 김 경장은 사진을 자세히 보며 말했다.

"뭐요? 아까 싸움했다는 사람이 이 사람이라고요?"

김 경장은 마담을 돌아보며 물었다.

"아줌마, 잠깐 와 봐요. 이 아저씨 말 맞아요? 아까 싸움했다는 사람이 이 사람이에요?"

"뜬금없이 또 뭔 소리야?"

마담은 마지못해 다가와 전단지를 자세히 봤다. 사진 속 인물을 본 마담도 순간 흠칫 놀랐다. 하지만 조금 더 보고 있자니 닮은 것 같기도 하고 아닌 것 같기도 했다.

"글쎄, 난 잘⋯⋯."

"야, 이 쌍년아! 그 새끼 맞잖아! 이년이 눈깔이 삐었나!"

불쑥 끼어든 민철의 목소리에 차분히 기억을 더듬던 마담의 머릿속엔 순식간에 분노로 가득 차버렸다.

"이 양반이 누구보고 쌍년이래! 이 새끼가 보자보자 하니까 끝도 없네? 누가 쌍년이야? 어? 누가 쌍년이냐고?"

"딱 봐도 그 새끼 맞구만 뭘 자꾸 헛소리를 하고 지랄이냐고!"

"뭐야? 지랄? 이 새끼가 진짜!"
김 경장이 점점 가까워지는 두 사람을 갈라놓으며 말했다.
"아 이러지 마시고요. 아줌마, 진짜 이 아저씨 말이 맞아요? 그 사람 맞아요?"
발끈한 마담은 팔짱을 끼며 말했다.
"맞긴 뭐가 맞아? 이 새끼가 지금 뻥치고 있는 거라니까? 어디 그 점잖은 분을 사기꾼에 비하냐고."
민철의 눈에 또다시 불꽃이 튀었다.
"뭐야? 이런 정신 나간 년을 봤나! 아주 눈깔에 초장을 발랐구먼!"
점점 험악해지는 분위기에 김 경장은 두 사람 사이에 끼어들었다.
"에이 진짜 두 분 조용히 좀 하세요!"
마담은 허리에 손을 얹고 김 경장에게 큰소리로 말했다.
"아저씨! 합의고 나발이고 저 새끼 좀 버릇 좀 고쳐주게 그냥 처넣어주세요. 저런 새끼는 콩밥을 처먹어봐야 정신을 차린다니까!"
"야 이년아, 넌 눈깔이나 고쳐! 어디 개 눈깔로······."
마담은 더 이상 상대도 하기 싫다는 듯 고개를 가로저었다.
"에휴, 인간아, 그렇게 살다 객사나 해라. 진짜 재수가 없으려니까, 쯧!"
마담은 잠시라도 있기 싫다는 듯 파출소 밖으로 나가버렸다.

"미친년."

민철은 콧방귀를 뀌며 욕을 툭 뱉었고 김 경장은 화난 걸음으로 가고 있는 마담을 향해 큰 소리로 말했다.

"아줌마! 그냥 가면 어떻게 해요? 그냥 가시면 안돼요, 아줌마!"

마담을 부르며 따라 나서는 김 경장을 민철이 붙잡고는 수배 전단지를 가리켰다.

"미친년은 그냥 두고 이거나 보라고. 이 새끼가 아까 내 머리를 벽돌로 찍고 도망갔다니까?"

"아저씨, 좀 가만히 계세요. 자꾸 이러면 일만 더 복잡해진다니까."

"아니, 씨벌 복잡하고 말게 뭐가 있어? 이 새끼가 날 때렸다니까?"

"안되겠네. 아저씨, 오늘 밤은 여기에서 좀 묵으셔야겠네."

"뭐? 내가 잘못한 것도 없는데 왜 여기 있어?"

"말이 안 통하니까 별 수 있어요?"

김 경장이 눈짓을 하자 경찰 몇 명이 달려들어 민철을 붙잡았다.

"이거 안 놔? 이거 놓으라고, 새끼들아!"

"아저씨, 철창 안에서 오늘 뭘 잘못하셨는지 한번 생각 좀 해보셔."

경찰들은 민철을 끌고 안쪽으로 향했지만 그의 저항은 점점 더 격해졌다.

"에라이, 이 썩어 빠진 경찰 새끼들아! 범죄자가 멀쩡한 사람 치고 다니는데 느그들은 도둑놈 편을 들어? 에라이 더러운 놈들아! 이거 놓으라고!"

"아, 좀! 조용히 좀 갑시다!"

그들이 민원실 뒤편으로 사라지고 나서야 소란이 멈췄다.

2. 교회

영선은 책상에 엎드려 손톱을 물어뜯었다. 밤새 아버지를 기다렸지만 아침이 되도록 돌아오지 않았기 때문이다.

그때 밖에서 인기척과 함께 엄마의 목소리가 들렸다.

"인제 들어오세요?"

영선은 스프링처럼 벌떡 일어나 밖으로 뛰어나갔다. 가뜩이나 거친 얼굴에 상처까지 새로 생긴 민철이 신발을 벗고 들어서는 것이 보였다.

"밥 가져와!"

민철은 딸인 영선은 안중에도 없는 듯 마루에 바로 자리를 잡고 앉았다. 민철의 말이 끝나자마자 영선의 어머니는 바쁜 걸음으로 부엌으로 들어갔다.

영선은 아버지 곁에 무릎을 꿇고 앉아 조심스럽게 물었다.

"몇 달 만에 집에 오셔서는 집에 계시지 어디서 이렇게 늦게 있다 들어오셨어요?"

민철은 마치 주변에 아무도 없는 것처럼 TV 위에 있는 신문을 펼쳐들었다. 영선은 조금 더 가까이 앉으며 물었다.

"아버지, 혹시 제 방에서 통장 못 보셨어요?"

영선의 질문에도 민철은 여전히 인상을 쓴 채 신문만 바라보았다.

"아버지, 어제는 어디 계셨어요? 네?"

어머니가 밥상을 차려 종종 걸음으로 들어올 때까지 민철은 단 한마디 대꾸도 하지 않았다. 어머니가 민철 앞에 밥상을 내려놓을 때 영선은 옆으로 잠깐 비켜섰다가 다시 물었다.

"아버지, 제 통장에 손대신 거 아니죠?"

어머니는 민철의 눈치를 보며 영선을 조심스럽게 말리며 말했다.

"영선아, 아버지 집에 오랜만에 오셨잖니. 아버지 식사 다하신 다음에 묻자. 아직 아침 식사도 안 하신 모양인데."

영선은 어머니의 팔을 뿌리치고는 더 큰 목소리로 물었다.

"아버지, 왜 말씀이 없으세요? 제 통장 손대신 거예요?"

민철은 신문을 보며 밥을 먹다가 주머니에서 뭔가를 꺼내 영선 앞에 휙 던졌다.

도장이 들어 있는 통장이었다. 영선은 통장을 다급하게 집어 들어 펼쳐 보았다.

바쁘게 돌아가던 영선의 눈동자가 굳어버리며 바닥에 털썩 주저앉았다.

그녀는 하얗게 질린 얼굴로 민철을 돌아보았다.

"여, 여기 있던 돈……. 여기 있던 돈들, 다 어떻게 하셨어요?"

민철은 대수롭지 않은 것처럼 여전히 신문을 들여다보며 말했다.

"뭔 계집애가 그렇게 돈을 많이 가지고 있어?"

"아버지! 이 돈 다 어떻게 했냐고요!"

영선의 큰 소리에도 민철은 태연하게 신문에서 시선을 떼지 않고 밥만 먹었다. 그런 민철의 모습에 영선은 고개를 숙이며 말했다.

"아버지, 저 이번에 대학 합격했어요. 서울에 있는 큰 대학이에요……."

머리에 가려진 영선의 얼굴 아래로 눈물이 떨어졌다. 그녀는 목이 메어 떨리는 목소리로 말했다.

"저 등록금 낼 돈이었어요. 제발 돌려주세요. 네? 그 돈 없으면 전……."

영선이 그러거나 말거나 민철은 여전히 신문을 보며 밥을 먹었다. 어머니는 불안한 얼굴로 울먹이는 영선과 민철을 번갈아 보며 조심스럽게 입을 열었다.

"영선아, 아버지 식사 다하시고 나서 천천히 얘기하자. 응?"

영선은 서러운 듯 눈물을 흘리며 말했다.

"아버지, 빨리 돈 돌려주세요. 네? 어서 돌려 달라고요, 제발. 제 말 안 들려요? 아버지 제발!"

아무 반응도 없는 민철의 모습에 영선의 표정이 일순간 굳어졌다.

"내 돈 내놓으라고!"

영선은 밥상을 뒤집어엎으며 소리쳤다. 영선의 거친 행동에 어머니는 크게 놀라 입이 벌어졌다. 놀란 것은 민철도 마찬가지였다.

태평하던 그의 눈이 동그랗게 커졌다가 곧이어 험악하게 일그러졌다. 민철이 자리에서 벌떡 일어서자 영선의 어머니는 반사적으로 민철의 바짓가랑이를 붙잡았다.

"영선 아버지, 참으세요. 영선이가 속상해서 그런 거니까, 참으세요!"

"이런 쌍년들이!"

민철은 아내의 머리끄덩이를 잡더니 옆으로 패대기를 치고는 곧장 영선의 머리를 향해 손을 뻗었다. 영선은 금세 겁먹은 얼굴로 뒤로 물러섰지만 그의 손을 피할 수는 없었다.

민철은 영선의 머리채를 잡고는 뺨을 후려쳤다.

"이년이 돈 벌더니 쳐 돌았나, 애비 밥상을 엎어?"

민철은 영선의 뺨을 반복해서 때리는 손끝마다 욕지거리를 퍼부었다.

"이 쌍년, 버릇을, 아주 단단히, 고쳐주마, 이년!"

영선의 어머니가 민철의 다리에 매달려 울부짖으며 말렸다.

"아이고, 영선 아버지! 잘못했으니까, 살려주시오! 살려주시오!"

영선을 실컷 때린 민철의 시선이 아내에게 돌아갔다. 천장에 닿을 듯이 올라간 민철의 손이 아내의 뺨에 내리꽂혔다.

얼굴을 맞은 그녀는 바닥에 처박혔지만 다시 일어나 민철의 다리를 붙잡았다. 민철은 다리를 잡고 있는 아내를 털어내며 소리 질렀다.

"이년들이 아주 작당을 하고 몰래 여기 뜰 궁리만 하고 있었구만! 그래, 이년아, 네 돈 내가 다 썼다, 다 썼어! 내 딸년이 나한테서 도망치려고 숨겨 놨던 돈 내가 다 썼다고! 그게 잘못이야? 어?"

민철은 또다시 영선을 때리기 시작했고 영선의 어머니는 민철의 다리에 매달려 울부짖었다.

"영선 아버지 한 번만 살려주시오! 그러다 애 잡겠소! 한 번만 살려주시오! 제발!"

하지만 민철의 손찌검은 멈추지 않았다. 영선은 맞으면서도 같이 악을 쓰고 소리를 질렀다.

"내 돈 내놔! 내 돈 내놓으라고! 내 돈 내놓으라고!"

영선이 악다구니를 쓸수록 민철의 폭력은 더욱 거세졌다. 엎어진 밥상과 힘없이 쓰러진 두 모녀 위에서 민철은 악마 같은 얼굴로 손을 휘둘러댔다.

끝날 것 같지 않던 폭력은, 영선의 입술이 터지고 코피를 쏟으며 쓰러지고 나서야 멈췄다. 영선은 거의 혼절할 듯 쓰러졌으면서도 잘 들리지도 않는 목소리로 내 돈 내놓으라는 말을 주문처럼 중얼거렸다.

민철은 그런 영선의 모습에 인상을 쓰며 손을 치켜들었다가 그냥 내렸다.

"집구석에서 딸년 교육 하나 제대로 못 시키고……. 에이, 쌍년. 쯧!"

민철은 겉옷을 홱 집어 들고는 밖으로 나가버렸다.

영선의 어머니는, 눈물과 피로 범벅이 된 채 여전히 중얼거리고 있는 영선을 보며 무력한 자신을 원망했다. 한두 번 겪는 일도 아니었건만 가슴이 아픈 건 언제나 같았다.

영선의 어머니는 성치 않은 몸으로 기어가 영선의 등과 머리를 쓰다듬으며 함께 우는 것 말고는 달리 할 수 있는 게 없었다.

늘 그랬듯이.

* * *

방과 가게가 붙어 있는 누추한 방에서 뼈만 앙상하게 남은 칠성의 아내가 외출 준비를 하고 있었다. 얼굴은 창백하고 피부는 생기를 잃은 듯 오래되어 보였지만 눈빛만큼은 빛을 내고 있었다.

그녀는 거울에 걸려 있는 나무로 된 십자가 목걸이를 챙겨 넣고, 마지막으로 화장대 위에 가지런히 놓여 있는 깨끗한 성경책을 들고는 방을 나섰다.

웬만한 사람들은 고개를 숙여야만 드나들 수 있는 작은 미닫이문을 열고 나서자, 과자류가 듬성듬성 진열되어 있는 구멍가게가 보였다. 조그마한 연탄난로를 가운데 두고 칠성과 동네 사람 몇몇이 둘러 앉아 이야기를 하고 있었다.

그들은 칠성의 아내를 보고는 웃는 얼굴로 반겼다. 칠성 아내는 문을 닫으며 가벼운 인사치레로 물었다.

"아유, 아침부터 다들 모여서 뭔 얘기를 그렇게 하신대요?"

칠성 옆에 있던 사내가 반갑게 웃으며 말했다.

"아이고, 형수님 안녕하세요?"

칠성도 밝은 얼굴로 아내를 향해 아는 체를 했다.

"당신 지금 나가는 거여?"

"예, 오늘은 일찍 나가서 저녁 예배 준비하는 거 도와야지. 당신도 이따 저녁 예배에 좀 일찍 나와요."

"아, 그래야지. 이따 가게 문 닫고 갈 테니까 먼저 가 계시게."

"그러면 전 먼저 나갈 테니 천천히 놀다 가세요."

"아, 예, 형수님. 다녀오세요."

칠성의 아내는 인사를 마치고 바쁜 걸음으로 길을 나섰다. 그런 모습을 바라보던 한 사내가 칠성에게 말했다.

"형님, 형수님 얼굴이 많이 좋아지신 거 같은데요? 표정도 밝아지셨고."

칠성은 고개를 끄덕이며 손에 들고 있는 물병을 들어 한 모금 마시고 말했다.

"그러니까 신통한 거 아녀. 얼마 전까지만 해도 숨도 못 쉰다고 끙끙 대던 사람이 몇 달 새에 말도 잘하고 밥도 잘 먹고 하니 말이여."

칠성이 마시고 있는 물병을 보며 사내가 물었다.

"아니, 그럼 형수님이 이 물 때문에 저렇게 좋아지셨단 말이어요?"

칠성은 기분 좋은 듯 픽 웃으며 말했다.

"그게 이 물 때문인지 아니면 목사님 때문인지는 몰라도, 그 몹쓸 병 때문에 오늘 내일 하던 사람이 이제는 테레비도 보고 웃기도 하고 떠들기도 하니까 그게 신통한 거지."

이번엔 목에 수건을 두른 채 맞은편에 앉아 있던 사내가 물었다.

"아니, 형님, 그렇게 좋은 거면 나도 한 병 줘 봐요."

칠성은 손을 흔들며 말했다.

"에헤이! 이 친구야, 그냥 남 준다고 다 듣는 게 아녀! 이게 다 믿음을 가지고! 자기를 내려놔야 된다는 거 아녀."

"우리 형님, 목사님 말씀 듣더니 아주 유식해지셨구먼!"

그들이 껄껄 웃는 새에 가게 문이 열리며 30대로 보이는 남자가 쭈뼛거리며 들어왔다. 「반석 꽃동산」이라는 글씨 아래 큰 십자가가 그려진 옷을 입은 그는 예의바르게 인사를 했다.

"안녕하세요."

정신 지체로 언행이 부자연스러웠지만 선해 보이기 그지없는 얼굴이었다. 칠성이 손을 들어 반기며 인사했다.
"오야, 성호 왔냐?"
"안녕하세요. 안녕하세요, 안녕하세요."
"인석아 인사는 한 번만 하는 거여."
칠성 옆에 있던 사내도 함께 인사했다.
"허어 성호 이놈, 인사성도 밝다. 근데 이놈아 옷에 그게 다 뭐냐. 반석 꽃동산? 이놈아, 벌써부터 기도원 갈 생각에 들떠 있구먼? 그렇게 좋냐 인석아?"
성호는 기분 좋은 듯 배시시 웃으며 말했다.
"헤헤, 빠, 빨리 빨리 할머니랑 거기 가서 하나님 만나야 돼요."
"인마, 너도 천국갈라고?"
"예, 저요……. 저요, 할머니랑 하나님이랑 다 같이 살 거예요. 우리 엄마도 천국에서 기다리고 있다고 목사님이 그러셨어요."
사내는 성호를 보며 재미있다는 듯이 웃었다.
"아이고 그래 장하네. 장하다 인마."
수건을 두른 사내도 웃으며 성호에게 물었다.
"이놈아, 그나저나 일은 다 했냐?"
성호는 고개를 크게 끄덕이며 말했다.
"예, 저기 창고에 있는 물건들 기름칠 새로 싹 해서 안에 정리해 놨고요, 그리고 바닥에 지저분히 흩어져 있던 물건들도 다 정리했구먼요."

"그랴, 잘했구먼."

성호는 웃는 표정으로 머뭇거리며 입을 열었다.

"히히, 저기, 저기······."

그제야 깨달은 듯 수건 두른 사내가 주머니에 손을 넣으며 장난스럽게 말했다.

"안 떼먹는다, 안 떼먹어."

칠성은 난로를 둘러보며 웃는 얼굴이었지만 어딘지 모르게 안타까운 표정으로 물었다.

"인석아, 할머니는 좀 어떠시냐. 괜찮으시냐?"

웃던 성호의 표정이 어두워졌다.

"네······."

무슨 생각에선지 금세 얼굴이 밝아졌다.

"그런데 목사님이 내일 우리 할머니한테 기도해 주신다고 했어요. 우리 할머니 병도 다 나을 거예요."

이번엔 사내가 물었다.

"에? 그래? 목사님이 그러셨어? 우리도 내일 가봐야겠구먼?"

수건 두른 사내도 고개를 끄덕이며 성호에게 말했다.

"느그 할머니 살아계실 때 색시도 보고 그래야 할머니가 돌아가셔도 편히 돌아가시지, 이놈아. 손주 씨도 못 보고 돌아가시는 꼴을 보려고 허냐? 색시는 있냐?"

2. 교회 · 61

그의 말에 성호는 뭐가 좋은 지 배시시 웃었다.

"색시……, 히히, 색시……."

"아니, 너 이 놈, 색시가 뭔지는 아냐?"

"예, 히히."

그걸 본 사내도 웃으며 물었다.

"이놈, 뭘 좀 아나 본데? 뭐가 좋다고 그래 웃어 쌌냐. 색시가 뭔지 진짜 알아?"

성호는 부끄러운 듯 두 손을 꼬며 말했다.

"예."

칠성은 픽 웃으며 말했다.

"성호 야가 몇 살인데 그걸 모를까봐?"

사내는 손뼉을 치며 말했다.

"너 이거 해 봤냐?"

"예?"

"여자랑 자 봤냐고."

성호는 깜짝 놀라 손사래를 치고는 몸을 비비 꼬며 웃었다.

그런 성호를 보며 수건 두른 사내가 만 원짜리 두 장을 건네며 말했다.

"이놈 뭘 알긴 아는 모양인데? 옛다, 여기 돈. 안 떼먹는다니까, 이놈아."

"감사합니다."

수건 두른 사내가 성호의 바지를 벗기는 시늉을 하며 말했다.

"너 꼬추는 멀쩡한 거여?"

"예."

"진짜? 어디 멀쩡한지 한번 보자. 내놔 봐."

"예? 에이 히히."

"농담 아니여. 꼬추 봐서 실하다 싶으면 내가 2만 원 더 줄 거구먼."

"예?"

농담이 심하다 싶었는지 칠성은 손을 휘 저으며 말렸다.

"에헤이, 그러지들 말어."

사내는 칠성을 툭 치고는 성호를 재촉했다.

"허어, 이놈아, 뭘 그리 꾸물거려. 빨리 보여야 2만 원이라도 더 받아가지. 그게 효도하는 겨."

그때 문이 벌컥 열리며 누군가 들어섰다. 들어선 자가 누군지 알아본 사람들은 자신도 모르게 놀라서 벌떡 일어섰다.

민철은 가게 안을 휘 둘러보고는 안으로 성큼성큼 걸어 들어왔다. 성호는 민철을 보자 맹수라도 만난 듯 움츠리며 옆으로 비켜섰다. 인사를 먼저 건넨 것은 칠성이었다.

"아니 민철이 형님 아니슈? 언제 돌아오셨대요?"

민철은 빈 의자에 맘대로 자리를 잡으며 퉁명스럽게 대꾸했다.

"계집애들도 아니고 아침부터 모여서 뭔 수다들을 이렇게 떨고 있어?"

성호는 민철의 얼굴을 제대로 쳐다보지도 못하고 조심스럽게 인사를 했다.

"안녕하세요. 그럼 이만 가보겠습니다. 안녕히 계세요. 안녕히 계세요. 안녕히 계세요."

성호는 들어왔을 때처럼 나갈 때도 인사를 사람 수대로 하고 밖으로 나갔다.

민철은 잔뜩 찌푸린 얼굴로 그런 성호를 바라보았지만 아무 말도 하지 않았다.

수건 두른 사내가 민철에게 물었다.

"형님 마을에 언제 오신거유?"

민철은 그의 말에 대꾸도 하지 않고 칠성에게 손을 내밀었다.

"담배 한 갑 줘 봐."

사내는 그런 민철의 태도가 익숙한 듯 아무렇지도 않게 입을 다물었다.

칠성이 담배를 꺼내 민철에게 건네자 사내가 다른 이야기를 꺼냈다.

"민철이 형님, 칠성이 형님 형수님이 자리 털고 일어나셨구면요."

민철은 그제야 사내를 바라보며 입을 열었다.

"뭐여? 폐병 걸린 사람이 어떻게 하루아침에 자릴 털어?"

칠성은 민철의 시선을 피하며 작은 소리로 대꾸했다.

"아니 그런 게 있구먼요. 그나저나 형님은 얼굴이 와 그런다요? 또 싸웠소?"

"씨벌 내가 무슨 싸움질만 하고 다니는 건달인줄 알어?"

"에이, 왜 또 화를 내고 그라요. 내 말이 그런 뜻이 아닌 줄 알믄서."

"쯧."

민철은 담배에 불을 붙여 연기를 깊게 빨아들였다 뱉으며 말했다.

"느그들, 나 따라서 시내 가서 술 한 잔 안 할래?"

그때까지 눈치만 보고 있던 수건 두른 사내가 말했다.

"돈 들게 왜 시내 가서 술을 마실라고 그라요. 무슨 일이 있었던 것 같은디 여기서 소주나 한잔하시죠."

민철은 맞았던 기억을 떠올리고는 분이 안 풀리는지 담배연기를 신경질적으로 뿜어내며 말했다.

"느그들이 어제 내 얼굴 이렇게 만든 놈 잡아야 쓰것다. 보아하니 이 근처 놈은 아니고 외지 놈인 것 같은디, 아주 싹퉁바가지가 없는 놈이니께 그놈 잡아다가 이렇게 만든 값을 치르게 해야지. 안 그냐?"

칠성이 큰 숨을 내쉬고 잠시 뜸을 들였다 말했다.

"형님, 이제 좀 쉬엄쉬엄 사실 때도 안 됐소. 언제까지 여기저기 부딪치면서 살라고 하요."

민철이 곱지 않은 시선으로 칠성을 돌아보았다.

"뭔 소리여? 내 얼굴 이렇게 만든 놈이 잘못이지 내가 잘못했단 말이여!"

"에이, 형님, 그런 얘기가 아니라, 자꾸 밖으로만 돌지 말고 이제 안 사람들도 챙기란 말씀이구먼요."

민철은 콧방귀를 뀌며 말했다.

"허어, 아침부터 딸내미가 눈깔을 뒤집더니 이젠 이놈이 나한테 훈계를 다 하는구먼."

수건 두른 사내가 달래듯 웃으며 칠성을 거들었다.

"에이 진짜 형님 왜 그리 또 고깝게 듣는대요. 칠성이 형님 말씀은 그게 아니잖유."

"됐고! 느그들 나랑 시내에 나갈 것이여 안 갈 것이여?"

그때까지 조용히 있던 사내가 머리를 긁적이며 말했다.

"저희들은 이따가 교회에 나가봐야 하는 디요."

민철은 놀란 듯 눈을 크게 뜨며 되물었다.

"뭐? 어딜 간다고?"

"교회요, 교회."

"뭐? 교……. 어허, 참 이 새끼들……. 가기 싫음 가기 싫다고 하지! 아 관둬! 개놈의 새끼들. 쯧!"

민철은 불같이 화를 내고는 가게 문을 거칠게 닫고 나가버렸다.

사내가 멀뚱히 그런 모습을 보다 입을 열었다.

"아니, 내가 교회 간다는 게 저렇게 화낼 일인 겨?"

수건 두른 사내가 자신의 얼굴을 손으로 부비며 말했다.

"저 형님, 저 성질머리는 여전하고만. 그나저나 뭐 주워 먹을 거 있다고 다시 온 겨?"

"내내 집 비우고 돌아다니다가 보상금 나왔다 싶으니까 돌아온 거 아녀?"

두 사람은 기가 막힌 표정으로 말을 이었지만, 칠성만이 걱정스럽게 민철이 나간 가게 문을 바라보았다.

* * *

이미 깨끗해진 마루를 걸레로 여전히 훔치고 있는 영선의 어머니를 동네 아주머니들이 모여와 걱정스런 얼굴로 바라보았다.

영선 어머니는 깨진 그릇과 음식을 한곳에 모아두고 이미 닦은 방바닥을 반복해서 닦아냈다.

"어이구 이게 무슨 사단이랴. 어떻게 이러고 20년을 살았대. 응?"

"남들은 보내고 싶어도 못 보내는 대학에 딸이 알아서 혼자 붙었다는데, 그것도 갈 돈도 지가 다 벌어서 말이여. 그런데 애비가 돼가지고 미안해하기는커녕 이러는 법이 어디 있대요? 어휴 내 머리로는 도통 이해가 안 가, 이해가."

"일단 보상금 나온 거라도 해서 일단 등록은 해야 되는 거 아녀?"

바닥만 보며 빈 걸레질을 하던 영선 어머니가 조용히 입을 열었다.

"보상금 넣어뒀던 통장도 없어졌구먼……."

걱정하던 아주머니가 깜짝 놀라 말했다.

"뭐여? 이를 어쩐대. 맨 밖으로만 싸돌아다니던 양반이 어쩐 일로 집에 왔능가 싶더니만, 보상금 챙기려고 온 거였구먼. 쯧쯧……."

"난 이 집 바깥양반 눈만 봐도 아주 소름이 끼쳐. 독사 마냥 독기가 하나 가득 차가지고 그냥……. 이거 다 어쩔 거여."

"이 집 양반 눈을 보면 귀신이 썰 거 아닌지 싶다니까. 진짜 무당굿이라도 해야 되는 거 아닌가 모르겠네."

영선 어머니는 걱정스러운 얼굴로 영선의 방을 바라보았다. 영선은 자기 방에 틀어박힌 채 나오지 않았다. 밖에서 들리는 동네 아주머니들의 얘기 소리에도 미동도 하지 않고 웅크리고 있었다.

무릎 사이에 머리를 묻고 있던 영선은 천천히 고개를 들었다. 독한 눈으로 바라본 시선의 끝엔 과도가 있었다. 영선은 결심한 듯 손을 뻗어 과도를 집어 들었다.

잠시 망설이던 영선은 자신의 손목에 칼날을 들이댔다. 입술을 깨물고 과도를 꽉 쥐었다. 과도를 쥔 손이 부들부들 떨렸다.

영선인 피가 나도록 입술을 꽉 깨물었다가 울음을 터뜨리며 과도를 떨어뜨렸다. 영선은 손목 하나 긋지 못하는 자신을 저

주하며 무릎에 고개를 파묻었다.

 영선에게 어떤 일이 일어나는지도 모른 채 아주머니들의 수다는 계속 되었다.

 "귀신이 씐 게 아니여. 틀림없이 마귀 사탄이 씐 거구먼. 영선 엄마, 이렇게 아니라 진짜 이 집 양반 사탄 씐 거를 풀어줘야 이 집이 편하게 될 거구먼?"

 영선 이머니는 아수머니를 보며 말했다.

 "사탄이 씐 거를 어떻게 알고 풀어준단 말이요. 내 손이 발이 되도록 기도를 해도 저 양반은 나아질 줄 모르는데."

 "영선 엄마가 기도하는 거랑 목사님이 기도하는 거랑 같아? 목사님이 손만 대도 죽은 사람이 생생하니 돌아다닌다는데. 이렇게 아니라 목사님한테 부탁드려 보는 게 어때?"

 아주머니는 옆 사람 말에 손뼉을 치며 맞장구를 쳤다.

 "그래, 영선 엄마. 내일 성호네 집에서 성호 할머니 안수기도가 있다고 하는데 거기라도 가서 같이 치성을 드려 보자고."

 "내일?"

 "그래, 영선이도 같이 데려가서 목사님한테 보여드려. 저기 폐병 걸린 가게 집도 목사님이 한번 봐주니까 금방 살아나 돌아다니잖아. 가게 집은 아예 교회에서 산다고 하는구먼. 영선이도 저대로 놔두면 없던 병도 생겨서 쓰러져."

 영선의 어머니는 동네 아주머니들의 얘기를 들으며 굳게 닫힌 영선의 방을 바라보았다.

민철은 아직 불도 제대로 켜지지 않은 술집을 들어섰다. 문은 열려 있었지만 아직 시작 전인지 손님은 없고 마담만 테이블을 닦으며 장사 준비에 여념이 없었다.

　문 열리는 소리에 마담은 고개도 돌리지 않고 습관처럼 인사부터 했다.

　"어서 오세요."

　테이블을 다 훔치고 나서야 뒤늦게 민철을 알아본 마담은 지난밤 악몽이 떠오르는 듯 저절로 인상이 찌푸려졌다. 두려움과 짜증이 뒤섞인 표정이었다. 마담은 민철을 쏘아보며 퉁명스럽게 내뱉었다.

　"이 아저씨 여기 왜 또 왔어? 어?"

　"닥쳐 이년아, 너 어제 그 새끼랑 아는 사이지? 그 새끼 불러와. 그 새끼 불러오기 전에는 한 발자국도 안 움직일 테니까, 그리 알아."

　민철은 다짜고짜 욕설을 퍼부었다.

　"이 양반이 초저녁부터 장사 말아 먹으려고 작정을 했나……. 아, 누굴 불러오라는 거야?"

마담도 호락호락한 사람이 아니었다. 민철의 서슬에도 주눅이 들기는커녕 눈을 치켜뜨며 언성을 높였다.

"그 사기꾼 새끼랑 어떤 사이야? 그 새끼 빨리 안 불러?"

민철은 계속 강짜를 부렸다.

"어제 처음 본 손님을 무슨 수로 불러? 그런 재주 있으면 당신이 직접 찾아보던가!"

"하여튼, 난 그 새끼 찾아내기 전에는 안 나가니까, 그리 알아! 흥."

민철은 마담의 말은 아랑곳하지 않고 한가운데로 성큼성큼 걸어가더니 테이블을 차지하고 자리를 잡았다.

"아니, 진짜 이 양반 왜 이래? 전생에 나하고 무슨 원수라도 졌나. 도대체 왜 이러는 거야? 응?"

"그러니까 빨리 찾아오라고. 그 새끼."

"나 진짜 모른다니까!"

민철은 대꾸도 하지 않고 의자 등받이에 팔을 걸치고 거의 누운 자세로 자리를 잡았다.

그 모습을 보니 속에선 부아가 치밀었지만 방법을 달리할 필요를 느꼈는지 마담은 표정을 바꾸고 맞은편에 앉아서 차분하게 말했다.

"아저씨, 나 진짜 처음 본 사람이라니까. 이래도 소용없어요. 그러니까 댁으로 가셔서 그 치료도 하고 좀 쉬세요."

민철은 딴청을 피우다 마담을 보고는 콧방귀를 뀌는 것으로 대답을 대신했다. 답답한 마담의 언성이 다시 높아졌다.

"도대체 속셈이 뭐야? 초저녁부터 장사 망치려고 아예 작정을 하고 온 거야? 빨리 나가라고!"

"그 새끼 찾기 전엔 못 간다. 그러니까 그 새끼 찾아오던지 아니면 닥치고 있어 이년아."

"이 양반 말로 해서는 안 되겠네. 진짜 콩밥 먹어야 정신 차릴래? 어!"

마담은 계속 억지를 부리는 민철에게 경찰을 부르겠다며 으름장을 놓았지만 씨도 먹히지 않았다. 아주 작정하고 찾아온 모양이었다. 민철은 주머니에서 만 원짜리 몇 장을 꺼내 놓으며 말했다.

"야! 여기 맥주 몇 병 가져와! 나도 여기 손님이라고 손님! 어디서 콩밥을 들먹이고 지랄이야? 지랄이. 진짜 깽판 치는 꼴 보기 싫으면 그냥 가만히 놔두는 게 좋을 거다."

마담은 민철을 흘끔 보더니 혀를 차며 중얼거렸다.

"지친다, 지쳐."

"뭐야?"

마담은 팔짱을 낀 채 노려보다 테이블 위에 올려둔 돈을 낚아채듯 집어 들고는 카운터로 향했다.

"진짜 사람 돌게 만드네, 돌게 만들어. 여기 맥주 몇 병 내드려라!"

마담은 돈 통에 돈을 집어넣으며 곱지 않은 눈으로 민철을 노려보았다. 마음 같아서는 뒤통수를 한 대 갈기면 속이 후련하련만, 저런 종자들은 건드릴수록 지랄한다는 것을 잘 알기에 그냥 놔두기로 했다.

"똥이 무서워서 피하냐, 더러워서 피하지. 에휴."

옆에서 테이블을 닦던 사내가 민철의 눈치를 보며 마담에게 다가와 조용히 물었다.

"자기야. 저 새끼가 누굴 찾아내라는 거야?"

"어제 자기랑 시비 붙었던 사람 말이야. 그 사람 찾아내라는 거야. 미친놈."

"집요한 놈이네. 찾아서 뭐하게? 복수하게?"

"그 사람이 수배 중인 사기꾼이라는 거야."

"진짜야?"

마담은 짜증난다는 듯 사내를 흘겨보며 말했다.

"뭐가 진짜야? 그 파출소 벽에 붙어 있던 수배 중인 놈 사진이랑 똑같이 생겼다고 지 혼자 생쇼를 하는 거지."

"뭐? 수배? 어제 온 그 말끔한 사람이 수배자라고?"

사내는 깜짝 놀라 되물었다.

"그러니까 미친놈이지. 그런 신사 양반이 무슨 사기꾼이라고……."

마담은 말도 안 된다는 듯이 중얼거렸다.

"진짜 수배자 사진하고 달랐어?"

사내가 집요하게 확인하자 마담은 고개를 가로저으며 단호하게 잘라 말했다.

"완전히 다른 사람이라니까. 어제 온 손님은 말끔했잖아. 자기도 봤잖아."

"수배 전단에 붙은 놈은 어떻게 생겼는데? 아주 다르게 생겼어? 아님 비슷해?"

"음……. 아니야, 달라. 사진에 있는 놈은 못 생겼어."

그러면서 두 사람은 약속이나 한 듯 민철을 동시에 바라보았다.

독한 눈으로 연신 맥주를 잔에 따라 마시던 민철은, 아예 병째로 들이켰다가 거칠게 테이블에 내려놓고 있었다. 그러다 무엇인가 갑자기 생각난 듯 마담 쪽을 돌아보자 깜짝 놀란 두 사람은 시침을 떼고 재빨리 각자 하던 일에 매달렸다. 민철의 시선이 다른 쪽으로 돌아갈 때까지.

* * *

어두워진 시골길을 따라 불빛들이 길게 늘어섰다.

사람들이 저마다 시커먼 손전등을 들고 논둑을 따라 교회로 향하는 모습은 마치 허가되지 않은 야간 집회 참가 행렬 같았다.

그 행렬은 비닐하우스로 만든 교회 문까지 길게 이어졌고 교회 안은 먼저 도착한 사람들로 북적거렸다. 영선 어머니는 북적거리는 사람들 속에서 영선이 따라오는지 확인하며 계속 걸었다. 교회에 도착해서 영선 어머니와 동네 아주머니들이 먼저 들어섰고 그 뒤로 영선이 쭈뼛거리며 따라 들어갔다.

 교회 문 앞에서 사람들에게 열심히 전단지를 나눠주던 칠성 내외는 영선 어머니를 보자 반갑게 맞았다. 영선 어머니가 칠성 아내의 팔을 두드리며 말했다.

"고생이 많구먼."

 영선 어머니의 말에 칠성 아내도 반기며 말했다.

"영선 엄마, 잘 왔어. 아이고, 영선이도 왔네. 영선아 잘 왔다, 잘 왔어. 오늘은 꼭 주님의 은총을 받고 돌아갈 것이여."

"몸은 좀 어뗘? 괜찮은 겨?"

"어떻기는, 금방이라도 하나님 옆에서 노래라도 부를 것 같이 펄펄 힘이 나는데."

 칠성이 영선 어머니 앞으로 다가오며 말을 거들었다.

"이 사람이 저보다 훨씬 오래 살 것 같습니다. 아침부터 오늘 예배 돕는다고 교회에 와서 설레발치던 사람이구먼요."

"이 영감이 진짜. 어떻게 하나님한테 예배드릴 준비하는 게 설레발이여? 말 참 우습게 하네."

"그려 내가 잘못했네, 잘못했어. 어이쿠, 이러다가 예배 시간 늦겠네, 응? 빨리 빨리 안으로 모셔."

 영선은 어머니와 동네 아주머니들을 먼저 들여보낸 뒤 천천히 예배당을 둘러보았다. 좁지 않은 실내가 사람들로 가득 채

워지고 있었다.

앞에서는 성호가 분위기와 어울리지도 않는 춤을 덩실덩실 추고 있었고 몇몇 사람들은 그런 성호의 모습에 손뼉을 치며 즐거워하고 있었다.

"영선아, 뭐 해. 어여 들어와."

벌써부터 기도를 시작한 사람들도 여럿 보였다. 그 모든 모습이 생소한 영선은 겁먹은 얼굴로 어머니 찾아 안으로 들어섰다.

영선이 어머니의 옆에 자리를 잡고 앉자 어머니는 영선을 보며 말했다.

"걱정 말어. 우리 목사님이 다 해결해 줄 것이여."

영선의 어머니는 영선의 손을 꼭 쥐며 벌써 모든 것이 해결된 것처럼 확신에 찬 얼굴이었다. 영선은 그런 어머니를 걱정스런 얼굴로 바라보았다.

* * *

마을로 들어오는 어귀에서 버스 한 대가 멈췄다가 금세 먼지를 일으키며 자리를 떴다. 버스 정류장에 내려선 민철은 여전히 찌푸린 얼굴로 터덕터덕 걷기 시작했다. 여태 기다리다가 결국 허탕을 친 모양이었는지 표정이 곱지 않았다.

"카아악, 퉤!"

민철은 가래를 모아 신경질적으로 침을 뱉고는 중얼거렸다.

"이 개놈의 새끼, 꼬랑지를 감춰? 언제가 되었건 잡히면 아주 아작을 낼 거, 이 개새끼."

그때 멀리서 자동차 소리가 들렸다. 작은 소리였지만 주변이 워낙 고요했기에 선명하게 들렸다.

"뭐야?"

민철은 불만스런 표정으로 뒤를 돌아보았다. 저편에서 비포장도로 노면을 따라 헤드라이트가 위아래로 출렁거리며 점점 다가왔다. 민철은 이내 무시하고 다시 터벅터벅 걷기 시작했다.

차는 어느새 민철의 뒤로 가까이 다가왔다. 불빛이 거슬렸는지 민철은 걸음을 멈추고 다시 뒤를 돌아보았다. 어디서나 볼 수 있는 흰색 자동차가 무심한 민철의 시선을 뚫고 그를 지나쳤다.

"이······."

그 순간 민철의 표정이 딱 굳어졌다.

두 개여야 할 자동차 미등이 하나만 들어와 있었다. 그 모습은 민철의 기억에 또렷하게 새겨진 그것이었다.

뒤쪽 등이 깨진 흰색 그랜저.

바로 그 개놈의 새끼가 몰았던 그 차가 분명했다.

민철의 앙다문 턱에 근육이 불거져 올라왔다. 그는 마치 차를 따라잡기라도 할 것처럼 점점 더 빨리 걸었다.

* * *

　비닐하우스 교회 안. 사람들은 모두 단상을 집중하고 있었다. 거기에는 최 장로가 강연 중이었고 그 뒤의 의자에 성 목사가 자리를 잡고 있었다.
　최 장로는 사람들의 주목을 끌기 위해 말을 잠시 멈췄다가 다시 시작했다.
　"여러분들은 자신들이 별 볼 일 없이 살다가 지치고, 또 이대로 삶이 끝나는, 아무것도 아닌 존재로 스스로를 여기고 살아왔을 것입니다. 하지만 우리 하나님은 그렇지 않다고 말씀하고 계십니다. 제가 여기 성철우 목사님을 만나고는 완전히 인생이 바뀌었던 것처럼 말입니다! 아무 희망도 없이 살아가던 제가 성철우 목사님을 만나 뵙고 광명을 보았습니다. 목사님은 죄악을 가지고 살던 저를 완전히 바꿔 놓으셨습니다. 저를 하나님의 지팡이로 만드셨습니다! 성철우 목사님은 하나님의 나라, 아무 고통도 없는 천국에 들어갈 14만 4천 명을 구원하기 위해 이곳에 오셨습니다. 이 남루하고 희망 없는 동네에 천국에 들어갈 14만 4천 명이 있다고 하셨습니다!"
　"아멘!"
　마을 사람들이 주문을 외듯 아멘을 외치니 최 장로는 말을 끊었다가 다시 했다.

"이 마을이 왜 갑자기 저수지가 되어 물속에 들어가게 되었다고 생각하십니까? 천국에 들어갈 사람들이 한곳에 모여 있는 것이 두려워 그 사람들을 뿔뿔이 흩어지게 하려는 마귀의 간계인 것입니다. 그래서 목사님은 여러분에게 하나님의 권능을 보이고 여러분을 하나님의 자녀로 만들기 위해서 이곳에 오신 것입니다. 그래서 성철우 목사님은 기적을 보이고 계십니다. 아무것도 아닌 평범한 물을 생명수로 바꾸고 계신 것입니다. 여기 계신 분들 중에 이미 그 생명수를 얻어 병이 낫고 죽던 사람이 살아나는 기적을 두 눈으로 목격하셨을 것으로 압니다."

"아멘!"

칠성도 함께 외치며 아내의 손을 꼭 잡았다.

누구 한 사람 한눈팔지 않고 최 장로의 열띤 설교에 귀를 기울였고 때때로 두 손을 모아 기도를 올리며 눈물을 흘리는 사람도 있었다.

"아직도 자기 눈으로 보지 못했다고, 눈앞에서 당장 일어나지 않았다고 하나님의 권능을 믿지 못하는 사람들이 있을 줄로 압니다. 자신의 것이 모두 하나님의 것이 아니라 자기 것이라고 믿는 사람이 있을 줄로 압니다!"

"아닙니다!"

최 장로는 양손을 치켜들며 말했다.

"오늘 그렇게 살아왔던 한 사람을 소개하려 합니다. 서울에서 자기 능력만 믿고 재산을 키우던 사람이었습니다. 그렇습니다. 물질적인 모든 것을 얻은 사람입니다. 하지만 그는 결코 행복하지 않습니다. 아주 불행한 삶을 살고 있습니다. 여기 그분들이 오늘 하나님의 은총을 받고자 먼 이곳까지 오셨습니다!"

최 장로가 뒤를 가리키자 30대 부부처럼 보이는 남녀가 50대로 보이는 중년의 사내를 휠체어에 태운 채 단상으로 들어섰다.

마을 사람들은 번듯하게 차려입은 그들을 일제히 바라보았다. 번듯한 옷차림과 신발이 한 눈에 봐도 부잣집 사람들로 보였다.

그들의 등장으로 마을 사람들은 호기심과 기대에 찬 눈으로 그들을 올려다보았다.

* * *

민철은 숨이 턱까지 차올랐지만 달리는 걸 멈추지 않았다.

멀리 많은 불빛들이 모여 있는 곳에서 승용차가 멈춘 것을 확인하고 나서야 걸음을 늦추며 숨을 골랐다.

민철은 대형 비닐하우스 앞에 세워진 차로 곧장 향했다. 마을에서는 좀체 보기 힘든 고급 승용차였기에 금세 알아볼 수 있었다.

그는 승용차 뒤부터 살폈다. 예상대로 등은 깨져 있었다.

민철의 인상이 험악해졌다. 마치 천천히 끓어오르는 난로 위 주전자처럼 그의 얼굴이 점점 더 깊게 일그러졌다. 민철은 비닐하우스 위에 세워진 십자가를 노려보며 허리를 펴고 일어섰다. 그리고 천천히 교회 문을 향해 다가갔다.

* * *

휠체어를 탄 사내는 단상 앞에 나와 고개를 숙이고 있었고 부부로 보이는 30대 남녀는 그 옆에 무릎을 꿇고 앉아 있었다.

휠체어 앞으로 나선 성 목사는 조용히 사내를 응시했다. 키보드로 치고 있는 음악과 묘하게 어우러져 성 목사 모습은 자못 성스럽게 보였다. 성 목사는 차분한 음성으로 입을 열었다.

"형제님, 세상의 많은 걸 가진 분이 왜 이 먼 곳까지 저를 찾아오셨습니까?"

휠체어에 앉아 고개를 숙이고 있던 사내는 울먹이는 목소리로 말했다.

"저는 불행합니다."

"왜 불행하다고 생각하십니까?"

"권력과 재산을 얻었지만 행복하지 않습니다. 그동안 저는 제 자신만 믿고 하나님의 목소리를 외면하고 살았습니다."

"이제는 하나님의 목소리가 들리십니까?"

사내는 처절하게 눈물을 쏟아내며 말했다.

"들립니다. 이제 똑똑히 들립니다. 오, 주여……."

성 목사는 한 손은 사내의 머리에 얹고 한 손은 하늘 높이 들어 올리며 말했다.

"형제여, 그대는 그동안 욕심과 오만으로 살아왔습니다. 하지만 하나님은 그렇게 살아온 인생을 뼈저리게 후회하는 형제님을 용서하셨습니다. 이제 됐습니다. 그것으로 됐습니다."

단상에 서 있던 최 장로가 큰 소리로 말했다.

"여기! 하나님의 기적을 보게 될 것입니다. 바로 이 안에서 우리의 두 눈으로 하나님의 기적을 보게 될 것입니다. 자, 모두 한 마음으로 하나님의 기적을 찬양하는 기도를 올립시다!"

최 장로의 말에 예배당 안의 마을 사람들은 저마다의 목소리로 통성 기도를 올리기 시작했다.

최 장로는 화려한 무늬가 새겨진 그릇에 물을 담아 성 목사 곁으로 들고 갔다. 성 목사는 최 장로가 내미는 그릇에 손을 넣어 물을 한 움큼 쥐더니 50대 남자의 발을 닦았다. 그리고 남자의 발을 붙잡고 기도하기 시작했다.

성 목사의 모습에 마을 사람들의 기도와 통곡은 점점 더 커졌다. 머리가 울릴 정도로 사람들의 기도가 절정에 이르렀을 때 최 장로는 마이크를 들고 통성 기도를 했다. 최 장로가 기도를 멈추자 사람들의 기도 소리도 점점 잦아들었다.

성 목사는 휠체어에 앉아 있는 사내의 발에 묻힌 물을 닦아

내고 다시 그의 앞에 섰다. 마을 사람들은 기도 소리도 멈추고 숨을 죽인 채 성 목사만 바라보았다. 교회 안에 정적이 깔렸을 때, 성 목사가 차분하지만 단호한 목소리로 입을 열었다.

"일어나십시오."

약속이나 한 듯 사람들의 시선이 휠체어에 앉은 사내에게로 모였다.

사내는 믿을 수 없다는 듯이 눈물범벅이 된 얼굴로 성 목사를 올려다보았다. 성 목사가 인자한 얼굴로 고개를 끄덕여 보이자 그는 떨리는 몸짓으로 휠체어에 올려두었던 발을 하나 내딛었다. 30대 부부도 눈물을 훔치며 지켜보고 있었다.

사내는 휠체어 팔걸이에 힘을 싣고 서서히 일어나 나머지 한 발을 바닥에 내딛고 천천히 일어섰다. 그에 맞춰 성 목사는 하늘을 올려다보며 떨리는 목소리로 감사기도를 올렸다.

"오, 주여!"

"세상에!"

"아멘!"

그 광경을 지켜보던 사람들 입에서 저마다의 탄성이 흘러나왔다. 자신의 눈을 믿을 수가 없는지 사람들은 입을 벌린 채 몇 번을 확인했다. 그들은 방금 기적을 본 것이다.

휠체어에서 일어난 사람에게서 눈을 떼지 못했던 사람들은 한순간 교회가 떠나갈 듯 감탄사를 쏟아냈다.

"진짜여! 진짜 일어섰다고!"

"우리 목사님이 대단한 분이셨네! 대단한 분이셨어!"

"그러니까, 내가 말했잖아! 오, 주여!"

철석같이 믿었던 사람들은 큰 소리로 기도를 했고, 어떤 이는 정체도 알 수 없는 찬송가를 불렀다. 반신반의했던 사람들은 저마다 한 마디씩 하며 어설픈 자세로 기도를 따라했고 혹자는 목사님을 연속으로 외쳤다.

그때였다. 새마을 천으로 만들어진 교회 문이 거칠게 열렸다. 안으로 들어선 것은 얼굴이 울긋불긋해진 민철이었다. 하지만 예배당 안에 있던 사람들 아무도 민철의 존재를 눈치 채지 못했다. 오히려 당황한 것은 민철이었다.

"이게 다 뭐여······."

많은 사람들이 모여 앉아 울고, 소리 지르고, 중얼거리는 그 모습이 민철에겐 너무나 괴상하게 보였다. 민철의 얼굴이 더욱 붉어지며 금세라도 폭발할 것처럼 험하게 구겨졌다.

"에라, 이 미친 새끼들!"

민철의 날카로운 목소리가 어수선한 소리를 뚫고 예배당 전체에 울려 퍼졌다. 예배당 안을 가득 메웠던 성스러운 음악이 당황스러운 듯 멈췄다.

"정신 나간 인간들이 여기 다 모여 있네!"

그제야 사람들이 놀라 일제히 민철을 향해 고개를 돌렸다. 최 장로와 성 목사는 물론 방금 휠체어에서 일어난 사내조차 그쪽을 돌아보았다.

민철은 금방이라도 잡아먹을 듯 눈에 핏발을 세우며 단상 쪽으로 성큼성큼 걸어갔다. 민철은 단상에서 놀란 얼굴로 서 있는 최 장로를 향해 소리쳤다.

"에라, 이 사기꾼 새끼야! 이런 미친 짓거리 할라고 여기에 왔구나, 이 쌍놈의 새끼! 내가 널 찾으려고 얼마나 돌아다닌 줄 알아? 이 개새끼야!"

민철은 예배당에 멍하니 앉아 있는 사람들을 향해 삿대질을 하며 소리쳤다.

"이 답답한 양반들아! 이 미친 사기놀음에 정신 빼놓고 지금 뭣들 하는 짓거리여! 어? 이게 무슨 미친 짓거리냐고! 단체로다가 머리가 어떻게 되기라도 한 겨? 다들 머리가 어떻게 된 거냐고!"

최 장로는 최대한 당황한 기색을 감추며 민철에게 말했다.

"형제님, 지금은 신성한 예배중입니다. 이러시면……."

"형제 같은 소리하고 있네! 내가 왜 너 같은 사기꾼 새끼 형제여? 응?"

최 장로의 얼굴 근육이 꿈틀거렸지만 그는 최대한 자제하며 대답했다.

"신성한 곳에서 이러시면 안 됩니다. 그런데 어르신은 누구십니까?"

민철은 적개심을 감추지 않고 이빨을 드러내며 소리쳤다.

"야, 이 새끼야! 내 얼굴 모르것냐? 내 얼굴 돌로 찍고 도망쳤으면서 누구십니까? 뭐 이런 개새끼가……."

휠체어 앞에 어정쩡하게 서 있는 사내를 본 민철은, 이번엔 그를 향해 소리를 질렀다.

"허이구! 어제 까지만 해도 멀쩡했던 놈이 뭐 할라고 휠체어 타고 여기까지 온 거여? 허허, 이 사기꾼 새끼들, 이제 보니 연기하러 온 모양이구만!"

민철은 어이없는 표정으로 마을 사람들을 돌아보고는 말을 이었다.

"야, 이 정신 빠진 인간들아! 저 새끼 수배 중인 사기꾼이여! 사기꾼! 그것도 모르고 지금 절들 하고 자빠져 있는 겨? 이런 병신 같은 새끼들을 봤나! 세상에 느그들 같은 등신들은 난생 처음 본다, 난생 처음 봐!"

더 이상 듣고 있을 수 없었는지 최 장로가 발끈하여 앞으로 나섰다.

"신성한 교회에 갑자기 뛰어 들어와서 그 무슨 날벼락 맞을 얘기를 하는 겁니까! 당장 나가세요! 당장!"

"누가 누굴 보고 나가라는 거야! 나가야 할 건 너잖아, 너! 새끼야!"

민철이 눈을 부라리며 고함을 질렀다.

"이 사람이 진짜……."

최 장로가 눈짓을 하자 근처에 서 있던 지웅이 수하들에게 고개를 끄덕여 보였다. 그러자 사내 하나가 달려와 민철의 팔을 붙잡고 끌어내려 했다.

"이런 개 쌍놈의 새끼들! 이거 못 놔?"

민철은 팔을 붙잡고 있는 사내를 후려쳤다. 민철에게 얻어맞은 사내가 중심을 잃고 넘어지자 사람들이 크게 놀랐다. 그때 사람들 속에서 누군가 뛰쳐나와 민철의 팔을 붙잡았다. 영선이었다.

"아버지, 제발 나가세요. 제발!"

영선을 본 민철은 예상치 못한 딸의 등장에 적잖이 당황했다. 여기서 딸과 마주칠 줄은 꿈에도 몰랐던 것이다.

"너, 뭐, 뭐여! 왜, 왜 여기 있는 겨!"

민철은 당황한 나머지 말까지 더듬었다.

"아버지 제발 부탁이요. 나가주세요."

영선은 민철의 팔을 잡아끌며 완곡히 말했다.

"이 쌍년! 이런 정신 빠진 년을 봤나! 돈은 이런 미친 놀음 할라고 모아뒀냐? 니 어미가 데려왔어!"

민철은 기가 막힌 듯 혀를 차더니 눈을 부릅뜨며 고함을 질렀다 그러고는 매달리는 영선의 뺨을 때려 떨어뜨렸다. 민철의 거친 행동에 놀란 마을 사람들의 웅성거림이 점점 더 커졌다.

"아버지! 저 살리는 셈 치고 나가시라고요! 제발!"

쓰러졌던 영선이 다시 민철에게 달라붙어 목 놓아 울음을 터뜨렸다.

"이 쌍년이 진짜!"

민철의 눈에 핏발이 터질 듯이 부풀어 올라 마치 불길이 일어난 듯했다.

그는 영선을 마구 때리기 시작했다. 서슬 퍼런 민철의 난폭한 행동에 누구 하나 선뜻 나서지 못하고 있을 때, 성 목사가 민철 앞으로 나섰다. 성 목사는 영선을 때리려는 민철의 팔을 붙잡으며 말했다.

"어르신 그만하시죠."

민철의 매서운 눈이 성 목사에게 향했다.

"뭐여? 이 새끼가……."

민철은 성 목사의 팔을 뿌리치려 했지만 강하게 쥐고 있는 성 목사의 완력에 쉽게 뿌리치지 못했다. 뜻대로 되지 않자 민철은 다른 손으로 성 목사의 얼굴을 후려쳤다. 그 충격에 얼굴이 옆으로 돌아갔지만 성 목사는 여전히 민철의 팔을 놓지 않았다.

성 목사는 민철에게 나직하고 강한 어조로 입을 열었다.

"따님은 그만 놔두세요. 때리고 싶다면 저를 때리십시오."

"오, 그랴? 좋다, 새끼야."

민철은 성 목사의 얼굴을 다시 한 번 때렸다. 큰 소리가 날 정도로 세게 맞았지만 이번에도 성 목사는 손을 놓지 않았다. 또 때리려던 민철이 버럭 소리를 질렀다.

"이 새끼 니가 뭔데 나한테 이 지랄이여? 어?"

민철은 다시 한 번 성 목사의 얼굴에 주먹을 날렸지만 성 목사는 여전히 강직한 표정으로 민철을 노려보았다. 주먹을 한 번 더 날리려던 민철은 그런 성 목사의 눈빛에 멈칫했다.

두 사람을 지켜보던 최 장로는 이미 민철의 뒤쪽에 서 있던 지웅에게 눈짓을 했다. 지웅은 이번엔 직접 나서서 민철의 오금을 발로 걷어찼다.

"윽."

민철이 무릎을 꿇게 되자 지웅이 그의 머리채를 잡으려 했지만 최 장로가 인상을 쓰고는 주변 사람들 눈치를 보자 지웅은 머리 대신 어깨를 잡았다.

"밖으로 모셔라."

지웅의 말에 사내들은 동시에 민철에게 달려들어 성 목사로부터 떼어 놓았다.

"이거 안 놔? 죽고 싶어?"

민철은 자신을 붙잡은 사내들을 향해 마구 잡이로 주먹을 휘둘렀지만 이번엔 한 대도 맞지 않았다. 그들은 민철의 팔다리를 붙잡아 머리 위로 들어 올렸다. 허공으로 떠오른 민철은 발버둥을 쳤지만 당해낼 수가 없었다.

"이거 놔! 이 개놈의 새끼들아, 이거 놓으라고! 당장 내려놔!"

밖으로 끌려가는 동안 민철은 발악을 했지만 그들이 교회 문을 열고 밖으로 나가자 그가 악을 쓰는 소리도 더 이상 들리지 않았다. 그 모습을 바라본 사람들 몇몇은 고개를 가로 저으며 혀를 찼고 또 몇 몇은 여전히 멍한 얼굴로 교회 문 쪽을 바라보았다.

어느새 마이크를 다시 붙잡은 최 장로가 말했다.

"형제, 자매 여러분!"

그의 목소리에 마을 사람들이 다시 고개를 돌려 주목했다.

"여러분은 오늘 기적을 직접 목격하셨습니다! 동시에, 여러분 마음에 있는 사탄의 모습도 목격하셨습니다!"

사람들은 최 장로가 한마디 할 때마다 아멘을 외쳤고 잠시 싸늘해졌던 분위기는 다시 열기를 띄기 시작했다.

그들 사이에서 여전히 고개를 제대로 들지 못하는 영선 곁에, 성 목사가 부드러운 눈길로 다가섰다. 성 목사의 뒤로 열변을 토하는 최 장로의 목소리가 예배당 안을 가득 채웠고 사람들은 기도로 부응했다.

"하나님은 여러분을 사랑하십니다. 하지만 여러분이 사탄에 빠지거나 사탄이 활보하고 다니는 것을 저렇게 그냥 두는 것은 하나님에게 커다란 죄를 짓게 되는 것입니다. 여러분! 눈을 뜨십시오! 이런 때 일수록 여러분의 믿음을 더욱 강하게 하여 하나님 앞에 여러분의 믿음을 보여야 할 때입니다! 안 그렇습니까, 여러분!"

"아멘!"

최 장로가 열변을 통하는 동안 성 목사는 여전히 흐느껴 우는 영선의 어깨에 손을 얹었다. 영선은 어깨가 가늘게 떨리고 있었다. 성 목사는 영선의 어깨를 토닥였다.

"자매님, 이제 울지 마세요. 다 괜찮아질 겁니다."

성 목사는 영선의 머리를 쓰다듬으며 주문처럼 다시 말했다.

"다 괜찮아질 겁니다. 모두 다 하나님의 뜻이니까요."

성 목사는 마이크를 붙잡고 하나님의 얘기를 하는 최 장로와 그와 함께 기도하고 울며 소리 지르는 사람들을 알 수 없는 눈빛으로 바라보았다.

* * *

예배가 끝나고 사람들이 교회에서 쏟아져 나왔다.

교회 앞에는 간이 테이블 몇 개가 놓여 있었고 그 위에는 반듯하고 그럴 듯하게 그려진 건물 조감도가 그려진 보드가 세워져 있었다. 보드의 제일 위에는 「반석 꽃동산」이라는 글씨가 쓰여 있었다.

건물은 컸고 그 앞은 넓은 정원이 펼쳐져 있었다. 정원 위에는 돗자리를 펴고 와인이 담긴 피크닉 바구니를 놓고 삼삼오오 모여 앉아, 행복한 미소를 띠고 음식을 먹는 사람들의 모습이 그려져 있었다.

사람들은 「반석 꽃동산」 포스터를 한 번씩 바라보고는 앞에 놓인 헌금 통에 돈을 넣었고, 그 옆에서 관계자가 인사와 함께 나눠주는 샘물 하나씩을 받아갔다. 기침을 하는 칠성 아내가 지나가자 그는 더 자애로운 미소를 지으며 샘물을 건넸다.

"여기 있습니다. 자매님. 금세 건강해지실 겁니다."
"감사합니다."

사람들은 올 때와 마찬가지고 손전등을 들고 긴 행렬을 이루며 집으로 향했다. 다들 올 때보다는 훨씬 가벼워진 발걸음이었다. 사람들은 일행끼리 뭉쳐서 걸어가며 예배에서 있었던 일을 서로 이야기했다.

"서울에서 큰 차 타고 다니는 사람들도 그렇게 우리 목사님한테 껌뻑 죽더만."

"껌뻑 죽는 게 뭐여. 평생 앉아서 지낼 사람을 세워 보냈는데. 지 가진 거 다 내놔도 시원찮겠구먼."

"오늘 들어본께 서울 양반은 그동안 하나님 믿지도 않았는가 보네? 그런데 어떻게 저런 은총을 받을 수 있었으까?"

"하나님한테 믿음을 솔찬히 보여줬는가 보지."

"그랴, 돈이 많았을 거 아녀. 그거 다 하나님께 드렸다고 하드만."

"진짜여? 전부 다?"

"그 정도 했응께 벌떡 일어나부렀지. 안 그랴?"

그녀들의 뒤로 목에 수건을 두른 사내가 천천히 걷다가 뒤를 돌아보았다. 칠성 내외가 다가오기를 기다려 함께 걸으며 입을 열었다.

"아까 민철이 형님 눈까리들 봤어? 아직도 소름이 끼치는구먼."

칠성의 아내가 말했다.

"짐승들도 지 새끼를 그렇게 때리진 않지. 어휴 끔찍스러워라."

그 옆에 조용히 고개만 끄덕이던 사내도 주위 눈치를 쓱 보고는 조용히 입을 열었다.

"민철이 형님, 마귀가 쓰인 게 틀림없다니까요. 내는 벌써 진작 알아봤나니까."

이번엔 수건을 두른 사내가 맞장구를 쳤다.

"맞아, 그게 사람의 눈이 그렇게 될 순 없으니까. 번뜩거리면서 휘둘러보는 폼이 아주 다 잡아먹을 기세드만. 봤잖어. 장정 여럿이 덤벼도 뿌리치는 거."

"그치. 사람의 힘이 그렇게 셀 수는 없을 것이여."

그들의 대화를 들으며 뒤를 따르던 칠성의 표정이 씁쓸했다. 그는 묵묵히 가다 걸음을 멈추고 걱정스런 얼굴로 교회 쪽을 한 번 돌아보았다.

아직도 교회에서 나오는 사람들의 행렬이 이어져 있었다. 칠성은 목을 빼고 주변을 둘러보았지만 어디에도 민철의 모습은 보이지 않았다. 그는 발길을 돌려 다시 일행을 따르기 시작했다. 칠성의 근심어린 표정은 좀처럼 풀리지 않았다.

천양호텔시공

(주) 여주건설

익숙한 동작으로 날리는 주먹에 민철은 힘없이 쓰러졌다. 주먹은 한 치의 갈등이나 망설임도 없이 튀어나와 민철의 온몸을 두들기고 있었다. 이미 입술이 터진 지 오래였고 눈두덩에도 피멍이 들었다. 하지만 그런 매질도 민철의 독기를 빼기에는 부족했다.
 민철은 피가 섞인 침을 뱉으며 말했다.
 "이 새끼들, 이 쌍놈의 새끼들이 이젠 대 놓고 본색을 드러내는구나. 니기미……."
 사내 중 한 명이 발끈하며 민철의 배에 주먹을 꽂았다. 억! 소리를 내고는 민철은 잠시 조용해졌지만 이내 고개를 들어 매서운 눈으로 노려보았다.
 "이 쌍놈의 새끼, 너부터 죽일 것이여! 이 개 쌍놈의 새끼!"
 민철을 때렸던 사내는 혀를 내두르며 뒤로 물러섰다.
 "맷집이 황소네. 뭘 처먹고 저렇게 된 건지 묻고 싶네, 묻고 싶어."
 "네가 물주먹이라 그런 거 아냐. 잘 봐, 딱 두 대 만에 저 새끼 똥 싸게 만들어 줄 테니까."

호기롭게 나서는 사내를 지웅이 붙잡았다. 지웅은 빠지라는 듯 고갯짓을 했다.

아쉬운 듯 입맛을 다시며 빠지는 사내 뒤로 최 장로가 모습을 드러냈다. 최 장로는 엉망이 되어 있는 민철을 내려다보며 말했다.

"새끼 진짜 끈질기네. 저번에 한 번 혼났으면 그냥 조용히 찌그러져 있지 뭐 하러 여기까지 기어와서 지랄을 해? 그러니까 이 꼴을 당하지. 이거 참 골치 아픈 놈이네."

민철은 독이 오른 얼굴로 최 장로에게 침을 뱉었다. 최 장로는 흠칫하며 옆으로 피했다가 씩 웃으며 말했다.

"침 뱉을 힘도 없는 게 왜 이렇게 질기게 굴어? 그냥 포기하면 편하잖아."

민철은 숨을 한 번 몰아쉬고는 말했다.

"너, 내가 네 이름이고 뭐고 다 알아 새끼야. 파출소에 네 쌍판이 대문짝만하게 붙어 있더만. 이 사기꾼 새끼!"

최 장로는 잠시 놀란 얼굴로 민철을 바라보다 금세 픽 웃었다.

"자세히 본 거야? 나 확실히 맞아? 만약 아니면 무고죄로 중형 받을 텐데 정말 확실해?"

"다른 등신들 눈은 속여도 내 눈은 못 속여 이 새끼야! 이 개사기꾼 새끼!"

최 장로는 잠시 팔짱을 끼고 민철을 바라보았다. 민철 또한

지지 않고 최 장로를 노려보았다.
잠시 진지한 표정이 되었던 최 장로는 또다시 픽 웃었다.
"쓸데없는 눈썰미를 가졌구먼. 이 아저씨 진짜 알면 안 되는 것까지 알아내셨어. 그래, 내가 수배중이라고 치자, 그래서 어쩌시려고? 파출소에 가서 일러바치게?"
최 장로는 민철의 전신을 훑어보고는 말을 이었다.
"그 꼬라지로 신고하면 경찰들이 잘도 믿어주겠다. 매일 술이나 처먹고 쌈질이나 하는 노숙자 같은 새끼 말을 경찰들이 잘도 들어주겠다고, 이 병신 같은 새끼야. 아직도 어떻게 돌아갈지 감이 안 오지?"
"너 같은 새끼들 잡으라고 만든 게 그 수배여. 알아?"
민철은 지지 않고 한마디 내뱉었다.
"아이고, 여기 검사 납셨네, 납셨어. 사람 말은 말이야, 누가 들어줘야 말인 거야. 혼자 아무리 씨부려봐야 아무도 안 들으면 말짱 헛거야, 헛것."
최 장로는 민철의 머리를 손가락으로 밀치며 말을 이었다.
"주제 파악 좀 하고 다녀 이 미친 새끼야······."
그 순간 민철이 스프링처럼 튀어 오르며 달려들었다. 최 장로는 당황하며 뒤로 주저앉았고 민철은 그를 올라타고 목을 움켜쥐고 조르기 시작했다.
"이 개새끼 죽여 버릴 것이여!"
잠시 멈칫하고 서 있던 사내들이 동시에 달려들어 민철을 떼어내고는 다시 때렸다.

최 장로는 기침을 심하게 하면서도 사내들에게 뭔가 말을 했지만 아무도 듣지 못했다. 최 장로는 숨을 고르고 큰소리로 말했다.

"그만하라고!"

그제야 사내들이 물러섰고, 그 아래에는 떡이 된 민철이 웅크린 꼴로 바닥에 엎드려 있었다.

최 장로는 기침을 몇 번 더 하고는 사내들의 부축을 받아 일어섰다.

"묶은 거 아니었어?"

최 장로의 질문에 사내들은 서로를 바라볼 뿐 아무도 대답하지 않았다. 최 장로는 옆에서 팔짱을 끼고 있는 지웅을 노려보았고 지웅은 어깨를 으쓱해 보이는 것으로 대답을 대신했다.

최 장로는 발끝으로 민철을 툭툭 건드리다 사내들에게 손짓을 했다. 사내들은 발로 엎드려 있는 민철을 뒤집었다. 이번엔 많이 맞았는지 고통스런 표정으로 눈을 감고 있었다.

최 장로가 민철의 뺨을 몇 번 때렸다. 민철은 그제야 눈을 떴다.

"이런 독종은 내 생전 처음이다, 처음. 진짜 뭘 처먹고 이렇게 된 거야?"

"죽일 것이여……."

민철의 독기 서린 말에 최 장로는 고개를 가로저었다.

"이거 진짜 미친 독종 새끼구만. 얘들아 이분 천양 호텔로 모셔라. 거기서 독기 좀 빠질 때까지 모셔야겠다. 빨리 치워!"

사내들이 민철을 붙잡자 그는 반정신을 놓은 상태에서도 저항을 했다. 지웅 일행은 그의 입에 재갈을 물리고 어딘가로 끌고 갔다.

최 장로는 질질 끌려가는 민철을 불쾌한 눈으로 바라보다 발걸음을 옮겼다. 그는 문을 열고 나와 뒤 쪽을 돌아보았다. 방금 나온 창고 뒤편으로 차 한 대가 조심스럽게 떠나는 모습이 보였다.

최 장로는 옷매무새를 가다듬고 교회 앞으로 발걸음을 옮겼다.

"그분은 어떻게 됐어요?"

최 장로는 양팔을 벌려 보이며 밝은 목소리로 대답했다.

"제가 잘 타일러서 보냈습니다. 목사님은 그런 거 신경 쓰지 마세요. 그냥 하나님 말씀 전하는 데만 신경 쓰세요. 나머지는 제가 알아서 할 테니."

"아, 네……."

성 목사는 잠시 고개를 숙이고 머뭇거리다 조심스럽게 입을 열었다.

"최 장로님, 혹시 아까 그분들 말입니다."

"누구요?"

성 목사는 최 장로를 돌아보며 말했다.

"휠체어에 앉아 계셨던 분들이요."

"아, 그분들이요. 네, 그분들이 왜요?"

"혹시 최 장로님이 시키신 겁니까?"

"시키다니……. 뭘 말입니까?"

성 목사는 최 장로를 빤히 바라보았고 최 장로 또한 영문을 모르겠다는 표정으로 성 목사를 바라보았다.

"뭘 시겼냐는 선가요, 목사님?"

"제가 뭘 여쭤보는 건지 장로님께서도 잘 알고 계시잖습니까."

최 장로는 잠시 생각하는 표정을 짓다가 짐짓 놀란 표정으로 대답했다.

"목사님, 설마 지금……."

성 목사는 고개를 끄덕이며 말했다.

"보통 믿음으로는 할 수 없는 일입니다. 제 믿음이 아무리 굳건하다 해도 그렇게 금세 하나님께서 보여주시는 기적이 아니란 말씀입니다. 특히 그렇게 휠체어 생활을 하신 분이 일어서는 그런 기적은 말이죠."

"목사님, 그건……."

성 목사가 최 장로의 말을 자르며 말을 이었다.

"혹시나 최 장로님께서 그런 식으로……. 그렇게 하신 거라면 앞으로는 안 하셨으면 해서요."

최 장로의 눈썹이 꿈틀거렸지만 조용히 대답했다.

"아마도 목사님의 믿음이, 목사님이 생각하시는 것보다 훨씬 더 강한 모양입니다. 저는 그렇게 생각해요."

성 목사는 고개를 가로저으며 말했다.

"그럴 수도 있을 겁니다. 저는 제 믿음에 대해서 단 한 순간도 의심해 본 적이 없습니다. 하지만 마음 한구석이 불편합니다. 천국의 샘물을 파는 것도 그렇고……."

최 장로의 표정이 굳었다. 그는 성 목사에게 한 걸음 더 가까이 서며 말했다.

"목사님, 아니 그게 지금 무슨 말씀이세요. 방금 그 말씀은 정말 서운하게 들립니다. 제가 그거 팔아서 돈 벌려고 하는 겁니까? 그 샘물 마시고 사람들이 병이 낫고 있는데 그게 다 믿음이고 하나님의 전능하신 힘이지 않겠습니까? 무슨 말씀을 그렇게 서운하게 하세요?"

최 장로의 돌변한 말투에 성 목사는 당황했다.

"아니, 장로님, 저는 그런 뜻이 아니라……."

"목사님이 그렇게 말씀하시면 저는 정말 섭섭합니다. 제가 돈 벌려고 한 거면 여기 교회는 뭐 하러 세우고 목사님은 또 뭐 하러 모셨겠습니까? 저는 직업소개 사업만 해도 돈 좀 법니다. 돈으로는 아쉬울 게 하나도 없다는 말씀입니다. 여기 마을이 물에 잠긴다는 소식 듣고 도움을, 그리고 믿음을 나눠드려야겠다는 생각에 제 사업까지 제쳐 두고 한걸음에 달려와서 이렇게 고생하고 있는데 그렇게 말씀하시면 일할 맘이 안

생깁니다. 임시이긴 합니다만, 이 교회 짓는 데만 해도 얼마가 들어간 줄 아세요? 목사님, 진짜 말씀 섭섭하게 하시네……."

"……."

최 장로는 성 목사를 바라보다 다시 표정을 풀며 친근하게 말했다.

"그래요, 목사님, 솔직히 휠체어에서 일어난 그 사람들 제가 불렀습니다. 하나님의 일을 하는 입장에서 목사님께서 그 정도는 이해해주실거라 생각했습니다. 보세요, 저 사람들."

최 장로의 손짓을 따라 성 목사의 시선도 따라갔다. 손전등을 든 마을 사람들이 아직도 긴 행렬을 이루고 집으로 향하고 있는 것이 보였다.

"여기 마을 사람들처럼 무지한 양반들이 어떻게 성경을 다 읽어보고 하나님 뜻을 알고 그러겠습니까? 저는 그저 하나님의 큰 힘을 쉽게 이해시키려고 이런 겁니다. 말하자면 복잡한 걸 쉽게 이해하도록 도식화한 거죠. 복잡한 이론을 단순화시켰다고 그 이론이 왜곡되는 건가요? 그건 아니거든요. 그렇게라도 보여줘야 하나님 권능을 빨리 믿죠. 안 그래요? 그러니까 우리 목사님이 그런 건 조금만 이해해주세요. 사람들 보상금 모아서 반석꽃동산으로 옮기면 그때는 목사님 뜻대로 제가 다 할 테니까요. 네?"

성 목사는 여전히 말없이 사람들만 바라보았다. 최 장로는 그런 성 목사를 아주 짧은 순간 마땅찮은 얼굴로 바라보았다가 다시 웃음을 띠며 말했다.

"제가 반석 꽃동산 자리 이미 다 알아 놨습니다. 그 옆에 교회도 제대로 지어 올리려고 준비도 하고 있고요. 그렇게만 되면야, 하나님의 뜻으로 목사님 원하는 대로 더 많은 사람을 구원할 수 있잖아요. 그게 목사님이 원하시는 거잖습니까. 안 그렇습니까?"

여전히 성 목사는 아무 말도 하지 않고 듣고만 있었다. 그때 논두렁 쪽에서 영선과 영선의 어머니가 그들에게 다가왔다. 최 장로는 저만치 앞서나가 모녀를 맞이했다.

"아유, 어머니!"

영선 어머니는 최 장로에게 가볍게 인사한 후 걱정스런 얼굴로 성 목사에게 다가가 머리를 조아렸다.

"아이구 목사님, 제가 죽을죄를 지었습니다. 제가 전생에 죄가 많아서……."

성 목사는 영선 어머니를 다독이며 말했다.

"어머니가 왜 죄를 지었다고 하십니까. 어머니는 아무 죄도 없습니다."

"에구 그 정신 나간 양반이 하늘이 무서운 줄도 모르고 그런 끔직한 말을 하고……. 그런 양반하고 같이 밥 먹고 살아온 제가 죄인입니다, 목사님."

"무슨 말씀이세요. 하나님 앞에서는 모두가 평등합니다. 사람이 어떻게 사람을 죄인이라고 말할 수 있겠습니까. 하나님 앞에 몸과 마음을 모두 내놓으면 됩니다."

"목사님이 그렇게 말씀해주시니까. 제 마음이 다 풀리는 것 같습니다. 감사합니다, 목사님. 감사합니다."

"아저씨 너무 나무라지 마세요. 사람이 죄가 아닙니다. 마음속에 있는 사탄이 시켜서 한 짓입니다."

최 장로가 다가와 성 목사의 말을 거들었다.

"어머니 너무 걱정 마세요. 아저씨는 저희가 사탄을 내 아서 새사람을 만들어 다시 가정으로 돌려보낼 테니까, 너무 걱정 마세요. 아시겠지요?"

영선의 어머니는 놀란 얼굴로 최 장로를 쳐다보았다. 마치 구세주라도 만난 것 같은 표정이었다.

"아이고, 그렇게만 해주시면 얼맹키로 감사를 드려야 할지 모르겠습니다! 감사합니다, 감사합니다."

성 목사는 연방 허리를 굽히며 감사하는 영선 어머니 곁에서 쥐 죽은 듯이 고개를 숙이고 있는 영선을 바라보았다.

"자매님, 고개 한번 들어보세요."

영선은 깜짝 놀라 고개를 들어 바라보았다. 성 목사는 영선의 턱을 살짝 잡고 들어 올렸다. 영선은 깜짝 놀라 성 목사를 바라보았다.

"얼굴을 한번 보죠. 괜찮으세요? 아까 많이 다치시진 않았나요?"

성 목사는 자상한 목소리로 영선에게 물었다.

영선은 시선만 다른 곳으로 돌리며 대답했다.

"죄, 죄송합니다."

"자매님은 이름이 어떻게 되시죠?"

"김, 김영선이라고……."

"영선 자매님, 자매님은 아무 잘못이 없습니다. 저한테 죄송할 일은 하나도 하지 않으셨습니다. 기운 내세요. 영선 자매님은 하나님이 너무나 사랑하는 하나님의 딸입니다."

성 목사는 미소를 지으며 말했다.

"예?"

"지금까지 얼마나 힘들었을지 압니다. 하지만 이제는 밝을 날만 바라보세요. 저희 하나님 아버지께서 영선 자매님에게 밝은 미래를 보장해 주셨습니다."

성 목사를 바라보는 영선의 눈에 눈물이 맺혔다. 성 목사는 그런 그녀를 자애로운 얼굴로 바라보며 말을 이었다.

"영선 자매님은 하나님이 보시기에 아주 아름다운 분입니다. 그렇기에 우리 하나님 아버지께서도, 하나님의 나라에서 그분이 가장 잘 보이는 곳에 영선 자매님의 자리를 만들어 두셨어요."

영선은 성 목사의 이야기에 울먹거리더니 굵은 눈물을 흘렸다. 성 목사가 영선의 어깨를 감싸 안자 그녀는 아예 그 자리에 주저앉아 통곡하듯 울었다.

'내가 아주 제대로 된 물건을 골랐군. 기대 이상이야, 정말

대단해······.'

최 장로는 그런 성 목사를 마치 마술을 본 것처럼 신기하다는 표정으로 바라보다 픽 웃었다.

* * *

사내들이 타고 있는 구식 지프는 곧 분해될 것처럼 덜컹거리며 비포장도로를 달렸다. 인상을 쓴 채 운전만 하던 지웅이 입을 열었다.

"야, 라이트 갈아 끼웠냐? 씨벌, 뭐가 보여야 운전을 하지."

뒷좌석에 앉아서 창틀에 팔을 걸치고 있던 사내가 말했다.

"왜, 깨졌어요?"

지웅은 짜증난 표정으로 룸미러로 뒷좌석의 사내를 쏘아 보았다.

"아 나 저 새끼, 저럴 줄 알았다니까. 등 나갔다고 얘기한 게 한 달 전이다 이 무심한 새끼야."

그때까지 조용히 있던 조수석에 앉아 있던 사내가 입을 열었다.

"한 달이나 지나서 이제 발견한 것도 대단한데요?"

"운전 못하는 놈은 입 다물어. 어디서 입을 째?"

조수석의 사내가 입을 다물자 차 안이 잠시 조용해졌다.

"······."

뒷좌석의 사내가 짐칸을 턱으로 가리키며 불현듯 입을 열었다.

"근데 이 새끼 어떻게 하라는 거예요? 산삼을 처자셨나 그렇게 처맞고도 아직도 날뛰네. 대단한 새끼."

뒷좌석 뒤 짐칸엔 꽁꽁 묶인 민철이 여전히 요동을 치고 있었다.

지웅은 잘 보이지도 않으면서 습관적으로 룸미러를 보며 말했다.

"일단 가서 전화 드리면 사장님이, 아니 장로님이 지시하기로 했어."

"묻을라나?"

무심코 뱉은 뒷좌석 사내의 말에 남은 지웅은 조수석 사내와 마주보았다. 조수석 사내가 뒷좌석을 돌아보며 말했다.

"에이 설마. 이깟 일로 그렇게까지 하겠어?"

"아니, 작년 생각 안 나? 작년에 말 한 번 잘못했다가……."

"시끄러, 자식아!"

지웅이 룸미러로 민철의 동태를 살피며 말을 잘랐다.

"멍청아, 너는 그냥 입 닫고 있는 게 도와주는 거라고 몇 번이나 말해? 내일 일찍 라이트나 바꿔 새끼야."

"아, 진짜 맨날 나만 가지고 그래."

지웅의 눈썹이 치켜 올라갔다.

"뭐? 지금 뭐라고 했냐?"

뒷좌석의 사내가 서운하다는 듯 가라앉은 목소리로 말했다.

"아니, 왜 나만 구박하냐고요. 저 운전도 못하는 새끼는 그냥 두고."

조수석에 있던 사내가 흠칫하며 말했다.

"아니, 가만히 있는 나를 왜 끌어들여?"

"듣기 싫으면 면허증이나 좀 따 새끼야. 맨날 나만 운전하고, 내가 뭐 운짱이냐? 차나 좋으면 운전하는 맛이라도 나지. 이건 뭐 맨날 봉고 아니면 썩은 트럭뿐이니 두 배로 피곤해, 두 배로."

"적당히 해라."

보다 못했는지 지웅이 나직한 목소리로 경고했다.

"아니, 형님. 그렇잖아요. 가만 보면 저 새끼는 뭐 묻어가는 거 말고는 하는 게 없잖아요."

다시 조수석의 사내가 말했다.

"너보다 머리는 좋지."

"아 뇨, 저 새끼 또 학력 가지고 지랄이네? 야, 이 새끼야! 중졸이나 중퇴나 뭐가 달라?"

"중퇴는 초졸로 친다고 몇 번을 말해 새끼야."

두 사내는 주거니 받거니, 쉬지 않고 설전을 벌였다. 계속 내버려두면 밤이라도 샐 기세였다.

"이 건방진 새끼들이 진짜! 내 앞에서 계속 투닥거릴래? 꼭 가방끈 짧은 새끼들끼리 학력 따지고 지랄들이라니까?"

지웅이 더 이상 참지 못하고 조수석과 뒷좌석의 사내들의 머리를 한 대씩 쥐어박으며 말했다.

"아, 제 말이요. 형님. 대졸이나 되면 모를까 거기서 거기인 게 꼭 그거 가지고 스트레스를 준다니까요?"

뒷좌석의 사내가 억울하다는 듯 울먹거렸다.

"스트레스 뜻이 뭔지나 알고 말하는 거냐?"

조수석의 사내가 말했다.

"저 새끼를 확······."

지웅이 조수석의 사내를 한 대 더 때리며 말했다.

"넌 면허나 따와 새끼야, 면허나!"

"바빠서 딸 시간이 없다니까요."

"새벽까지 술을 처먹으니 시간이 나겠냐? 나겠어? 하여튼 이번 건 마무리하고 두 달 내로 면허 못 따면 이 동네 물에 잠길 때 같이 처넣어버릴 라니까 그런 줄 알아."

"아니, 형님, 국가고시를 어떻게 두 달 내로 딴다요. 그건 대졸들도 빠듯한 일정이라니까요?"

"주둥이 처맞기 전에 입 안 다물어?"

조수석의 사내는 입을 다물었고 뒷좌석의 사내는 기분이 좋아졌는지 콧노래를 흥얼거렸다.

"그 콧구멍 꿰매버리기 전에 조용해라. 듣기 싫다."

지웅의 말을 마지막으로 짐칸에서 꿈틀거리는 민철의 부산한 소리 말고는 차 안은 다시 조용해졌다.

차가 도착한 곳은 공사 중인 건물 공사장이었다. 중단된 지 얼마나 지났는지 뼈대로 세워 놓은 철골시멘트에 이끼와 거미줄이 여기저기 널려 있었다. 건물 앞 「천양 호텔 시공」이라고 쓰인 시방서조차 빛에 바래서 글씨가 제대로 보이지 않았다.

"내려."

지웅의 말에 사내들은 짐칸에서 꽁꽁 묶인 민철을 꺼냈다. 지웅이 밖에서 담배를 한 대 피우는 동안 사내들은 민철의 상체와 하체를 나눠 들고 공사 중인 건물 안으로 들어갔다.

가는 도중에 상체를 놓쳐 민철의 머리가 땅에 떨어졌지만 전혀 개의치 않고 짐짝을 다시 들 듯 들고 들어갔다. 지웅은 그들을 바라보며 휴대폰을 꺼내 어딘가로 전화를 걸었다.

잠시 기다린 그가 담뱃불을 손가락으로 튕겨 버리며 입을 열었다.

"아, 장로님. 천양 호텔입니다. 어떻게 할까요? …… 그냥 그렇게만 하면 됩니까? 아, 그야 그렇죠. 알겠습니다."

그는 휴대폰을 접고 재빨리 담배 한 개비를 더 꺼내 물고는 연기를 길게 뿜으며 건물 안으로 향했다.

지웅은 1층에서 민철을 내려놓고 기다리고 있던 사내들에게 다가갔다. 더 손을 봤는지 민철은 이제 꿈틀거리지도 않았다. 지웅은 위로 올리라는 손짓을 한 뒤 계단을 타고 2층으로 올라갔다.

건물 한가운데 기둥으로 간 지웅이 담배 연기를 뿜어내며 발로 기둥을 가리키자 사내들이 민철을 기둥으로 끌고 가 묶기 시작했다.
"지웅 형님, 이 정도면 됩니까?"
"야, 야! 작업 중에 이름 부르지 말랬지!"
지웅이 눈을 부라렸다.
"아, 죄송합니다."
사내는 황급히 고개를 숙였다.
"야, 저리들 비켜봐."

지웅은 그들이 묶는 걸 지켜보다가 중간에 직접 가서 줄을 잡아당겨 보더니 사내들의 머리를 한 대씩 쥐어박고는 담배를 입에 문 채 직접 시범을 보이듯 줄을 잡았다.

"뭐 하나 제대로 하는 게 없어, 이 새끼들은. 잘 봐, 이 멍청한 것들아. 자, 이렇게, 이렇게, 응? 알았으면 이제 제대로들 해봐."

잡아당길 때마다 민철의 입에서 신음소리가 나올 정도로 단단하게 끈을 조인 지웅은 뒤로 물러서서 사내들이 마무리하는 걸 지켜보았다.

사내 중 하나가 동료에게 물었다.
"여기 햇볕은 안 들어오겠지?"
"많이 들어와 봐야 저기까지 밖에 안 들어올 것 같은데? 그럼 그럭저럭 견딜 만하겠지."
지웅이 담뱃불을 튕기며 말했다.

"야, 야! 뭘 그런 걸 신경 써? 다 됐냐?"

"네."

지웅은 미술작품을 감상하듯 기둥에 묶인 민철을 빤히 바라보다가 생각난 듯 다가섰다.

"야, 잠깐만."

지웅은 민철의 주머니를 뒤져 구겨진 담배 한 갑과 라이터를 꺼냈다. 그걸 당연하다는 듯이 챙겨 넣더니 다시 주머니를 마저 뒤졌다.

"어이 아저씨, 로마가 왜 망한 줄 알아? 새 담배를 막 버려서 하나님한테 찍혔거든. 오, 이건 뭐야?"

지웅은 민철의 안쪽 주머니에 손을 넣은 채, 꽉 묶은 끈 때문에 손을 빼지 못하고 한참을 씨름했다. 힘들게 꺼낸 그의 손에는 도장이 들어 있는 통장이 커버 째 들려 있었다. 지웅은 재빨리 통장을 펼쳐 보며 말했다.

"뭐야 이거. 보상금 받았으면 하나님께 바쳐야지 따로 챙겨? 로마가 왜 망한 줄 알아? 딴 주머니 차서 하나님이 삐져서 그런 거 아녀. 이 아저씨 큰일 날 양반이네. 이건 우리 아주머니 자매님께 헌금 내라고 하시면 될 것 같고……. 오케이, 이제 정리하자."

사내들이 주변에 너저분하게 널려 있는 끈과 테이프를 대충 주워 건물 구석으로 던졌다. 지웅은 주머니에 손을 꽂고 일행과 함께 자리를 뜨려다 말고 민철에게 다가가 얼굴을 툭툭 치며 말했다.

"그러니까 왜 하나님 집에 쳐들어와서 지랄을 해 가지고 이 개고생이야. 응? 여기서 며칠 반성 좀 하고 계셔. 며칠 후에 하나님 계시 받으면 그때 풀어줄게. 반성이 안 됐다 싶음 여기다 시멘트 발라버리고. 나 죄짓게 하지 마. 알겠지?"

지웅은 장난스럽게 민철의 코를 손가락으로 튕기고는 건물 아래로 내려갔다. 홀로 남겨진 민철은 온 힘을 다해 소리를 질렀지만 어둠 속으로 먹힐 뿐 아무 소리도 들리지 않았다.

칠성 내외는 아침부터 부지런히 움직이며 가게 문을 열었다. 몇 개 되지 않는 음료수과 뻥튀기를 밖에 내어놓고 아이스크림 냉장고를 잠가 놨던 자물쇠를 열었다. 가게 앞 평상에 앉아 그것을 지켜보던 칠성 아내는 기침을 심하게 했다.

칠성이 다가왔지만 그녀는 하던 일 계속 하라는 듯 손짓을 했다. 칠성은 고개를 끄덕이며 물건 진열을 했지만 그의 시선은 아내에게서 떨어지지 않았다.

"괜찮은 겨?"

평상에 앉은 칠성의 질문에 아내는 고개를 끄덕이며 옆으로 누웠다.

"약 먹어야 하지 않겠어?"

아내는 말할 힘도 없는지 손을 흔들었다. 칠성은 그래도 집 안에서 약을 들고 와 아내에게 건넸다. 하지만 아내는 고개를 가로 저으며 말했다.

"교회 물 좀 가져다주소."

"그래도 약도 같이 먹어야 할 텐디."

힘없이 다시 눈을 감은 아내를 걱정스럽게 보던 칠성이 가게 안으로 들어갔다.

잠시 후에 물을 들고 나와 건네자, 아내는 물을 입으로 가져갔다.

"어때, 괜찮아지는 것 같은가?"

고개를 끄덕이는 아내를, 걱정스런 얼굴로 바라보던 칠성은 안타까운 듯 아내의 등을 쓸어주었다.

* * *

새벽 같이 일어난 영선은 자신의 방 한곳에 고이 모셔 놓은 벌꿀 단지를 꺼내 흐뭇한 미소를 짓고 바라보았다.

영선은 단지가 엎어지지 않도록 신문지로 싸고 보자기에 담아 예쁘게 묶었다. 맘에 들지 않는지 몇 번을 반복해서 묶던 영선은 그제야 맘에 드는지 고개를 끄덕이고는 옷을 챙겨 입었다. 옷을 입을 때도 얼마 되지도 않는 옷을 몇 번이나 바꿔 입으며 정성을 들였다.

"영선아, 가자."

밖에서 들리는 어머니의 목소리에 영선은 꿀단지를 조심스럽게 들고 밖으로 나섰다.

영선과 영선 어머니는 얼마 가지 않아 동네 아주머니들을 만났고 자연스럽게 같이 걸었다.

"성호 할머니도 서울 그 부자양반처럼 벌떡 일어날까?"

"그건 모르지. 성호 할머니는 늙었잖아. 속병도 깊고."

"그래도 우리 목사님이면 낫게 해주실 수도 있지 않을 까 싶은디?"

"세월에는 장사 없는 겨."

"그래도 성호 할머니는 다행이네. 천국에 이미 자리가 마련되어 있으니까말여."

"뭐여? 누가 그런당가? 자리 났다고?"

"아, 장로님이 그러셨잖아. 성호 할머니는 이미 자리 다 있다고."

"그래? 아, 이거 참 은근히 조바심 나네."

"뭐여? 그럼 먼저 죽기라도 하겠다는 거여?"

"아니, 그건 아니고. 그래도 자리가 자꾸 줄어드니까 조금 불안한디?"

"그럴 거 없어. 다 하나님 뜻이고 우리는 하나님만 믿으면 그 자리가 다 생긴다고 했으니까 너무 걱정 말어."

멀리 황량한 들판 위에 외따로 서 있는 초라한 집은 멀리서도 아주 잘 보였다. 이미 몇몇 사람들이 도착했는지 희끗거리며 들락날락하는 사람들의 모습이 보였다.

"아유, 벌써 왔는 갑네. 어여 서둘러."

들판을 가로질러 도착한 성호의 집 앞마당에는 예상대로 많은 사람들이 모여서 찬송가를 부르고 있었다. 넓지 않은 곳이 사람들로 북적거려 멀리서 보면 마치 잔치라도 벌이고 있는 것 같았다. 찬송가가 끝나자 사람들은 아멘을 외쳤다.

영선 일행은 사람들 사이로 비집고 안쪽으로 들어갔다.

영선은 마루에서 무릎을 꿇고 기도를 드리고 있는 성 목사를 한눈에 알아보았다. 그는 영선이 굳이 찾지 않아도 단번에 눈에 띄었다. 차분한 모습으로 기도를 하던 성 목사는 찬송가가 끝나자 고개를 들었다.

그 옆에 있는 최 장로는 성 목사와 사람들을 살피며 짐짓 진중한 표정으로 있었다.

성호는 마당 한쪽에서 안절부절못하며 마루 한가운데 누워 있는 할머니를 불안하게 바라보았다. 할머니는 숨 쉬는 것도 힘이 드는지 허파를 긁는 듯 거친 호흡을 이어가고 있었다.

최 장로는 근엄한 표정으로 마당에 모인 사람들을 향해 입을 열었다.

"오늘은 우리 성철우 목사님이 정성호 형제의 하나밖에 없는 할머니를 위해 안수 기도를 해주시는 날입니다. 정성호 형제의 할머니인 이금순 자매가 벌써 말하지도 못하고, 듣지도 못하도록 병이 깊어진 지가 일주일이 지났다고 합니다. 오늘 우리를 깊이 사랑하시는 하나님의 사랑으로 이금순 자매의 병이 씻은 듯이 나을 수 있는 기적의 성령이 이곳에 임하시길 한마음으로 기도합시다."

그의 말을 끝으로 구호처럼 사람들은 아멘을 읊조렸다.

성 목사는 힘들게 숨을 몰아쉬고 있는 할머니의 손을 꼭 붙잡고 눈시울을 붉힌 채 바라보았다. 영선의 눈에 비친 성 목사의 표정은 마치 병든 친어머니를 바라보는 것처럼 따뜻했다. 영선은 그런 성 목사를 물끄러미 바라보았다.

성 목사는 천천히 눈을 감고 주변까지 차분하게 만드는 낮고 침착한 목소리로 입을 열었다.

"하늘에 계신 아버지. 여기 아버지의 뜻을 잘 모르는 길 잃은 양이 있습니다. 아버지의 큰 사랑을 아직 느끼지 못하는 영혼이 있습니다. 자신이 사랑받고 있다는 사실에 대해 확신이 서지 않는 영혼이 여기 있습니다. 자신이 특별한 사람이고 모든 게 아버지의 뜻대로 축복을 통해 이루어지고 있다는 사실을 모르는 영혼과 제가 함께하고 있습니다. 이들이 아버지의 큰 사랑을 받고 있다는 사실을 증명하여 주옵고 하나님 아버지의 위대한 권능을 느낄 수 있도록 아버지의 기적을 저를 통해 보여주십시오. 저들이 이 사랑을 두 눈으로 보고 두 귀로 느끼고 온몸으로 이 기적을 느끼게 해주십시오, 하나님 아버지!"

기도를 올리는 성 목사의 두 눈에서 굵은 눈물이 흘러내렸다.

그 모습을 바라보던 사람들도 눈물을 흘리며 크고 작은 자기만의 목소리로 아멘을 외쳤다. 최 장로는 준비한 양철 잔을 가져와 성 목사의 손에 물을 따랐다. 성 목사는 두 손으로 그 물을 모아 성호 할머니의 얼굴에 끼얹고는 다시 기도를 이었다.

"우리의 육신은 유한하고 모든 것이 하나님 아버지의 뜻에 의해 정해져 있다는 걸 잘 알고 있습니다. 하지만 이들에게 아버지의 사랑을 느낄 수 있는 권능을 이 자리에서 보여주십시오. 아버지! 아버지!"

성 목사는 눈물을 흘리며 할머니의 이마에 손을 얹고 힘을 주었다. 할머니는 괴로운 듯 얼굴을 찌푸리다 힘겹게 입을 열었다.

"서, 성호……."

성 목사는 더욱 큰 목소리로 외쳤다.

"아버지, 자매님에게 힘을 주십시오!"

그에 호응하듯 할머니는 조금 더 또렷한 소리로 불렀다.

"성호야……."

사람들은 모두 놀라워하며 웅성거렸다.

안절부절못하던 성호는 할머니의 부름에 거의 몸을 날리며 할머니 곁으로 뛰어왔다.

"할머니! 할머니!"

성 목사는 눈물을 흘리며 자리를 내주었고 성호는 할머니를 부르며 꼭 껴안았다.

* * *

5. 하나님의 일

새벽에 시작한 기도는 아침이 다 되어서야 끝났다. 장시간 찬송가와 기도를 번갈아 했던 사람들은 다소 지친 얼굴로 일어섰다. 하지만 자신들 기도의 힘으로 할머니가 정신이라도 돌아온 것 같아 기쁨과 기대감이 가득 차올랐다.

"오늘 진짜 고생하셨슈."

"무슨 말씀을요. 모두 우리 형제자매님들이 함께 기도해 주셔서 감사할 뿐입니다."

"그럼 목사님 저는 이만."

"네, 조심해서 들어가세요."

성 목사는 성호의 집 앞에서 배웅하듯 서서 나가는 마을 사람들과 일일이 손을 맞잡으며 인사를 했다. 뒤쪽에 쳐져서 한참을 망설이던 영선이 용기를 내어 수줍게 성 목사에게 다가섰다. 성 목사가 돌아보자 그제야 기어들어가는 목소리로 인사했다.

"목사님, 안녕하세요."

성 목사는 영선을 알아보고는 더 반갑게 맞았다.

"아, 영선 자매님 오셨었군요. 어디에 계셨었나요?"

"아, 저기 저쪽에……."

"이렇게 이른 아침에 와주셔서 감사합니다. 영선 자매님의 정성을 하나님께서는 알고 계실 겁니다."

영선은 수줍은 손길로 꼼지락거리며 보자기로 정성스럽게 싼 꿀단지를 꺼내들었다. 그것을 본 성 목사는 여전히 웃는 표정이었지만 의아한 시선으로 영선을 바라보았다.

"목사님, 이거요……."

성 목사는 영문도 모른 채 받아들며 물었다.

"이게 뭐에요?"

"밤꿀이에요. 서울에서도 구하기 힘든 건데……. 그냥 너무 감사해서요."

그제야 알아들은 듯 성 목사가 활짝 웃어 보였다.

"아, 자매님, 이러실 필요 없어요. 저는 제 할일을……."

"아니에요. 제가 이렇게라도 해야 맘이 편할 것 같아서요."

"그래도 이렇게 귀한 걸……."

영선은 어정쩡하게 받아들이고 있는 성 목사에게 떠안기듯 꿀단지를 쥐어 주었다.

"감사해요, 목사님. 그럼 저는 이만 가볼게요."

돌아서는 영선을 성 목사가 불러 세웠다.

"잠깐만요, 영선 자매님."

영선이 의아한 표정으로 바라보자 성 목사는 영선에게 다가가 그녀의 어깨에 묻어 있는 풀잎을 치워 주었다.

"잘 먹을게요, 자매님."

가까이서 성 목사의 체취를 느낀 영선은 더욱 수줍은 표정으로 인사를 하는 둥 마는 둥 사람들 속으로 섞여서 가버렸다. 성 목사는 그런 영선의 뒷모습을 바라보다 얼굴에 미소를 머금었다.

5. 하나님의 일 · 127

그 모습을 곁에서 계속 지켜보고 있던 최 장로는 성 목사의 시선을 따라 영선의 뒷모습을 바라보았다. 몸매가 고스란히 드러나는 청바지를 입은 영선의 뒷모습에 최 장로의 시선이 꽂혔다.

잘록한 허리선과 크진 않지만 제법 균형이 맞는 엉덩이, 걸을 때마다 흔들리는 골반과 접혀 들어가는 엉덩이 살까지. 자세히 보는 건 이번이 처음이라 그런지 영선의 몸매에서 최 장로는 쉽게 눈을 떼지 못했다.

최 장로는 불현듯 시선을 다른 곳으로 돌리며 성 목사의 눈치를 살폈지만, 성 목사의 시선은 아직도 영선에게 향해 있었기에 최 장로는 고개를 가로저으며 픽 웃었다.

"영선 자매님 마음이 참 곱군요."

불쑥 들어온 목소리에 성 목사는 흠칫하며 최 장로를 돌아보았다.

"네?"

"아니, 영선 자매님 말이에요. 전에 교회에서 있었던 일이 아무래도 계속 마음에 걸렸던 모양이에요."

"아, 네."

성 목사는 다시 멀찌감치 걷고 있는 마을 사람들을 바라보며 말을 이었다.

"마음이 참 곱고 여린 분이신 것 같습니다."

"그렇죠?"

최 장로는 성호의 집 안쪽을 바라보았다. 반쯤 열린 문틈으로 할머니에게 아직도 안겨 있는 성호가 보였다.

"그나저나 어서 성호 할머니께서 일어나셨으면 좋겠네요, 목사님."

성 목사도 성호를 돌아보며 고개를 끄덕였다.

"아, 네. 그럴 겁니다. 제 믿음으로 꼭 일어나시게 하겠습니다. 하나님께서도 성호 형제가 얼마나 할머니를 사랑하는지 아신다면 쉽게 데려가시지는 않을 겁니다."

"아, 사랑……."

최 장로는 영선을 힐끗대며 성 목사에게 말했다.

"아, 참, 목사님, 저는 좀 볼 일이 있어서 먼저 가보겠습니다."

"그러시죠. 아침부터 바쁘시네요."

"하나님 일에 밤낮이 어디 있습니까."

최 장로는 목사에게 인사를 하고는 차에 올라탔다. 차에 올라탄 최 장로는 바로 출발하지 않고 시계를 보며 차 안에서 시간을 잠시 보냈다.

시계를 보던 그는 이제 되었다 싶었는지 시동을 걸고 차를 출발시켰다. 최 장로는 비포장도로를 아주 천천히 이동하며 주변의 풍경을 바라보았다. 이른 아침, 나뭇잎과 풀잎에 앉은 이슬이 아침 햇살이 비쳐 반짝거리는 모습이 꽤 예뻐 보였다.

이 마을 전체가 물에 잠긴다는 생각을 하니 썩 내키지는 않았지만, 그게 자신의 의지와는 관계없이 일어나는 일이니 만큼 어쩔 수 없는 일이라고 생각했다.

정부가 하는 나랏일이니 그냥 따를 수밖에. 다만, 자신은 그냥 고향을 잃을 사람들에게 희망을 주고 그 대가를 아주 조금 받는 것뿐이라고 생각했다. 희망이란 건 돈으로 환산할 수 없는 가치가 있는 거니까.

최 장로는 시계를 보고 차의 속력을 올렸다. 예상대로 마을 입구에 시멘트로 세워진 유일한 버스정류장에 영선이 서 있었다.

최 장로는 속도를 올려 버스정류장 앞에 차를 세웠다. 창문을 내리고 밝은 얼굴로 정류장에 서 있는 영선에게 인사를 건넸다.

"안녕하세요, 영선 자매님!"

불현듯 들린 목소리에 영선은 깜짝 놀라며 허리를 숙여 차 안을 들여다보았다.

"아, 장로님, 안녕하세요!"

"어디, 가시는 길인가 봐요?"

"출근하려고요."

최 장로는 손목시계를 힐끔 보고는 말했다.

"아, 그렇군요. 타세요. 날도 추운데 제가 태워다 드릴게요."

"아, 아니에요. 괜찮습니다. 바쁘실 텐데……."

영선은 당황해서 손사래를 쳤다.

"아니에요. 시내 나가는 길이니까 얼른 타세요."

최 장로는 괜찮다는 듯 문을 열어주었다. 잠시 머뭇거리던 영선이 고맙다는 표시로 가볍게 목례를 하며 차에 올라탔다. 최 장로는 영선이 문을 닫기를 기다려 천천히 차를 출발시켰다.

"날씨 참 쌀쌀하죠? 버스 오려면 20분이나 남았어요."

"아, 그래요? 시간표 보고 나왔는데……."

"버스도 사람이 하는 거라 틀릴 때도 많아요."

최 장로는 잠시 말을 멈췄다가 다시 입을 열었다.

"영선 자매님은 요새 어떻게 지내세요. 잘 지내세요?"

"아, 네. 뭐……."

"수능도 끝났고 벌써 대학교 신학기 시작할 때가 됐네요. 그렇죠?"

최 장로의 말에 영선의 표정이 급격히 어두워졌다. 최 장로는 영선의 얼굴 표정을 살피며 말을 이었다.

"마을 어르신들한테 들었는데, 영선 자매님 서울에 있는 큰 대학에 합격하셨다면서요? 이야, 대단하세요. 서울 사람들도 서울에 있는 대학 들어가기가 하늘에 별 따기라는데 우리 영선 자매님은 한 번에 척 붙으시고. 엄청나게 머리가 좋으신가 봐요?"

영선의 입모양은 인사치례로 살짝 웃었지만 표정은 조금 전보다 더 어두워졌다.

"아, 별말씀을요. 어차피 가지도 못할 텐데요, 뭐."

최 장로도 진지한 표정으로 고개를 끄덕이며 말했다.

"네, 자세한 건 아니지만 어르신들께 대충 이야기는 들었습니다. 영선 자매처럼 좋은 사람한테는 항상 시련이 따라 오는 법이죠."

"……."

최 장로는 은근슬쩍 영선의 어깨에 손을 얹으며 말을 이었다.

"하지만 하나님은 언제나 기회도 함께 주십니다."

"제게도 기회를 주실까요?"

"물론이죠. 하나님의 사랑은 언제나 공평하시니까요. 특히 우리 영선 자매님처럼 어여쁜 분은 하나님도 사랑하십니다."

"그럴까요……."

최 장로는 방향 지시등을 켜며 물었다.

"영선 자매님, 잠깐 시간 괜찮으세요?"

"네?"

영선을 눈을 동그랗게 떴다.

최 장로는 마음을 놓으라는 듯 환하게 웃으며 말했다.

"하나님이 주신 기회에 대해서 말씀을 전하고 싶군요."

"아, 네……."

"잠시면 됩니다."

최 장로는 차를 돌려 도로 옆에 닦여 있는 조그만 길 쪽으로 접어들었다. 햇빛이 잘 들지 않을 정도로 길이 좁아지고 나서야 최 장로의 차도 멈춰 섰다.

최 장로는 영선을 돌아보며 말했다.

"영선 자매님, 힘들게 합격한 그 아까운 대학교 놓치면 어떻게 합니까. 안 그래요?"

최 장로는 고개를 숙인 채 말이 없는 영선에게 말을 이었다.

"맞습니다. 그게 다 돈 때문이죠. 근데 하나님은 뭐라고 하셨는지 아십니까? 마태복음 6장 30절에 이런 말씀이 있어요. '오늘 서 있다가도 내일이면 아궁이에 던져질 들풀까지 하느님께서 이처럼 입히시거든, 너희야 훨씬 더 잘 입히시지 않겠느냐? 믿음이 약한 자들아! 그러므로 너희는 무엇을 먹을까, 무엇을 마실까, 무엇을 차려입을까 하며 걱정하지 마라.' 라고 하셨어요. 하나님만 믿으면 그분이 다 알아서 해주신다는 말씀입니다."

"……."

"영선 자매님은 아무 걱정하지 않으셔도 된다는 얘기입니다."

그 말을 들은 영선의 눈엔 어느새 눈물이 고였다. 최 장로는 아예 영선을 향해 몸을 돌리며 말을 이었다.

"힘들고 어렵게 이룬 꿈을 이대로 접겠습니까? 그럴 수는 없는 일이잖습니까. 안 그래요?"

최 장로는 영선의 머리를 천천히 쓸어내리며 말했다.

"제가 등록금을 내드릴 테니 일단은 학교에 등록하세요."

영선은 뜻밖의 말에 너무 놀라 동그랗게 뜬 눈으로 고개를 들었다.

"네, 네?"

최 장로는 인자한 미소를 지었다.

"제가 말씀드렸잖아요. 하나님은 언제나 시련과 함께 기회도 주신다고. 그 대신에 해주실 것이 있습니다."

"네?"

"하나님이 주신 기회이니 만큼, 자매님은 하나님의 영광을 높여야 할 의무가 있겠지요? 안 그래요?"

"무, 물론이죠."

"지금 다니시는 회사는 하나님의 영광을 높이는 것과 거리가 있습니다. 하나님의 영광을 높일 수 있는 직장으로 옮기실 수 있겠어요?"

"회사를 오, 옮기라고요?"

뜻밖의 제안에 영선은 당황해서 말을 더듬었다.

최 장로는 채근하듯 되물었다.

"왜요, 어려우세요?"

"……."

"시련과 기회는 늘 함께 온다는 걸 잊지 마세요. 또한 그 두 가지 모두 하나님이 주시는 것이라는 것도요. 하나님에 대한 믿음으로 인내하면 하나님에게 조금 더 가까이 갈 수 있습니다. 바로 그런 일이 하나님의 영광을 높이는 일이죠."

영선은 눈물을 글썽이며 대답했다.

"그런 곳이 있다면 당장이라도 장로님 말씀대로 하고 싶어요."

최 장로는 혀로 입술을 한 번 훔치고는 말을 이었다.

"영선 씨가 의지만 있다면 당장이라도 제 직업소개소를 통해서 소개시켜 드릴 수 있습니다. 하나님의 영광을 높이고 또 아직 하나님을 모르는 사람에게 빛을 주기 위한 자금을 마련하기 위해 열심히 일하는 형제들이 있어요. 숙식도 모두 해결되니까 영선 씨는 집에서 나와 하나님의 뜻에 따라 그곳에서 열심히 일을 하시면 됩니다. 아시겠어요?"

최 장로의 손은 어느새 영선의 손에 포개져 있었고 영선은 눈물이 맺힌 눈으로 그의 손과 얼굴을 번갈아 보았다.

"하나님을 의심하지 마세요. 그냥 믿으세요. 이 모든 게 다 하나님을 위한 것입니다. 하나님은 우리에게 시련과 고통 뒤에 언제나 기쁨과 희망을 주십니다."

영선은 눈물을 머금은 눈으로 언젠가 최 장로가 했던 설교를 떠올렸다.

"여러분은 모두 하나님의 귀한 자녀들입니다. 하지만 여러분들은 지금 방황을 하고 있습니다. 이제 곧 이 마을은 무거운 수백 톤의 물속으로 잠길 것입니다. 하지만 그것은 단순한 저수지 개발이 아닌 하나님의 백성인 여러분들을 뿔뿔이 흩어지게 하려는 마귀의 계략인 것입니다. 하나님의 나라에 들어갈 14만 4천 명이 여기 이 마을에 있다는 걸 안 것입니다. 우리는 그런 마귀의 계략에서 여러분을 구원하고자 여러분이 모여 살 수 있는 반석 꽃동산을 만들려 하고 있습니다. 그 꽃동산에서 여러분들은 하루하루 하나님의 거룩한 은혜만을 찬양하며 평온하게 천국에 들어갈 그날까지 기도만 하면 되는 것입니다. 여기 계신 누구도 고통스러울 일이 없습니다. 그 에덴의 동산을 만들기 위해 우리는 우리가 살아생전 가졌던 재물들을 모두 하나님의 성전 앞에 내놓아야 합니다. 그러면 하나님은 우리에게 영원히 육체의 고통을 느끼지 않도록 생명수를 줄 것이요 또 항상 넉넉한 양식을 주실 것입니다. 반석 꽃동산에서 우리가 들어갈 천국의 터전을 닦읍시다!"

영선은 최 장로가 하는 모든 말과 행동은 하나님의 일이라고 믿었다. 그냥 믿고 따르면 되는.

영선의 손을 덮고 있던 최 장로의 손이 미끄러지듯 내려가 영선의 허벅지로 향했지만 영선은 개의치 않았다. 이 모든 게 하나님의 뜻이었으니까.

해가 점점 높이 떠올랐지만 그들이 앉아 있는 차는 점점 더 어둠속으로 묻혀 갔다.

시내의 도로.

십대로 보이는 한 무리가 오토바이를 탄 채 괴성을 지르며 질주했다. 몇몇 뒤에 태운 여자 애들은 비명에 가까운 소리를 질렀고, 그럴수록 남자 애들은 재미있다는 듯 속도를 더 올리고 핸들을 미친 듯이 흔들어 댔다.

"준비해 왔냐?"

"뭐라고?"

"준비했냐고!"

"뭐를?"

"마음의 준비, 이년아!"

바람소리와 오토바이 소음에 서로의 말이 잘 들리지 않는지 그들은 거의 소리를 지르다시피 말을 이어가고 있었다.

"오늘 좋은 곳에 데려갈 테니까 기대해라!"

"어딘데?"

"좆나 좋은 호텔!"

"진짜? 돈 있어?"

"그 호텔은 공짜야, 공짜!"

오토바이 무리는 시내 외곽으로 빠져나오고도 한참을 달렸다. 간헐적으로 보이던 차들도 어느새 사라지고 가로등마저 없어진 길이 계속됐다.

"멀었어?"

"거의 다 왔어!"

오토바이는 포장도로를 벗어나 옆길로 빠져들었다. 비포장도로였기에 오토바이 속도가 현저히 떨어졌다. 무리 뒤쪽에서 불평하는 소리가 터져 나왔다.

"야이, 씨발! 교체한 지 한 달도 안 됐는데 쇼바 다 터지겠네! 멀었어?"

"거 새끼 보채긴. 이따 감탄이나 하지 마라. 여긴 귀신도 못 찾아. 완전 우리 맘대로 해도 된다고."

한참을 달리던 그들 앞에 공사 중인 건물이 모습을 드러냈다. 헤드라이트를 비춘 남자애가 표지판 앞까지 오토바이를 끌고 가더니 큰 소리로 말했다.

"천양호텔? 호텔은 호텔인데?"

건물 앞까지 다가간 다른 남자애가 소리쳤다.

"이게 호텔이라고? 좆나 어이없네! 시체 나오게 생겼잖아, 새끼야!"

그들을 이끌고 온 남자애는 오토바이에서 내리며 말했다.

"안에 들어가면 생각보다 아늑하다니까."

"여기 관리하는 놈 있는 거 아냐?"

"그런 거 없다니까. 짓다가 망했는지 몇 년째 이 상태야. 야, 들어가자! 배고프다."

"라면 먹고 한 번 빨까?"

"나는 먼저 빨고 한 번 할 생각인데?"

곁에 있던 여자애가 남자애의 등을 때리며 눈을 흘겼다.

"누가 준대?"

"호텔에서 할 게 뭐 있냐? 자, 들어가자, 들어가!"

그들은 술과 담배, 먹을거리가 들어 있는 비닐봉투를 들고 짝을 맞춰 안으로 들어섰다. 앞서 들어간 남자애 하나가 큰 소리로 고함을 질렀지만 정적 속으로 금세 흩어졌다.

"야, 나쁘지 않은데? 근데 너무 어둡지 않냐? 촛불이라도 켤까?"

"촛불 있냐?"

"아니."

"네가 존만이로 불리는 이유를 알겠냐? 자, 각자들 포지션 잡고 먹든 빨든 하든 알아서 놀아라. 난 급한 볼 일이 따로 있으니까."

남자애가 장난스럽게 여자애 엉덩이를 손으로 만지자 여자애는 손을 쳐냈지만 싫지 않은 기색이었다.

"저 새끼 겁나 급했나 보네. 맨 정신에 서겠냐?"

"너나 약 처먹고 세워 새끼야. 난 하루 여덟 번도 거뜬하니까."

"하, 저 미친 새끼!"

왁자지껄 떠드는 무리를 뒤로 하고 남자애는 여자애를 끌고 2층으로 올라갔다. 여자애가 물었다.

"어디 가는 거야?"

"홍콩 이년아."

남자애는 여자애를 갑자기 벽에 밀어붙이고 마주 섰다. 남자애는 여자애 입에 깊게 키스를 하고는 말했다.

"꼭 이런 단계 거쳐야 하냐? 바로 꽂으면 안 돼?"

"바로 하면 아프단 말이야."

"베이비오일 바르면 되잖아."

"진짜 이럴 거야?"

"알았다, 알았어."

키스를 하던 남자애는 달아올랐는지 다급하게 바지를 내리고 여자애의 치마를 걷어 올려 팬티를 거칠게 내렸다.

"살살해."

여자애의 말은 듣는 둥 마는 둥 남자애는 여자애의 한쪽 다리를 들고 허리를 움직이기 시작했다. 한껏 달아오른 남자애는 신음소리까지 내며 열심이었지만 여자애는 창피한지 숨소리도 내지 않았다.

"야, 소리 안 내니까 느낌이 안 살잖아. 신음소리 좀 내봐."

그때 어둠 속에서 신음소리가 들렸다.

"오, 신음소리는 굵은데?"

"오빠……."

여자애가 겁에 질린 목소리로 불렀다.

"왜."

"나, 아니야."

"뭐가?"

"소리 내가 낸 거 아니라고."

두 사람은 잠시 몸이 굳었다 거의 동시에 화들짝 놀라 떨어졌다. 여자애는 비명을 질렀고, 남자애는 보이지도 않는 주변을 두리번거리며 바지를 챙겨 입느라 정신이 없었다.

그들의 사정을 모르는 1층의 일행들은 저마다 한마디씩 놀렸다.

"이야, 소리 지를 정도로 큰 거야?"

"야야, 그거 가지고 저 정도면 내 꺼 보면 아주 울겠구만 울겠어."

남자애는 어둠 속에 시선을 고정한 채 신경질적으로 외쳤다.

"조용해 봐, 새끼들아!"

잠시 귀를 기울이니 조금 전에 들렸던 남자의 신음소리가 들렸다. 남자애는 깜짝 놀라 반사적으로 소리쳤다.

"누, 누구야! 어떤 새끼야!"

그의 심상치 않은 목소리에 밑에 있던 일행들이 달려왔다.

"왜 그래? 누가 있어?"

남자애는 뒷주머니에서 칼을 꺼내 들고 조심스럽게 앞으로 나아갔다.

"누구냐니까!"

다 죽어가는 듯한 신음소리가 들리자 다른 일행도 바짝 긴장했다. 소리 나는 쪽을 향해 누군가 손전등을 비추었고 불빛이 구석구석을 훑고 지나다 기둥에 묶여 있는 사람을 발견하고는 깜짝 놀라 거의 동시에 비명을 질렀다.

아이들 중 일부는 아래층으로 달아났고 일부는 손에 잡히는 대로 뭔가를 들었다. 칼을 들었던 남자애가 용기를 내어 앞으로 다가섰다. 기둥에 묶여 있던 민철이 고개를 들자 남자애들은 주춤거리며 다시 뒤로 물러섰다.

"으윽……."

이제야 정신이 드는지 민철은 손전등 불빛에 눈을 찡그리고는 다시 고개를 숙였다.

그의 수상한 행색에 아이들은 선뜻 나서지 못했다.

"진짜 풀어줄 거야?"

"그럼 그냥 둬?"

"그러니까 더 의심스럽잖아. 보통 사람이 이런 데 묶여 있을 이유가 없잖아."

"여기 사람 출입 없다니까? 저대로 두면 얼마 못 버티고 죽을 걸?"

갈등하던 아이들은 결심한 듯 몇 명이 달라붙어서 민철을 묶고 있는 끈을 자르고 풀기 시작했다.

"살아 있어?"

"위험하지 않을까?"

"꼴을 봐라. 다 죽어가게 생겼구만."

민철을 묶고 있던 마지막 끈을 풀자 그는 그 자리에 주저앉으며 푹 꺼졌다.

"아이, 씨발. 죽은 거 아냐?"

"재수 없는 소리하지 마. 그럼 우리 괜히 좆 되니까."

"우리가 그런 것도 아닌데 뭘 그래?"

"언제 씨발, 꼰대들이 우리 얘기 들어나 줬냐?"

"……"

남자애가 조심스럽게 민철에게 다가가며 물었다.

"어이, 아저씨, 괜찮아요?"

남자애가 민철 앞으로 가자 민철이 남자애 어깨에 팔을 올렸다. 남자애가 놀라 멈칫했을 때, 민철은 그의 어깨를 잡고 일어서며 이마로 남자애의 얼굴을 들이받았다.

"아악!"

민철은 쓰러진 남자애의 멱살을 잡으며 물었다.

"이 개새끼들, 죽여 버……. 뭐야, 너희들? 애새끼들이잖아?"

민철은 험상궂은 얼굴로 엉거주춤 서 있는 애들을 돌아보며 물었다.

"여기가 어디냐? 어?"

그의 거칠고 괴기스러운 모습에 기가 눌린 애들은 선뜻 대답도 못하고 서 있었다.

"어디냐고!"

멱살을 잡힌 남자애가 기어들어가는 목소리로 대답했다.

"호, 호텔 공사장이요."

"호텔? 시내 쪽은 얼마나 가야돼?"

"별, 별로 안 멀어요."

민철이 먹살을 놓으며 일어서자 다른 일행들은 뒷걸음질을 치며 민철과 거리를 두었다. 민철은 지친 걸음걸이로 계단 쪽을 향하다가 살기어린 눈으로 애들을 돌아보았다. 애들은 그의 얼굴을 보고 있는 것만으로도 주눅이 들어 시선을 피했다.

민철은 애들에게 몇 걸음 다가서더니 말했다.

"니네 돈 얼마 있냐? 좀 내놔 봐."

서로 눈치만 보던 애들은 민철이 눈을 부라리자 주섬주섬 주머니에서 돈을 꺼내기 시작했다.

* * *

새벽 시간, 가장 안쪽에 앉아 있던 김 경장이 피곤한 얼굴로 기지개를 켜며 막내를 불렀다.

"막내야, 김밥 남았나?"

"아까 저녁에 다 먹었습니다."

"뭐? 그 많은 걸? 전부 거지가 들어찼나……. 그러니까 주방

이모가 작작 좀 처먹으라고 그러는 거 아냐?"

"김 경장님이 제일 많이 드셨지 말입니다. 자르지도 않은 거 통째로 들고 여섯 개를 그 자리에서……."

"야, 야! 밥이나 시켜!"

"밥 시킵니까?"

"난 비빔밥, 오이 빼고."

의경은 전화기 옆에 붙어있는 식당 전화번호를 확인하고 수화기를 들었다.

"이모, 여기 지구대에요. 아니, 지구본 말고, 지구대……. 아니, 파출소, 파출소! 오케? 저희 육개장 하나랑 제육볶음 하나, 그리고 비빔밥 하나요. 비빔밥은 오이 빼고. 네, 빨리 갖다 주세요."

의경이 전화를 끊을 때 파출소 문이 벌컥 열리며 누군가 뛰어 들어왔다. 그 기세가 너무 거세서 졸고 있던 김 경장이 반사적으로 벌떡 일어날 정도였다.

민철이 여기저기 묻은 핏자국과 더러운 상태로 경찰들을 노려보며 서 있었다.

"뭐, 뭐야?"

민철은 최 장로의 수배전단지가 붙어 있는 곳으로 가서 수배 전단지를 뜯어다가 김 경장 앞에 탁 놓았다. 김 경장은 영문도 모르는 표정으로 민철을 바라보다 그제야 알아본 듯 민철의 행색을 살피며 말했다.

"아, 아저씨 또 싸움질 하신 거야? 술 좀 곱게 드시라니까."

민철은 수배전단지를 손바닥으로 내리치며 소리쳤다.

"이놈이 우리 마을에 있다니까!"

김 경장은 민철이 두드리는 전단지를 바라보다 고개를 끄덕이며 말했다.

"아저씨, 또 그 얘기에요? 그 얘기는 며칠 전에도 했었잖아."

"왜, 내 말은 안 듣는 거냐고! 이 썩을 놈들아!"

"아니, 맨날 욕만 해대니 믿고 말게 뭐 있어? 뭐, 우리 썩을 놈들인 거 그거 믿으라고?"

민철은 답답한 듯 수배전단을 탁탁 두드리며 말했다.

"일단 확인 해보면 알 거 아녀!"

김 경장은 그제야 전단을 유심히 바라보다 입을 열었다.

"아저씨, 일단 앉아 봐요. 흥분부터 하니까 알아들을 수가 없잖아. 알겠죠?"

민철은 김 경장을 노려보며 숨을 한 번 몰아쉬고는 의자에 앉았다. 김 경장이 전단에서 최 장로의 사진을 가리키며 다시 물었다.

"어디서 보셨는데요?"

"동네 교회에서 설곤가 뭔가 하고 다닌다고, 그 쌍놈의 새끼가."

"에헤, 욕은 빼고. 자, 그러니까, 이 사람이 아저씨네 교회 목사라 이 말씀이세요?"

"목산지 뭔지는 모르겠고 지금 이 새끼가 우리 마을 교회에 있다니까? 그뿐인 줄 알아? 그 새끼가 나를 죽이려고 했다고! 알아들어?"

"아, 이젠 살인미수범이에요?"

"이런 썩을 놈들을 그냥……."

김 경장은 알았다는 듯이 고개를 들어보이고는 한숨을 길게 내쉬었다.

그는 후배경찰이 있는 곳으로 가서 민철을 힐끗 보며 조용히 물었다.

"서 순경, 네 생각은 어때?"

"정리를 하자면 지명 수배된 사기꾼이 교회에 있고, 자기를 죽이려 했다는 거잖아요?"

"스토리가 너무 띄엄띄엄 아니냐? 암만 봐도 정신이 멀쩡해 보이지도 않고. 알코올 중독 뭐 그런 거 아냐? 그거 환각 증세도 있다며."

"그러게요. 저걸 믿어야 되나……."

그때 식당 음식을 배달하러온 점원이 문을 열고 들어왔다.

"식사 왔습니다."

김 경장은 간이 테이블 위에 있던 신문을 한쪽으로 치웠다.

"여기다 놔라."

점원은 테이블 위에 밥을 하나씩 꺼내 놨다.

입술을 축이며 비빔밥을 받아든 김 경장이 버럭 짜증을 냈다.

"야, 내가 오이 넣지 말랬지."

점원은 그릇을 내려놓으며 대답했다.

"예? 못 들었는데요?"

"뭘 못 들어 자식아. 내가 지금 밥을 몇 년을 시켜 먹었는데 그걸 아직도 모르냐? 나 오이 못 먹는다고 몇 번을 말해, 몇 번을!"

"저는 주는 대로 받아온 거라고요."

"짜증나네. 다시 가져 오든가, 오이 네가 다 발라내 자식아. 이대로는 안 먹어!"

"그거 그냥 좀 집어내고 드시면 되는 걸 뭘 그렇게 까다롭게 구세요. 동네 사람끼리."

"이런 때만 동네 사람이냐? 너 꼴 보기 싫어서 곧 전근 갈 거다, 자식아! 오이 알레르기로 죽으면 네가 책임질 거야? 질 거야?"

"그런 병도 있어요?"

"말이 그렇다는 거지 자식아."

"편식하면 안 되는 거라고요. 야채도 좀 드시고!"

"아, 나, 이 자식, 말발이 점점 세지네?"

식당 점원과 실랑이를 벌이고 있는 김 경장을 보며, 민철은 화가 난 듯 테이블을 세게 내리쳤다.

"야이 개새끼들아! 그 새끼가 있는지 없는지 확인을 해보면 될 거 아니냐고! 그거 확인하는 게 그렇게 힘들어? 이 개새끼들아!"

 민철의 화에 모두가 잠시 멈칫했지만 점원이 정적을 깨고 김 경장에게 물었다.

 "그래서, 비빔밥 어떻게 해요?"

 "뭘 어떻게 해 자식아. 다시 해가지고 와야지."

 "아, 오늘따라 왜 이렇게 까다롭게 구실까?"

 "너도 여기 앉아서 온종일 개새끼 소리 들어봐, 스트레스 안 받나. 얼른 다시 해와!"

 점원이 짜증난 얼굴로 비빔밥을 다시 챙기려고 할 때였다. 민철이 터벅터벅 다가와 비빔밥을 빼앗더니 테이블에 앉아 숟가락을 들었다. 너무 자연스러워서 마치 원래 민철 몫의 밥인 것처럼 느껴질 정도였다.

 그제야 정신이 든 김 경장이 다급하게 말했다.

 "아, 아저씨, 아저씨! 지금 뭐하는 짓이야?"

 점원이 서 순경의 눈치를 보자 서 순경은 눈을 깜빡이며 가보라는 듯 손짓을 했다.

 "맛있게 드세요!"

 "뭘 맛있게 먹어?"

 도망치듯 나가는 점원에게 김 경장이 소리쳤지만 그는 이미 나가고 난 뒤였다.

 민철은 밥을 우걱우걱 입안에 쑤셔 넣으며 말했다.

 "그놈이 우리 마을에서 사기를 치고 있다고. 우리 마을에 있는 교회에 가보면 알 것 아니냐고."

 김 경장은 밥알을 튀어가며 말하는 민철을 팔짱을 낀 채 바라보았다. 그런 모습에 화가 난 민철은 더욱 크게 소리를 질렀다.

 "개새끼들아! 아 직접 확인들을 해보면 될 것 아니여! 너거들이 하는 일이 그거 아녀? 뭐 좆 발랐다고 여기 앉아서 밥만 축내고 있는 거냐고, 이 개새끼들아!"

 김 경장이 화난 표정으로 서 순경을 향해 나직이 말했다.

 "밥까지 뺏긴 판에 확 처넣어? 지금 여기서 개새끼를 몇 마리를 부른 거냐고, 대체. 슬슬 열 받네?"

 서 순경이 김 경장 곁에 다가서며 역시 작은 소리로 말했다.

 "그래도 저렇게까지 말씀하시는 거 보면 한 번 확인 해봐야 하지 않을까요?"

 "앞뒤 다 자르고 욕부터 하는 양반 말을 믿을 수가 있어야지. 몇 개월 만에 한 번씩 나타나서 싸움질만 하다가 잠수 타는 양반이라고, 저 양반이. 하도 간헐적으로 와서 볼 때마다 새롭다니까."

 "날 밝으면 제가 모시고 가서 한 번 알아보겠습니다."

 "그럴래? 혹시 모르니까 막내도 데리고 가."

 "알겠습니다."

 김 경장과 서 순경은 정신없이 밥을 퍼먹고 있는 민철을 한심한 표정으로 바라보았지만, 민철은 그러거나 말거나 바닥에 붙은 고추장 양념까지 깨끗하게 비우는 중이었다.

7. 침묵

마을의 자그마한 집에 예닐곱 명은 되어 보이는 사람들이 모여 찬송가를 불렀다. 그 사이에는 피골이 상접한 칠성의 아내도 있었다.

찬송가가 끝나자 칠성의 아내가 이마에 맺힌 땀을 닦으며 가쁜 숨을 내쉬며 말했다.

"오늘은 우리 죄를 하나님 앞에 내어놓고 회개하는 시간을 가져 보려고 해요. 먼저 얘기해 보실 분?"

사람들은 서로를 바라볼 뿐 선뜻 나서지 않았다. 칠성의 아내는 엷게 웃으며 말을 이었다.

"어려운 게 아니에요. 자기 맘속에만 답답하게 담아두고 누구한테 말 못하는 그런 거를 그냥 말하면 되는 거예요."

그녀의 말에 힘을 얻은 할머니 한 분이 어렵게 말을 꺼냈다.

"내가 열두 살 때인가, 그때 옆집에 널어두었던 고추를 한 바구니나 훔쳐다가 시장에 팔았구먼. 그게 지금까지도 영 맘에 걸려서……."

칠성의 아내가 손을 모으며 말했다.

"예, 말씀 잘하셨어요. 그렇게 용기 있게 자신이 지은 죄를 말하면 하나님이 다 용서해 주실 거예요. 아멘."

 칠성의 아내를 따라 다른 사람들도 아멘을 외웠다. 이번엔 그 옆에 있던 아주머니가 다른 사람들의 눈치를 보며 조심스럽게 입을 열었다.

 "이제사 말이 나와서 말인디, 예전에 우리 단체로 비료 산다고 돈을 걷었을 때 돈에 비해 비료가 너무 적다고 다들 그랬었잖어? 사실은 내가 비료 값에서 소금 떼어 썼구먼. 정말 급한 일이 있어서 어쩔 수 없이……."

 아주머니는 말을 꺼내 놓고 주변 사람들을 둘러보았다. 할머니 때와는 달리 사람들의 표정이 심상치 않게 변해 있었다. 아주머니는 재빨리 눈을 감고 손을 모으고는 큰 소리로 외쳤다.

 "아이고 하나님, 제가 잘못했습니다! 이년이 살기가 너무 팍팍해서 그랬구먼요. 용서해 주세요. 아멘."

 아주머니의 갑작스런 기도로 사람들은 잠시 당황했지만 이내 함께 아멘이라고 외쳤다.

 기도가 끝나자마자 눈을 뜬 영철 엄마가 급히 말을 꺼냈다.

 "이참에 하나님 앞에 다 말해봅시다. 옛날부터 내가 걸렸던 것이 있는데, 예전에 영철이 아버지랑 순덕이랑 밤늦게 같이 술 먹고 들어왔었을 때, 그때 정말 중간에 만나서 들어온 거여?"

 뜨끔한 표정의 영철 아빠가 아내를 쿡 찌르고는 주변 사람들의 눈치를 보며 나직이 말했다.

"아니 그걸 왜 지금 얘기하고 난리여."

"아니 하나님 앞에 죄를 다 고백하는 자리라고 안 혀요. 할 얘기 있으면 다 해야지 뭔 소리여 이 양반이. 하나님 앞에서 거짓말을 하겠다는 거여?"

순덕이라 불린 여인이 난감한 표정으로 대꾸했다.

"아이구 참, 그 사람, 그걸 꼭 알아야 속이 시원한가……."

"그려! 난 꼭 알아야겠구먼! 한 번 말해 보라고! 응?"

영철 아빠가 이마를 문지르며 말했다.

"하아, 이 여편네가 꼭 신성한 시간에 이래야겠어?"

영철 엄마가 남편을 노려보았다.

"왜 말을 못혀? 하나님 앞에선 거짓말 못하겠지? 어서 말해 보라니까?"

순덕이 짜증난 표정으로 눈을 감고는 기도를 올리는 자세로 말했다.

"아이고 하나님! 순간의 유혹을 못 이기고 그때 제가 영철이 아범하고 실수를 했습니다. 하지만 그때 딱 한번뿐이었구먼요. 용서해 주십시오. 아멘."

영철 엄마의 얼굴이 울긋불긋해졌다.

"저 여편네를 그냥……."

영철 엄마의 입에서 반사적으로 말이 튀어 나왔지만 주변 사람들이 합창하듯 외치는 아멘 소리에 그녀도 입을 다물고 같이 아멘을 외웠다.

그때 방문이 벌컥 열리며 마을 남자가 들어왔다.

"저기요. 목사님 오셨소."

사람들이 놀라 자리에서 일어났다.

"우리 목사님이 아침부터 웬일로……."

칠성의 아내가 밖으로 나서자 너도나도 마당으로 몰려 나왔다.

마당에 나오자 카메라를 하나 든 성 목사가 문 앞에 서 있었다. 칠성의 아내는 진심으로 반기며 성 목사를 맞았다.

"아휴, 목사님 어쩐 일로 여기까지 오셨데요?"

성 목사는 카메라를 흔들어 보이며 말했다.

"자, 모두들 그 앞에 서 보세요."

사람들은 성 목사가 뭘 하려는 것인지 깨닫고 자리를 잡고 나란히 섰다.

"갑자기 웬 사진이래요?"

"목사님 뜻이 있겠지. 일단 서."

성 목사는 카메라에 눈을 대고는 말했다.

"자, 찍습니다!"

성 목사의 말에 시간이 정지한 듯 모두 숨을 죽이고 어색한 미소를 지었다. 양쪽에서 45도로 비튼 모습이 딱딱해 보였지만 성 목사는 마음에 드는 듯 셔터를 눌렀다.

찰칵 소리와 함께 모두가 마법에 풀린 듯 움직였다. 성 목사는 카메라 액정을 바라보며 말했다.

"아주 잘 나왔네요."

영철 아빠가 궁금한 듯 나서서 물었다.

"목사님, 어쩐 일로 사진을 찍으신데요?"

"오늘부터 제가 마을을 돌아다니면서 여러분들 집이며 들이며 밭이며 사진을 좀 찍을 생각입니다."

성 목사의 말에 사람들은 의아한 표정으로 서로를 바라보고는 다시 목사에게로 시선을 돌렸다. 성 목사는 다 안다는 듯 고개를 끄덕이며 말을 이었다.

"마을이 물에 잠기면 정든 고향이 보고 싶어서 어떻게 하겠습니까. 이렇게 사진으로라도 남겨야 그리울 때 한 번씩 꺼내 보지요."

마당에 서 있던 할머니가 두 손을 모으고 눈을 꼭 감으면서 눈물을 글썽거렸다.

"하이고, 우리 같은 사람들은 생각도 못할 일까지 우리 목사님은 신경 써주시네. 이렇게 고마운 일을 어떻게 갚아야 할지 모르겠네……."

"이런 게 무슨 일이나 된다고 그런 말씀을 하세요. 아, 참, 그리고 제가 여러분들 한분도 빠짐없이 다 같이 살 수 있게 기도원 자리를 알아보고 있어요. 아마 여기서 멀지 않은 곳에 마련이 될 겁니다. 그러면 그곳에서 하나님께 맘껏 영광 올리면서 사실 수 있어요."

칠성의 아내가 성 목사에게 바짝 다가가 말했다.

"아이고, 목사님 마음을 우리가 어떻게 갚아야 할지 모르겠습니다. 정말로 감사합니다."

"감사는 저한테 할 게 아니라, 우리 하나님 아버지께 영광 올리면서……."

"어?"

그때 영철 아빠의 시선이 대문 밖으로 향했다. 멀리 들리는 자동차 엔진 소리에 성 목사는 말을 하다 말고 고개를 돌렸다.

경광등이 천천히 돌고 있는 경찰차가 비포장도로를 따라 다가오고 있었다. 모두들 멍하니 그 모습을 바라보았다. 순찰 때 말고는 이런 시골 마을까지 경찰차가 오는 경우는 드물었기에 호기심 반 우려 반의 표정으로 마당 앞으로 올 때까지 바라보았다.

경찰차가 멈추자 엉망인 모습의 민철이 독기를 품은 눈을 하고 차에서 내렸다. 민철은 성 목사를 보자마자 욕지거리를 했다.

"마침 이 새끼가 여기 있었구먼."

서 순경이 의경과 함께 차에서 내렸다. 민철의 말을 들은 의경이 수배 전단지와 성 목사의 얼굴을 번갈아 보고는 민철에게 핀잔을 주었다.

"아닌데요?"

민철은 짜증난 표정으로 의경을 노려보며 말했다.

"아냐, 이놈이 아냐. 이놈 말고 또 교회에서 일하는 놈이 있어."

 마을 사람들이 말릴 틈도 없이 민철은 다짜고짜 성 목사의 멱살을 잡았다.

 "야이 새끼야, 그 새끼 어디 있어? 내가 그대로 죽을 줄 알았지? 이 개새끼들아! 응?"

 "아유, 영선 아버지, 우리 목사님한테 왜 이런데요?"

 사람들은 깜짝 놀라 민철을 말렸지만 민철은 뿌리치며 말했다.

 "우리 목사님 좋아하네! 그 쌍놈의 새끼 어디 있냐고 새끼야!"

 칠성의 아내도 나서서 말렸다.

 "영선 아버지, 목사님한테 이게 뭔 짓이에요!"

 민철은 그나마 친한 칠성의 아내여서 그랬는지 이번엔 거칠게 뿌리치지는 않았지만 말투는 여전히 노기가 서려있었다.

 "아, 놔요! 이 새끼랑 이 새끼 친구가 작당을 하고 나를 죽이려고 했다니깐!"

 "에헤이, 어르신 이르지 않기로 했잖아요. 자자, 놓으세요. 얼른."

 서 순경이 민철을 말리며 떼어 놓자, 의경이 민철을 데리고 멀찌감치 떨어져 섰다. 서 순경은 성 목사에게 다가서며 물었다.

 "죄송합니다. 신고가 들어와서요. 목사님이세요?"

"예, 그렇습니다만……."

성 목사는 민철을 흘끔 보며 말끝을 흐렸다.

"그럼 잠깐 확인 좀 하겠습니다."

서 순경은 의경으로부터 수배 전단지를 건네받아 성 목사에게 내보이며 말을 이었다.

"목사님 교회에 혹시 이런 사람이 있습니까?"

성 목사는 경찰이 내민 수배 전단지를 바라보았다. 주변에 있던 마을 사람들도 궁금한 듯 전단지를 함께 바라보았다.

수배 전단지 한가운데 너무나도 익숙한 최 장로의 얼굴이 박혀 있었다.

아무리 다르게 보려고 해도 할 수가 없었다.

굳어버린 그의 몸과 달리 성 목사의 눈빛은 심하게 흔들렸다.

수배 전단을 한참 동안 바라보는 성 목사에게 묘한 느낌을 받은 서 순경이 그의 눈치를 살피며 물었다.

"보신 적 있습니까?"

입술을 몇 번이고 달싹거리던 성 목사가 무겁게 입을 열었다.

"없습니다."

그의 말에, 마을 사람들은 놀란 듯 성 목사를 바라보았지만 그 누구도 토를 달지 않았다.

민철은 성 목사의 대답에 깜짝 놀라 소리를 질렀다.

"뭐, 뭔소리여! 이 개놈 새끼가 어제까지만 해도 같이 있던 놈이 지금 뭐라고 씨부린 거여!"

의경이 튀어 나가려는 민철을 단단히 붙잡았다. 서 순경도 뭔가 이상한 걸 느꼈는지 민철에게 가만있으라고 소리친 뒤 성 목사에게 다시 물었다.

"천천히 보세요. 원래 수배전단이라는 게 오래된 사진 가지고 만드는 거라서 다르게 보일 수도 있거든요. 정말 처음 보는 얼굴이에요?"

성 목사는 이번엔 단호한 목소리로 대답했다.

"네, 처음 보는 얼굴입니다."

민철이 의견을 팔을 뿌리치며 소리 질렀다.

"이 새끼는 그 새끼랑 한패라 거짓말하는 거여! 내 당장 이 개놈의 새끼들을 요절을 내버릴 라니까!"

이번에도 의경이 민철을 간신히 붙잡아 말렸다. 서 순경은 민철을 힐끗 보고는 이번엔 마을 사람들을 향해 물었다.

"다 교회 나가시는 분들이세요? 이분 정말 몰라요? 처음 봐요?"

주위에 있던 마을 사람들은 서로의 눈치를 보며 누구도 말을 하지 않았다. 그때 칠성의 아내가 나서서 말했다.

"처음 보는 얼굴이구먼요. 교회에는 이런 사람 없어요. 영철 아버지, 이 사람 본적 있어요?"

영철 아빠는 순간 흠칫했지만 곧 대답했다.

"몰, 몰러, 처음 보는 얼굴이구먼."

그의 말에 민철의 눈빛이 번뜩거렸다.

"저런 미친 새끼를 봤나! 뭐가 처음 보는 얼굴이야? 이 정신 빠진 새끼가!"

민철은 분을 참지 못하고 영철 아빠에게 달려들었다. 단숨에 영철 아빠를 쓰러뜨리고는 때리기 시작했다.

경찰들은 순식간에 벌어진 일에 깜짝 놀라 그들을 떼어 놓았다. 서 순경에게 밀려 넘어지면서도 민철은 사람들을 향해 큰 소리로 소리 질렀다.

"이 정신 빠진 새끼들, 단체로 다들 정신이 나갔구만, 나갔어! 야이 미친 것들아!"

뒤에 물러서 있던 할머니가 민철에게 호통을 쳤다.

"저 놈의 자식이 마귀가 들린 모양이구만! 멀쩡한 사람들 보고 미쳤다고 하고. 에라 이 썩을 놈아!"

의경이 민철을 잡아끌며 큰소리로 말했다.

"아저씨, 아저씨! 가만히 좀 계시라니까요! 이럴 줄 알았다니까. 아저씨, 허위신고도 죄가 되는 거 모르세요?"

"허위? 허위! 이 새끼들아 내가 허위라고? 오냐, 내가 그 새끼 잡아서 경찰서로 직접 끌고 가도 그 소리가 나오는지 보자고, 이 미친 것들아!"

민철은 경찰의 팔을 뿌리치고는 요란하게 침을 뱉고 자신의 집으로 향했다. 아무리 생각해도 분이 안 풀린 민철은 다시 뒤돌아서서 욕지거리를 하고는 가던 길을 갔다.

그걸 바라보던 의경이 기가 차다는 듯이 말했다.
"저 아저씨가 진짜!"
칠성의 아내가 의경을 달래듯 말했다.
"저 양반이 정신이 온전치 못한 사람이니 이해해주소."
"에이 진짜."
저만치 가고 있는 민철을 바라보던 서 순경이 성 목사에게로 시선을 돌렸다.
"목사님, 아침부터 시끄럽게 해서 죄송합니다."
"아, 예, 아닙니다."
서 순경은 전단지를 가리키며 말했다.
"혹시라도 여기 있는 사람들 보시게 되면 바로 연락 주십시오. 그럼 이만 가보겠습니다."
성 목사는 경찰차를 타고 떠나는 경찰을 바라보다 반대편에서 씩씩대며 가고 있는 민철의 뒷모습을 심각하게 바라보았다.

* * *

집에 도착한 민철의 눈에 가장 먼저 들어온 것은 마루에 앉아 기도하는 아내의 모습이었다. 인기척에 눈을 뜬 영선 어머니는 민철을 보고 소스라치게 놀랐다.
민철은 독기가 오른 눈으로 아내를 바라보며 다짜고짜 소리부터 질렀다.

"이런 미친 여편네가 지금 뭐하고 자빠진 거여!"

영선 어머니는 경기를 일으키듯 벌떡 일어나 방안으로 뛰어들어갔다. 민철은 도망치는 영선 어머니를 따라 신발도 벗지 않고 방으로 쫓아 들어갔다.

"이게 대체……."

민철은 방안의 모습을 보고 당황했다.

화장대 앞에 예수의 모형과 초들이 있는 조그마한 예배 단상에 놓여 있고, 영선 어머니는 작은 십자가를 들어 민철에게 내밀며 구석에서 웅크려 벌벌 떨고 있었다.

그 황당한 모습에 민철의 눈알이 뒤집혔다.

"이런 미친년을 봤나!"

민철은 예배 단상을 걷어차 엎어버리고는 아내를 향해 윽박질렀다.

"보상금 통장 어디 있어? 어디다 숨겼어! 빨리 내놔!"

영선 어머니는 십자가를 앞으로 내민 채 눈을 질끈 감고 주기도문을 외웠다.

"하늘에 계신 우리 아버지, 아버지의 이름을 거룩하게 하시며, 아버지의 뜻이 하늘에서와 같이……."

"이년이 지금 뭐 하는 거여? 그 새끼들이 통장 안 가져왔어?"

민철의 말에도 영선의 어머니는 여전히 기도문만 외우고 있었다. 민철은 습관적으로 손을 치켜들었다가 무슨 생각에선지 그냥 내리며 물었다.

"영선이 그년은 어디 갔어?"

뭔가 생각난 듯 민철은 급히 영선의 방으로 뛰어가 문을 벌컥 열었다.

영선의 방에는 작은 짐 하나 없이 말끔하게 정리되어 있었다. 비키니 옷장도 찢을 듯이 열어젖혔지만 텅 비어 있었다.

놀란 민철은 밖으로 뛰어나오다 저만치 도망치고 있는 영선 어머니를 발견하고는 단숨에 달려가 머리채를 움켜쥐고 끌고 들어왔다.

"이년이 진짜 죽으려고 환장했나!"

민철은 아내의 뺨을 몇 대 후려치고는 물었다.

"영선이 년 어디 갔어! 그 사기꾼 새끼들한테 간 거여? 그런 거여? 그런 거냐고!"

민철은 여전히 기도만 올리고 있는 아내의 모습에 약이 올라 더 심하게 때렸다.

영선의 어머니는 맞으면서도 기도를 올렸다.

"하나님, 우리를 사탄의 간계에서 지켜주옵고……."

"뭐, 뭐? 사, 사탄? 이년이 오늘 아주 죽으려고 날을 잡았구먼!"

한참을 더 때렸지만 영선의 어머니는 기도를 포기하지 않았다. 그런 모습에 질린 듯 민철은 아내를 바닥에 패대기를 쳤다.

"사기꾼 새끼들한테 아주 단단히 빠졌네, 단단히 빠졌어!"

민철은 신경질적으로 마당에 침을 뱉고는 대문 밖으로 나섰다.

충혈된 눈으로 사방을 두리번거리던 그는 어딘가를 향해 빠른 걸음으로 걷기 시작했다.

* * *

성 목사는 시내로 나가 교회 십자가가 매달려 있는 4층짜리 건물 앞에 차를 세웠다. 차에서 내린 성 목사는 근심어린 얼굴로 건물을 올려다보고는 안으로 들어섰다.

교회가 있는 3층으로 올라가 사무실로 들어가려 하는데 안에서 귀에 익은 목소리가 들렸다.

최 장로와 그가 직원이라고 소개했던 지웅의 목소리였다. 성 목사는 조용히 그들이 하는 대화를 들었다.

먼저 들린 것은 지웅의 목소리였다.

"형님, 몇 집 빼고는 다 입금됐습니다."

이번엔 최 장로의 목소리가 반문했다.

"남은 집은 언제 받아낼 건데?"

"그걸 왜 저한테 물어보세요? 이게 채권 추심하는 것도 아니고, 하나님 사업하는 분이 해야 할 일이 아녜요?"

"그래, 네 말이 맞다, 새끼야."

"근데 형님, 반석 꽃동산 자리는 정말 알아보신 거예요?"

"꽃동산? 꽃동산 같은 소리하고 있네. 맛동산이다, 새끼야. 넌 왜 갈수록 멍청해지는 거냐? 비결이라도 있냐?"

"형님이 너무 리얼하게 얘기하고 다니시니까 저까지 헷갈려서 착각한 거죠."

"저 잘난 비닐떼기 교회 만드는 데 얼마가 든 줄 알아? 자그마치 이천만 원이야, 이천만 원!"

안에서 뭔가 부스럭거리는 소리가 나고 최 장로의 목소리가 이어졌다.

"그러면 이 그림에 그려진 대로, 응? 이 존나 예쁘게 생긴 기도원은 대체 얼마가 들겠냐?"

"한 2억? 아니, 3억?"

"장난하냐? 장난해? 너랑 무슨 얘기를 하겠냐, 내가."

"별것도 아닌 것 가지고 또 그러시네."

"누가 입금 안 했어?"

"금자 할매네 하고, 계순이? 개순이? 그 집하고……."

"됐다, 됐어. 거긴 멍청해서 말이 안 먹히는 집들이야. 집중 관리 좀 하자."

"그렇죠? 뇌가 있어야 구라를 치든 사기를 치든 할 텐데, 이건 뭐 벽 보고 얘기하는 거랑 똑같으니 말예요. 그런 무식한 것들은 몽둥이가 그냥……."

"야, 네 입에서 무식하다는 얘기 들으니까 엄청 참신하다야."

"그건 또 뭔 말이래요? 가방끈도 저보다 짧은 분이 그런 말 하면 곤란하지."

"이 새끼가 진짜. 그 얘기하지 말라고 했지?"

"자, 자, 형님, 그럼 이제 고마 시마이 하시죠. 너무 오래 끌었어요. 인력피견 사입은 제가 알아서 정리하면 될 것 같고······."

"며칠만 더 있어봐. 나머지 집들도 다 받아 내야지."

"그 무식한 인간들 언제 설득하시려고? 글부터 가르치시게?"

"집중관리 하면 된다니까. 그 집들만 입금 받아내면 이제 이 지긋지긋한 촌구석 얼른 뜨자. 슬슬 짜증나기 시작했다."

"아, 참, 천양 호텔 투숙객은 어떻게 하죠? 지금쯤 목숨 줄이 간당간당할 텐데."

"아, 참, 잊고 있었네. 애들 보내서 어떤지 확인해 보고······."

성 목사는 더 이상 기다리지 못하고 문을 열고 안으로 들어섰다.

갑작스런 성 목사의 방문에 최 장로는 깜짝 놀랐지만 그런 기색을 숨기며 답했다.

"아니, 목사님이 어인 일로 이 시간에 사무실에 다 오셨어요?"

성 목사는 노기서린 목소리로 물었다.

"최 장로님, 방금 무슨 말씀이세요. 뜨다니요?"

성 목사의 눈치를 보던 지웅이 최 장로를 돌아봤다. 최 장로는 곤란한 듯 지웅을 돌아보고는 어색한 미소와 함께 입을 열었다.

"하아, 참, 목사님, 무슨 오해가 있는 것 같은데?"

한층 톤이 올라간 성 목사가 되물었다.

"오해요? 정말 제가 오해하고 있는 겁니까?"

서슬 퍼런 성 목사의 기세에 눌린 최 장로는 잠시 입을 다물었다. 성 목사는 침통한 듯 고개를 숙이며 숨을 몰아쉬며 말을 이었다.

"마을에 경찰이 왔다 갔습니다."

최 장로는 반사적으로 자리에서 벌떡 일어났다.

"경, 경찰이요? 경찰이 왜요?"

"영선 자매의 아버님이 경찰을 데려왔어요."

"에? 그 새끼 아니 그 새끼가 어떻, 어떻게……."

놀란 것은 지웅도 마찬가지였다. 최 장로는 다그치듯 성 목사에게 물었다.

"그래서? 그래서요?"

"최 장로님 수배전단이 붙은 모양이에요. 일단은…… 제가 잘 얘기해서 돌려보냈습니다."

최 장로는 심각한 표정으로 중얼거렸다.

"무슨 이런 시골 촌구석까지 수배전단이 붙어? 염병할, 그 새끼 말이 아예 빈말은 아니었구먼. 목사님, 아무래도 빨리 서둘러야겠습니다. 아직 보상금 안 낸 사람들한테 빨리 헌금 내라고 하세요."

"뭐라구요?"

"이럴 시간 없습니다. 빨리 헌금 내라고 하세요."

"최 집사님!"

최 장로는 성 목사를 돌아보며 말했다.

"시간 없다는 말 못 들었어요? 빨리 빨리 헌금 받고 끝내자는 말입니다."

"장로님, 무슨 말을 그렇게 하세요? 뭘 받고 끝낸다는 말씀입니까? 헌금이 무슨 세금이라도 되는 겁니까?"

"목사님, 지금 이렇게 사사로운 거 따질 시간 없습니다. 얼른 정리할 생각하세요."

성 목사는 어이없다는 듯 한숨을 내쉬며 말했다.

"장로님, 대체 그 돈으로 뭐 하시려고 이러는 겁니까?"

장부를 가방에 챙겨 넣던 최 장로가 움직임을 멈추며 돌아보았다.

"뭘 하다니요? 아니, 그동안 우리가 피똥 싸면서 해온 게 다 물거품 되게 생겼는데 지금 그런 말이 나와요?"

"뭐요? 뭘 해왔는데요? 그리고 우리라니요? 제가 뭘 했다고 말씀을 그렇게 하시는 겁니까?"

성 목사의 말에 최 장로의 표정이 순식간에 싸늘해졌다. 그리고 최 장로의 입에서 한 번도 들어본 적이 없는 서늘한 목소리가 튀어나왔다.

"이 새끼 봐라?"

돌변한 최 장로의 태도에 성 목사는 충격을 받은 듯 그를 빤히 바라보았다.

최 장로는 살기를 띤 눈으로 말을 이었다.

"이 새끼가 오냐오냐 했더니 정신을 못 차렸구만. 왜, 이제 와서 혼자 빠지시게?"

성 목사는 마른침을 삼켰지만 입이 굳어서 대꾸를 할 수가 없었다.

"할 수 있으면 해봐 새끼야. 고삐리나 강간하고 다니는 새끼가 순진한 척하기는. 그렇게 끝까지 목사인 척하면 다 용서가 될 것 같냐? 양심 없는 새끼."

성 목사는 당황스러운 얼굴로 얼떨결에 반문했다.

"네, 네?"

최 장로는 비웃는 표정으로 대답했다.

"생각을 좀 해봐. 내가 당신을 점찍은 건 다 그럴만한 이유가 있어서 그런 거 아니겠어? 너, 서울 교회에 있을 때 고삐리 강간했잖아. 아니야?"

성 목사의 얼굴이 노랗게 변했다. 최 장로는 그런 것엔 안중에도 없는 듯 말을 이었다.

"장애인 연기 시켰다고 나한테 뭐라고 했지? 근데 연기는 네가 갑이다, 새끼야. 어떻게 그런 끔찍한 일을 저지르고 저렇게 착한 척, 인자한 척은 혼자 다하고 있을까? 너에 비하면 난 아마추어다, 아마추어야. 이 대단한 새끼야."

성 목사는 입안에서만 맴도는 말로 중얼거렸다.

"그런 거 아닙니다. 그런 거 아니라고요."

최 장로는 이죽거리며 말했다.

"네가 따먹은 그년은 자살했다지?"

성 목사는 눈을 부릅뜨고 외치듯 말했다.

"아니라고요! 그건 다 거짓말이라고요!"

"아, 그러세요? 그래서 교회에서 절차도 없이 그냥 잘린 거예요? 그년 애비가 교회에 일러바쳐서 잘렸다며. 그것도 거짓말이야?"

"아니에요! 진짜 오해에요, 오해!"

최 장로는 노골적으로 조롱하며 말했다.

"강간 목사님도 지금 저를 오해하고 계시는 거예요. 내가 뭘 했는데 열을 내? 난 지금 하나님 사업하는 중이라니까."

성 목사는 뭔가 말을 하려다 말고 입을 다물어 버렸다. 최 장로는 말을 이었다.

"고삐리랑 떡치고 자살 교사한 목사가, 이번엔 사기꾼이랑 붙어서 불쌍한 촌사람들 등을 쳤다? 생각해봐. 하나님 품에서 인생 아름답게 마무리 될 것 같냐, 등신아?"

"……."

"무섭지? 너도 찔리는 게 있으니까 경찰한테 거짓말한 거잖아. 안 그럼 왜 거짓말을 했겠어? 너도 그게 겁나는 거잖아 새끼야."

성 목사는 참담한 표정으로 고개를 숙였다.

"어이, 강간 목사, 좋든 싫든 이제 넌 나랑 한배 탄 거야. 이번 작업 끝나면 조그만 교회 하나 차릴 수 있게 한몫 떼어 줄 테니까, 그냥 조용히 일에 집중하자. 그러니까 그냥 닥치고 헌금이나 마저 받아내. 알겠어?"

최 장로는 성 목사의 대답은 기다리지도 않고 바로 지웅에게 말했다.

"그 미친 새끼 말이야, 사고치기 전에 잡아야 돼. 성 목사, 그 새끼 어디로 갔어?"

최 장로의 질문에도 성 목사가 입을 다문 채 고개만 숙이고 있자, 최 장로는 혀를 차며 지웅에게 말했다.

"아무래도 난 움직이기가 쉽지 않을 것 같으니까, 니가 그 새끼 찾아서 지워. 깨끗하게. 알았어? 빨리 애들 데리고 마을부터 찾아봐."

지웅은 고개를 끄덕이며 옆에 서 있는 성 목사를 밀치듯 스쳐 나갔다.

그때까지 참담한 얼굴로 그 자리에 못 박힌 듯 서 있는 성 목사를 보며 최 장로가 말했다.

"사람들 앞에서 표정 관리 잘해라. 괜히 다된 밥에 재 뿌리는 짓은 하지 말고. 내 말 알아듣겠어?"

성 목사는 여전히 대답이 없었다. 최 장로는 짜증난 표정으로 말을 이었다.

"알아듣지 못해도 할 수 없어. 이제 그만 나가 보시죠. 짜증 내기 전에. 예?"

성 목사는 그런 최 상보의 얼굴을 떨리는 눈으로 바라보았다.

8. 충격

가게에서 두 손을 모으고 기도를 드리고 있는 칠성은 답답한 듯 가끔씩 위를 올려다보며 다시 기도하기를 반복했다.

그때 가게 문이 거칠게 열리며 민철이 들어왔다. 칠성은 기도를 멈추고 문 쪽을 바라보다 엉망인 모습의 민철을 발견하고는 놀란 눈으로 벌떡 일어섰다.

"형, 형님!"

민철은 그 옆에 털썩 앉으며 말했다.

"너도 기도하냐?"

"기도는요, 뭘. 그나저나 형님 꼴이 이게 뭐요?"

칠성은 방 쪽을 힐끗 보고는 말을 이었다.

"일단 나갑시다. 저희 안사람이 보면 경기 일으키겠소."

"그게 뭔 소리여?"

"일단 여기 계시면 안 된다니까요."

칠성은 빵과 우유를 하나 집어 들고 의아해하는 민철을 데리고 가게를 나와 창고로 향했다.

민철은 끌려가면서도 계속 칠성에게 물었지만 그는 주변을 살피며 막무가내로 끌고 갔다.

창고로 들어간 칠성은 문 밖을 다시 한 번 살피고는 민철에게 돌아서서 빵과 우유를 건넸다.

민철은 아무렇게나 자리를 잡고 앉아 빵을 뜯어먹기 시작했다. 그 모습을 물끄러미 바라보던 칠성이 나직이 입을 열었다.

"형님, 이게 다 뭐요."

"그 개 쌍놈의 새끼들 짓이여. 날 저기 공사판에다 며칠을 묶어 넜다니까."

"진짜요?"

"그럼 내가 괜히 거짓말할까? 거기 놀러온 애새끼들 아니었으면 꼼짝없이 거기서 장례 치를 뻔했다니까."

칠성의 얼굴은 점점 심각하게 변했다.

"형님, 그 말이 참말이라면, 그 사람들 건들지 마쇼."

민철은 남은 빵을 통째로 입에다 쑤셔 넣었다.

"이런 미친놈, 내가 그놈들을 왜 가만 놔 두냐? 뻔히 보이는 사기꾼 놈들을 어떻게 놔 두냐고."

"그놈들이 형님한테 그렇게까지 했으면, 경찰 데리고 오고 이렇게 돌아다니는 거 알면 아마 형님을 가만 안 놔 둘 것이요. 정말 큰일 나기 전에 그냥 조용히 지내봅시다. 사람들은 다 형님이 사탄마귀가 들었다고 굳게 믿고 있소. 이왕지사 이렇게 된 거, 내가 목사님한테 형님이 하나님의 자녀가 됐다고 잘 좀 말 헐 테니……."

"사람들이 다 정신 줄을 놨구먼, 정신 줄을 놨어. 내가 마귀가 씌었다고? 그놈들이 떠벌이는 천국이고 뭐고 그 얘기를 지금 믿는 겨?"

칠성은 고개를 숙이며 한숨을 푹 내쉬었다.

"형님, 여기 저수지 되기 전에 이제 다 옮겨야 하지 않겠소. 그전에 성 목사님이 우리들 다 같이 옮겨 살 기도원을 지어주신다고 했소. 거기서 그냥 우리들끼리 편하게 살려고 해요. 성 목사님이 그렇게 해준다고 했소."

"뭐여? 그놈들이 너희들을 다 먹여 살린다고? 어떻게?"

민철은 황당하다는 얼굴로 되물었다.

"우리 토지 보상금 받은 거, 다 하나님 앞에 바치려고 하고 있소. 그거만 있으면 하나님이 우리 죽을 때까지 다 먹여 주시고 입혀 주신다고 했소."

"에라, 이 미친놈아. 왜 네 돈을 남한테 바쳐, 이 정신 빠진 놈아."

"아니 그럼, 죽을 때까지 아등바등 안 살고 곱게 살다가, 죽으면 천국에서 영원토록 편하게 살게 해준다는데 안 할 이유가 뭐가 있소?"

민철은 답답한 마음에 칠성을 툭툭 치며 말했다.

"칠성아, 이놈아, 제발 정신 좀 차려라. 죽으면 끝이지 천국이 어디 있어, 이놈아!"

칠성은 고개를 숙이고 한숨을 내쉬었다. 그는 느릿하게 담배 하나를 꺼내 물고는 허공을 바라보며 민철에게 입을 열었다.

"형님, 내 늦은 나이에 저 사람이랑 결혼하고, 정신 못 차리고 밖으로만 돌아다녔소. 그래서 저 사람 저렇게 병이 깊어져서는 자식 하나 없이 지금까지 살아왔소. 저 사람 저렇게 병에 걸린 게 다 내 탓인 것 같아서 제대로 맘 편히 살아 본 적이 없소. 저 사람이랑 제주도 한 번 가지 못했는데 이제는 병이 저렇게 깊어서 어딜 가볼 엄두도 못 내고 있소. 근데 그런 사람이 제주도는 안 가노 상관없으니 하나님 품에, 천국 간다고 저렇게 웃고 지내잖소. 그러니까, 형님. 그 사람들 건들지 마소. 그냥 우리들 이렇게 살게 그냥 놔두소. 부탁이요, 형님……."

"정신 빠진 놈, 그런 헛소리에 넋이 나가 네 돈 다 퍼주고 그게 할 소리냐. 난 그렇게 못한다. 내가 죽든지 그놈들이 죽든지 둘 중에 하나여. 알았어!"

"형님, 제발 좀."

민철의 단호한 표정을 본 칠성은 뭔가 말을 더 하려는 것처럼 입술을 달싹이다 말았다.

민철은 칠성의 담배를 하나 뽑아 피우며 생각난 듯이 물었다.

"영선인 어디 간지 알아? 영선이도 그 기도원에 간 거여?"

"저도 잘 몰라요. 영선이는 장로님이 시내에서 하시는 직업소개소에서 좋은 직업 소개 받아서 일하고 있다고만 들었소. 목사님이 조금 있음 기도원에 큰 교회 낸다고 하는데 그 일에 영선이가 큰일을 하기 위해 갔다고 우리 안사람이 그럽디다."

"그게 어디여? 그건 알 거 아니여."

"정말 모른다니까요."

"그럼 네 안사람은 알 거 아니여."

"우리 안사람도 몰라요. 형수님이 알면 알겠지요."

"그럼 집에 가서 그년을 족쳐야겠구먼."

"형님! 제발 자기 사람한테 그러지 마시오."

"그럼 미친놈들 미친 짓거리에 빠진 년을 어떻게 하냐? 딸년까지 그 미친놈들에게 보낸 년을 어떻게 하냐고. 그냥 놔둬?"

"아, 형님! 그 미친놈 소리 좀 그만하쇼!"

"아니 그럼, 미친놈을 미친놈이라 하지 뭐라 하냐."

"우리 목사님 좋은 사람이요. 함부로 얘기하지 마시란 말이요."

"뭐여? 지금 그 미친놈 편드는 거여?"

"편드는 게 아니라 목사님 좋은 사람이란 말이요."

"아니, 그럼, 지금 내가 나쁜 놈이라는 것이여?"

칠성은 허탈한 표정으로 웃었다. 웃는 게 웃는 게 아닌 그런 얼굴이었다. 민철은 굳어진 얼굴로 다시 물었다.

"너 설마, 진짜 그렇게 생각하는 거여? 내가 진짜 나쁜 놈이라고 생각하는 거여?"

"형님, 그것을 모르셨소. 참 나쁜 사람이요. 지나는 사람 붙잡고 물어도 다 똑같이 대답할 것이요. 아주 나쁜 사람이란 말이요. 그걸 여태까지 모르고 계셨소."

민철은 충격을 받은 듯 잠시 칠성을 응시했다. 평생을 살아오며 민철이 무슨 짓을 해도 아무 말 않던 칠성이었다. 그런 그가 민철에게 나쁜 놈이라고 말하고 있었다. 그것도 면전에서.

칠성은 담배를 끄고 자리에서 천천히 일어서며 말을 이었다.

"형님 집에는 벌써 그놈들이 지키고 있을 것이요. 그놈들 아니어도 마을 사람들은 형님한테 사탄이 들었다고 다들 무서워하고 있으니 형님 받아줄 사람은 여기 아무도 없단 말이요. 나도 우리 안사람 교회에서 오기 전에 들어가 봐야 쓰것소."

묵묵부답인 민철을 잠시 바라보던 칠성이 복잡한 표정으로 말했다.

"형님, 여기 조용히 계시다 날 저물면 가시오. 부탁이요, 형님."

칠성은 주머니에서 만 원짜리 몇 장을 꺼내 민철의 손에 쥐어주고는 문을 열고 나갔다.

민철은 손에 쥔 돈을 보며 멍하니 앉아 있었을 수밖에 없었다.

창고를 나온 칠성은 잠시 걱정스런 얼굴로 창고 문을 바라보다 가게로 향했다.

가게 안엔 언제 돌아왔는지 아내가 와 있었다. 가게로 들어서는 칠성을 아내가 빤히 바라보며 물었다.

"어디 갔다 오는 거요?"

칠성은 아픈 척 배를 만지며 대답했다.

"아침 먹은 것이 잘못되었나⋯⋯. 칙간에 좀 갔다 왔구먼."

그의 말을 듣고도 칠성의 안색을 한 번 더 살피던 아내가 입을 열었다.

"아침부터 영선 아버지가 사탄에 씌어 목사님을 잡을 뻔했소."

"뭐? 민철이 형님이?"

"형님은 무슨! 이제부터 그런 소리하질 마쇼. 행여 형님이라 했다가 하나님한테 큰 죄라도 받을까 걱정이요."

아내는 갑작스럽게 터져 나오는 기침에 가슴을 움켜쥐고 웅크렸다. 숨쉬기도 힘들 만큼 연속 기침을 하던 아내는 아예 주저앉아 입을 막고 기침을 했다.

칠성이 아내를 부축하려 했지만 기침 때문에 일어서기도 힘들었다.

기침이 잦아들 때 즈음 입에서 손을 떼니 침에 섞인 피가 묻어 나왔다. 칠성은 깜짝 놀라 방에서 휴지를 들고 와 닦아 주었다.

"좀 괜찮아?"

아내는 간신히 멎은 기침이 다시 시작될까 조심스러워하며 말을 아꼈다. 칠성은 아내를 부축해 일으켰다.

"당신 요즘 너무 무리한 모양이여. 약 가져올 테니 기다려."

아내는 약을 가지러 가는 칠성의 팔을 붙잡으며 말했다.
"약은 됐고 교회에서 준 샘물이나 가져오쇼."
"그래도 약을 좀 먹어야 쓰지 않겠나?"
"난 샘물이면 된다니까."
"그럼 샘물에 약 먹으면 되잖여. 응?"
아내는 귀찮은 듯 손을 흔들어 보이며 의자를 잡아당겨 앉았다. 여전히 가슴은 움켜쥔 상태였다. 칠성은 그런 아내를 걱정스레 쳐다보다 방으로 향했다.

* * *

어느새 달이 중천에 떠올라 밤벌레가 시끄럽게 울기 시작했다.

어두운 하늘 아래 덩그러니 있는 창고 문이 열리며 민철의 얼굴이 불쑥 나왔다.

낮에 들은 칠성의 말을 염두에 뒀는지 주변을 조심스럽게 살피고는 창고 벽에 걸려 있던 낫을 집어 들고 밖으로 나섰다.

민철은 산속을 걸으며 칠성에게 들은 말을 떠올렸다. 다른 놈 누가 말해도 꿈쩍 않는 민철이었지만 칠성의 말 만큼은 도저히 잊히지가 않았다.

"형님, 아주 나쁜 사람이란 말이요. 그걸 여태까지 모르고 계셨소."

몰랐다. 칠성조차 자신을 그렇게 생각하고 있었다는 사실은 말이다.

세상은 늘 민철의 편이 아니었다. 하지만 칠성만은 자신을 이해해주는 유일한 사람이라고 생각했다. 그런 칠성에게 그런 말을 들으니 뭔가 허탈해졌다.

거친 세상에 맞서 살아온 민철이 깨달은 한 가지는, 꼬리를 내리는 순간 잡아먹힌다는 것이다. 세상은 비열하고 비겁한 놈들로 가득해서 놈들에게 맞서기 위해서는 독해지는 것 말고는 없는 것이다.

한 번 우습게 보이면 놈들은 그걸 빌미로 더욱 밟으려고 한다. 그런 놈들에게는 살려달라고 빌어도 소용없다. 살려줄 마음이 처음부터 없는 놈들이니까.

그게 바로 나쁜 놈들이고 그런 놈들로 가득 찬 게 세상이다. 민철은 그런 세상에 맞서서 살아왔을 뿐이다. 그런데 칠성은 자신을 나쁜 놈이라고 했다.

민철은 아직도 이해가 가지 않았다.

"이게 다 그 새끼들 때문이구먼. 멍청한 칠성이 놈을 홀려서 그렇게 된 것이여."

민철은 낫을 휘둘러 늘어진 나뭇가지를 단숨에 잘라버렸. 몇 번을 더 휘둘러 나뭇가지를 꺾어 놓고 나서야 기분이 풀리는지 다시 품속에 낫을 집어넣었다.

"이 개놈의 새끼들을 하나도 남김없이 다 죽여 버릴 라니까."

조금이라도 빨리 시내로 가야 했다. 사기꾼 놈들을 찾아서 그 멍청한 경찰 앞에 떡하니 내놔야 속이 풀릴 것 같았다.

그전에 민철은 영선부터 찾을 생각이었다. 멍청한 영선이 년이 보상금을 그 미친 사기꾼 새끼들에게 그대로 갖다 바칠까 걱정이 되었다.

조금이라도 빨리 찾아야 했다.

주머니를 뒤져보니 칠성이 준 돈과 동전 몇 개가 딸려 나왔다.

낫을 품속에 넣은 민철은 더 빠르게 걷기 시작했다. 버스를 타고 갈까 했지만 마을 사람들이나 사기꾼들이 풀어놓은 놈들을 만나기라도 하면 시작도 하기 전에 끝날 수 있었다. 그러면 좀 멀어도 걸어가는 수밖에 없었다. 다행히도 산길로 가면 좀 험하기는 해도 시내에 들어갈 수 있을 것이다.

민철은 마치 보물을 숨겨 가는 것처럼 낫을 품고 조용하고 빠른 걸음으로 산길을 따라 부지런히 걸었다.

9. 상처

성 목사는 차 안에 앉아 앞을 응시했다. 그의 머릿속이 복잡해진 것은 낮에 만난 최 장로가 뱉은 말 때문이었다.

머릿속을 헤집어 놓은 건 최 장로의 협박보다 그가 꺼낸 자신의 과거였다. 잊으려고 무던히도 애를 썼던 그때의 일이 또다시 생생하게 떠올랐다.

성 목사는 머리를 흔들어 기억을 떨쳐내고는 차를 출발시켰다. 어두운 시골길을 한참을 달렸지만 자꾸만 잊을 수 없는 그 얼굴이 떠올랐다.

얼굴에 멍이 든 채 교복 차림으로 교회에 찾아왔던 아이. 교복에 박음질 되어있는 '지선'이란 이름이 너무도 선명하게 떠올랐다.

* * *

자신을 보자마자 울컥하며 눈물을 쏟아내는 지선을 성 목사는 포근하게 안아주며 토닥였다.

"아버지가? 아버지가 이랬다고?"

성 목사의 품에서 울던 지선이 그를 올려다보며 말했다.

"아빠가…… 아빠가 절 죽일 거예요."

지선의 모습에 성 목사는 아무것도 묻지 않았다. 물을 생각조차 떠오르지 않았다. 이 아이라면 이러는 이유가 있을 거라고 막연히 생각했다.

깊이 물어보면 상처가 될지도 모른다는 배려도 아니었고, 진실을 알게 되면 자신이 분노하게 될지도 모른다는 우려 때문도 아니었다.

지선이라면, 아니, 지선이었기에 그냥 그녀의 말을 믿었다.

"일단 여기 말고 다른 곳으로 가서 피해 있자."

성 목사는 지선을 데리고 교회를 나왔지만 달리 갈 곳이 없었다. 자신의 집 말고는.

처음엔 갈등했지만 막상 결정을 하고나니 조금이라도 빨리 가고 싶었다. 어디까지나 지선을 폭력으로부터 지키기 위해서라고 반복해서 되뇌었지만 그의 심장은 이상하게도 쿵쾅거렸다. 그러지 않으려고 몸부림칠수록 심장인 미친 듯이 뛰었다.

성 목사는 작고 낡은 자신의 집으로 지선을 이끌었다.

"여기가 어디에요?"

성 목사가 부엌 겸 거실로 쓰는 공간으로 들어섰을 때 지선이 처음으로 입을 열었다.

"우리 집이야. 좀 지저분하지?"

지선은 낯선 공간에 들어서면 누구나 그렇듯 천정과 주변

가구를 둘러보며 천천히 안으로 들어섰다.

"이렇게 사시는구나……."

"마실 것 좀 줄까?"

지선은 고개를 끄덕이고는 벽에 걸려 있는 달력을 바라보며 물었다.

"목사님은 스무 살 때 뭐 하셨어요?"

"글쎄, 기억이 잘 안 나는데? 자, 마셔."

작은 식탁을 사이에 두고 두 사람은 마주 앉았다. 지선은 성 목사와 눈이 마주치자 멍든 얼굴로 짧게 웃어 보였고 그 모습에 성 목사는 충격을 받은 듯 머리가 멍해졌다. 자꾸 왜 이럴까.

지선이 다리를 움직이자 성 목사의 다리에 닿았다. 성 목사는 자신의 심장이 너무 크게 뛰어서 지선의 귀에 들리기라도 할까봐 두려웠다.

지선은 다리를 가볍게 움직였고 그녀의 매끄러운 피부가 느껴지는 듯했다. 일부러 그런 건지 어쩌다 닿은 건지 몰랐기에 다리를 어떻게 해야 할지 갈등하는 동안 지선이 뭐라고 말하는 것이 보였다.

성 목사는 자신의 심장 소리 외에는 아무 소리도 듣지 못했기 때문에 다시 물어야 했다.

"응? 뭐라고 했니?"

"어디 아프세요? 얼굴이 왜 그렇게 빨개요?"

지선이 성 목사의 이마를 향해 손을 내밀었지만 성 목사는 반사적으로 몸을 뒤로 빼며 말했다.

"아니, 집에 들어왔더니 좀 더운가봐."

손을 내밀었던 지선이 겸연쩍은 듯 손을 내리며 말했다.

"아, 네. 좀 덥긴 하네요."

"그런데 조금 전에 뭐라고 한 거니?"

지선은 수줍은 듯이 말했다.

"저도 곧 어른이 된다고요."

"아, 그래. 그렇겠구나. 어른이 되는 게 좋니?"

"그럼요. 저는 어릴 때부터 어른이 되는 게 꿈이었거든요."

"그래도 지금이 좋은 때야. 지금은 뭘 잘못해도 혼나면 끝이지만, 어른이 되면 그게 안 되거든. 자신이 살아온 모든 걸 다 책임져야 한단다. 어떤 것은 죽을 때까지."

지선은 하얗고 긴 손가락으로 컵을 만지작거리며 말했다.

"그래도 저는 얼른 어른이 되고 싶어요. 그래야, 독립할 수 있을 테니까. 그리고 또……."

성 목사는 지선의 다음 말을 기다렸다.

알 수 없는 기대감에 목을 빼고 지선의 작은 입술만 바라보았다.

"에이, 아니에요."

실망감. 기대와 실망이 이렇게 짧은 순간에 수십 번도 더 반복될 수 있다는 게 신기했다.

뭘 기대한 건지 스스로 어이가 없어 픽 웃었다.

"왜 웃어요?"

"아니, 그냥. 다친 데는 어떠니?"

지선은 멍이 든 곳을 매만지며 입술을 내밀었다.

"아직 아파요."

"잠깐만."

성 목사는 자신의 방에 들어가 구급약 상자를 들고 나왔다.

"어디 보자……. 멍이 많이 들었네. 자, 어디 보자."

지선은 눈을 감은 채 성 목사를 향해 얼굴을 내밀었다.

성 목사는 멍이 난 곳에 연고를 조금 찍어 바르고는 손가락으로 문질러 점점 넓혔다.

연고를 바르던 성 목사는 문득 멈췄다.

지선의 희고 고운 얼굴에 홀린 듯 자신도 모르게 점점 다가가고 있었다.

깜짝 놀란 성 목사는 시선을 얼른 돌리며 구급약 상자를 다시 챙겼다.

"멍들지는 않겠네."

"진짜요?"

"그래, 괜찮아 보여."

지선은 컵을 비우고는 처음 듣는 밝은 목소리로 물었다.

"저 좀 씻어도 되요?"

"아, 그래. 얼굴은 물 안 닿게 조심하고."

성 목사는 자신의 방에 들어가 옷을 갈아입고는 다시 거실로 나왔다.

 욕실에서 들리는 지선의 샤워 소리에 또다시 기분이 묘해지는 것을 느꼈다.

 성 목사는 자신의 방 책상에 앉아 성경을 펼쳐들고 읽었지만 집중이 되지 않아 같은 문장을 몇 번이고 반복해서 읽었다.

 샤워 소리가 끝나고 욕실 문이 열리는 소리가 유독 크게 들렸다.

 성 목사는 일부러 더욱 성경에 집중했지만 뜻대로 되지 않았다. 지선이 걸어오는 걸음소리 마저 귀에 하나하나 꽂혔다.

 "입을 옷 있어요?"

 교복을 입은 채 젖은 머리를 말리는 지선이 물었다. 지선의 시선을 피하며 대답했다.

 "아, 그래."

 성 목사는 자신의 옷장에서 작아 보이는 옷을 꺼내 건넸다.

 "이것 말고는 입을 만한 게 없네."

 성 목사는 시계를 보고는 서재를 정리하기 시작했다.

 "벌써 시간이 이렇게 됐네. 여기에 이불 깔아줄 테니까 여기서 자. 괜찮지?"

 "저야 당연히 괜찮죠."

 지선은 방을 정리하고 있는 성 목사에게 바짝 다가왔다. 향긋한 샴푸 향이 성 목사에게 전해졌다.

 성 목사가 돌아보자 지선이 조심스럽게 성 목사를 안았다.

당황스러웠지만 순간적으로 몸이 굳어서 움직일 수가 없었다.

"목사님, 감사합니다."

지선이 자신의 가슴에 머리를 대자 성 목사는 재빨리 지선에게서 떨어져 나왔다. 자신의 심장 뛰는 소리가 지선에게 전해질까 두려웠기 때문이다.

"아, 그래. 괜찮다. 피곤할 텐데 어서 일찍 자."

성 목사는 서재 바닥에 이불을 깔아주며 말했다.

"여기가 사실 내 방보다 깨끗하고 따뜻해. 그러니까 편히 잘 수 있을 거야. 그럼, 잘 자라."

그는 이불을 깔아주고 서둘러 나와 자신의 방으로 돌아왔다.

불을 끄고 침대에 누웠지만 잠이 오지 않았다.

자신의 집에 여자아이가 늦은 시간까지 있는 건 처음이었기에 뭔가 어색했다.

하지만 결코 싫지 않았다. 다른 한 편으로는 싫지 않은 이 기분 자체에 죄책이 느껴지는 복잡한 심정이 머릿속을 온통 헤집어 놓았다.

불을 끈 지 한참 되었지만 그는 여전히 잠을 설치고 있었다.

지선이 가정 폭력의 피해자라는 사실을 억지로 떠올려 보았지만 그건 이미 머릿속 저 안쪽으로 들어가 버린 지 오래였다.

자신에게 이런 일이 생길 줄은 몰랐다. 믿음이 부족한 것일까.

성 목사가 뒤척이며 돌아누웠을 때 방문이 열리는 소리가 들렸다.

여태까지의 상념은 순식간에 사라지고 그의 온 신경은 갑작스러운 인기척에 집중되었다. 누군가 문을 열고 살금살금 들어와 성 목사의 침대 안으로 고양이처럼 미끄러지듯 들어왔다.

가녀린 팔이 성 목사의 몸을 타고 감겼다.

"잠이 안 와요."

싱 목사는 아무 말도 나오지 않았다. 숨이 막힌 듯 아무 소리도 낼 수 없었다.

이래서는 안 되는 줄 알면서도, 이래서는 안 된다고 말해야 한다는 것도 알면서도 아무것도 할 수 없었다. 혼란스러운 머릿속은 좀처럼 가라앉지 않았다.

등으로 지선의 뭉클한 가슴이 느껴졌고 그녀의 손은 성 목사의 가슴을 쓰다듬고 있었다.

성 목사는 지선의 손을 잡아 풀며 그녀를 향해 돌아누웠다.

달빛에 마주한 지선의 시선은 그윽했고 성 목사는 그녀의 입술을 바라보았다.

성 목사는 마법에 끌리듯 지선의 입술을 향해 천천히 다가갔다. 지선과 입술이 닿았을 때 성 목사는 전신을 작게 떨었다. 가볍게 닿는 것으로 시작된 키스는 점점 더 깊고 길어졌다.

지선은 성 목사의 얼굴을 감쌌다. 얼굴을 매만지던 그녀의 손이 가슴을 지나 배로, 그리고 더 아래로 훑어 내려갔다.

그때 누군가 거칠게 문을 두드리고 초인종을 눌렀다. 그 소리에 놀란 성 목사는 반사적으로 벌떡 일어나 앉았다.

심장이 미친 듯이 뛰었다. 하나님 앞에서 발가벗겨진 느낌이 들었다.

계속 두들겨 대는 문소리 때문에 거칠게 뛰는 심장을 진정시킬 수가 없었다.

성 목사는 습관처럼 주기도문을 외며 옷을 갖춰 입었다. 겁을 먹고 이불을 뒤집어 쓴 채 눈만 내밀고 있는 지선을 바라보고는 현관으로 향했다.

현관 문 밖에서 소리 지르는 목소리가 안쪽까지 들렸다.

"문 열어 새끼야! 문 열어!"

성 목사는 현관 안에서 밖을 내다보았다. 지선의 아버지와 교회 동료 목사였다. 성 목사는 눈을 감고 고개를 숙인 채 가만히 있다가 현관의 자물쇠를 풀었다.

자물쇠를 풀자마자 문이 확 열리며 지선의 아버지가 밀고 들어왔다. 그는 핏발 선 눈으로 성 목사를 노려보며 집 안을 향해 소리 질렀다.

"이 개년 어디 있어!"

그는 서재로 쓰고 있는 작은 방을 한 번 훑어본 후 곧바로 성 목사의 방문을 열었다.

침대 안에서 두려움에 떨며 웅크리고 있는 지선을 발견한 그는 더욱 거칠게 변했다. 이불을 걷어낸 그는 지선의 머리채를 휘어잡았다.

"이 개년! 이젠 교회 목사랑 붙어먹어?"

머리채를 뒤로 젖혀 얼굴을 드러내고 뺨을 때리기 시작했다. 지선의 아버지는 몇 대 때리다 성 목사를 노려보고는 다시 매질을 시작했다.

성 목사는 자신도 모르게 가슴 안에서 불길이 일어나는 게 느껴졌다. 지선의 아버지의 머리에서 뿔이 자라났다. 엉덩이에서는 뾰족한 꼬리가 사라나 채찍처럼 휘둘러졌다.

지선을 때리던 아버지가 고개를 돌렸다. 거대한 송곳니가 드러난 그는 붉은 빛을 내는 눈으로 성 목사를 노려보았다. 탐욕스럽게 침을 흘리며 보란 듯이 지선을 때렸다. 날카로운 손톱에 지선의 피부가 찢겨지고 피가 뿌려졌다.

성 목사의 얼굴이 분노로 일그러지며 몸이 먼저 움직였다. 악마를 막는 것인 목사의 임무라고 생각했다. 그가 달려들려는 순간 그를 거칠게 잡아 챈 것은 뒤에 서 있던 동료 목사였다.

말없이 성 목사를 바라볼 뿐이었지만 여태껏 한 번도 본 적이 없는 경멸의 눈빛이었기에 성 목사는 감전된 듯 멈칫했다. 그가 붙잡은 팔은 확고했기에 꼭 묶인 것처럼 뿌리칠 수가 없었다.

성 목사는 떨리는 몸으로 두들겨 맞는 지선을 바라만 보고 있었다.

지선은 눈물을 흘리며 성 목사를 바라보았지만 성 목사는 그 자리에 박힌 것처럼 움직일 수가 없었다.

그때 성 목사는 지선의 눈빛을 똑똑히 보았다. 실망과 절망으로 얼룩져 좌절해 버린, 더 이상 아무런 희망도 없는 그런 눈빛.

"이 개년! 나와!"

지선의 아버지는 지선을 옷도 제대로 입히지 않고 끌고 나갔다. 그는 성 목사를 바라보았지만 그건 경멸의 눈이 아니라 승리한 자의 의기양양한 표정에 가까웠다.

지선의 아버지는 끝까지 성 목사에게는 단 한마디도 하지 않고 집을 떠났다. 동료 목사는 그제야 잡았던 손을 풀어주며 굳은 입을 풀었다.

"내일 교회로 나오세요."

동료 목사는 짧은 말만 남기고 문을 거칠게 닫고는 사라졌다. 그들이 휩쓸고 간 집은 다시 고요해졌다. 하지만 이전과 같은 고요함은 아니었다.

지선의 절망과 좌절은 그대로 함께 남아 있었다.

성 목사는 그 자리에 주저앉았다. 온몸에 힘이 빠져나가 일어설 수가 없었다. 그는 그대로 지옥 같은 밤을 지새웠다.

아침 일찍 교회로 향한 성 목사는 들어가지 못하고 교회 입구에서 서성였다. 도저히 용기가 나지 않았지만 언제까지 이렇게 있을 수만은 없다는 것을 누구보다 잘 알았다.

그는 동굴 같은 교회 안으로 들어섰다. 긴 복도를 지나 끝에 있는 주임 목사의 사무실 앞에 섰다. 심호흡을 크게 하고 문을 열고 들어섰다.

주임 목사는 그를 힐끗 보고는 말도 없이 자신의 일을 좀 더 했다.

시간이 좀 지나서야 문서를 치운 주임 목사는 앞쪽의 소파로 자리를 옮기며 말했다.

"앉아요."

주임 목사의 목소리는 그 어느 때보다 차가웠다. 성 목사는 죄인처럼 고개를 숙이고 맞은편에 자리를 잡고 앉았다. 주임 목사는 한동안 말없이 탁자만 바라보다 무겁게 입을 열었다.

"지난밤이 참 길었어요. 그렇지 않나요, 성 목사?"

성 목사는 아무런 반응도 하지 않았다. 주임 목사는 성 목사 반응은 관심 없다는 듯 무심한 말투로 말을 이었다.

"사람이라면 누구나 사랑을 할 수 있지요. 원래 하나님이 인간을 만드실 때 그렇게 만드셨으니까. 하지만 말입니다. 우리 교회는 법치국가 안에서 법의 보호를 받으며 존재합니다. 그 말인 즉, 우리도 법을 지켜야 할 의무가 있다는 거지요. 하나님의 말씀뿐만 아니라 나라의 법도 따라야 한다는 말씀입니다."

주임 목사는 잠시 말을 끊었다가 무겁게 입을 열었다.

"오늘 새벽에, 그 애가 자살했어요."

충격적인 소식에 성 목사의 몸이 가위에 눌린 것처럼 굳어버렸다.

"성 목사는, 나라법도 하나님의 말씀도 모두 어겼습니다."

주임 목사의 목소리가 마치 저승사자의 목소리처럼 들렸다.

지선이 죽었다는 사실에 성 목사는 아직도 머리가 멍했다.

주임 목사는 간결하게 물었다.

"왜 그랬어요?"

성 목사는 아무 말도 할 수 없었다. 그냥 눈에서 눈물이 흘러내릴 뿐이었다.

주임 목사는 팔걸이에 팔꿈치를 걸고 손을 모아 만지작거리며 말을 이었다.

"그 애 아버지가 우리 교회에 보상을 요구했어요. 응하지 않으면 아주 시끄러워지고 난잡해 지겠죠. 그래서 이 일에 대해서 다시는 입 밖에 내지 않겠다는 조건으로 보상을 해주기로 결정했습니다."

"……."

"그리고 또 하나 결정을 한 게 있어요. 성 목사의 거취에 대한 것이지요."

성 목사는 천천히 눈을 감았다.

"성 목사를 법적으로 처리하기를 원치 않아요. 아직 젊은데 남은 인생 망치는 걸 원치도 않고요. 하지만 이대로 아무 일도 없었던 것처럼 지낼 수는 없지 않겠어요? 그건 죽은 아이에 대한 예의도 아니고."

주임 목사는 상체를 앞으로 하며 말했다.

"우리 교회에서 나가는 걸로 정리하기로 했습니다. 교단에는 알리지 못했습니다만 다시는 볼 일이 없었으면 좋겠군요."

"……."

"이젠 가보세요. 물건은 저희가 정리해서 보내드릴 테니 지금 이대로 나가주세요. 아무 데도 들리지 말고 곧장."

성 목사는 그대로 일어나서 교회를 나왔다. 그 후 다시는 정식 교회를 나갈 수가 없었다.

교회 문을 나설 때 그의 눈에서 눈물이 흘러나왔다.

죽은 지선 때문인지 아니면 쫓겨나는 자신의 처시가 처량해선지 그 자신조차 알 수 없었다. 그는 한동안 넋이 나간 사람처럼 거리를 걸었다.

* * *

성 목사는 차를 거칠게 몰았다.

비포장도로를 달리는 차는 뒤집힐 듯이 날뛰었지만 성 목사는 아무래도 좋았다.

멀리 교회가 보이자 성 목사는 속도를 더욱 높였다. 차는 야생마처럼 뛰어올라 비닐하우스 교회 앞에 거칠게 섰다.

차창 밖으로 보이는 비닐하우스 교회를 매서운 눈으로 노려보던 성 목사는 차에서 뛰어내려 교회로 향했다. 순간 쓰러질 듯이 몸이 휘청거렸지만 이내 균형을 잡고 충혈된 눈으로 교회를 바라보았다.

그는 교회를 향해 돌진하듯 뛰기 시작했다.

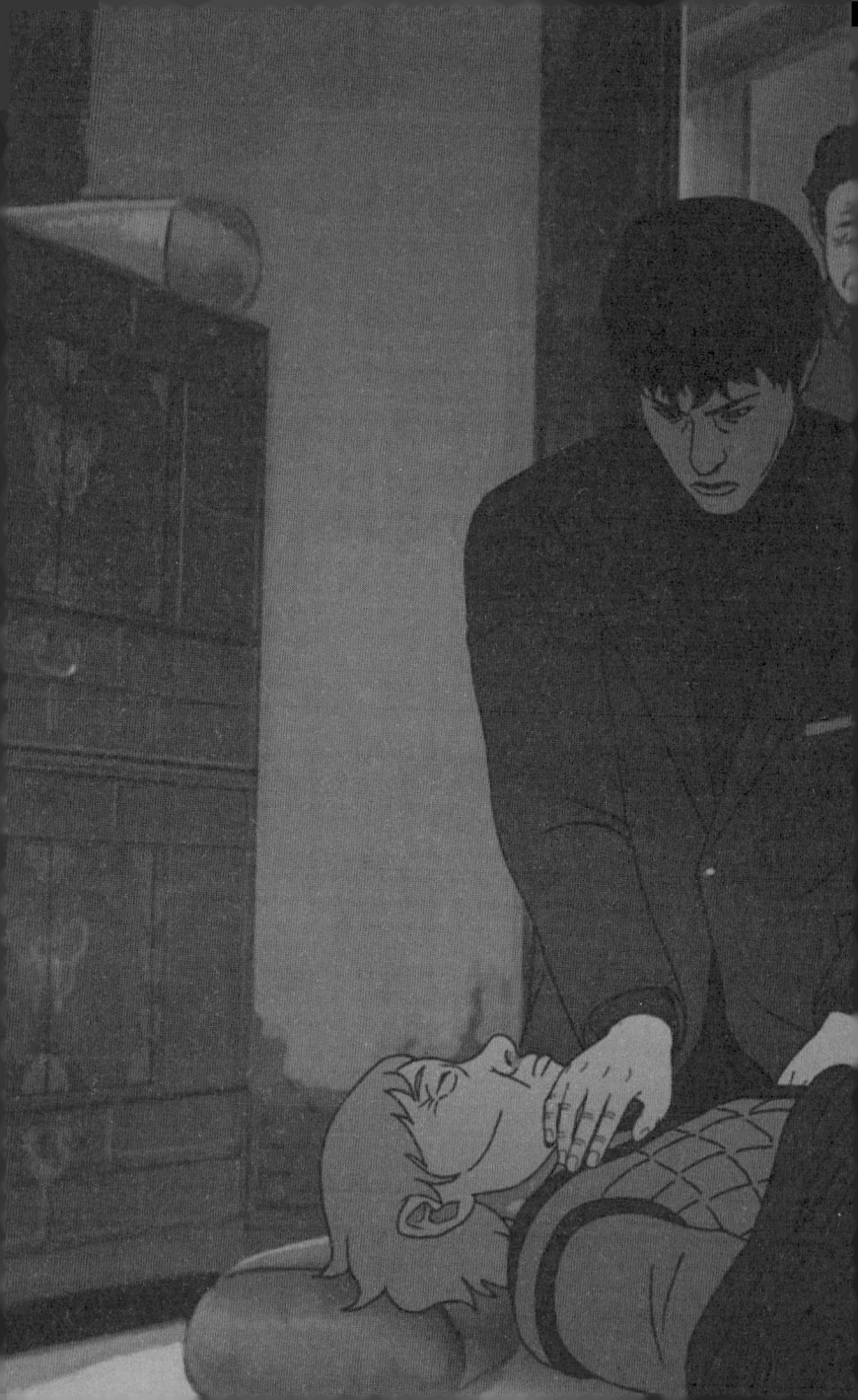

10. 할머니의 죽음

아직은 이른 새벽 시간이었지만 마을 사람들 몇몇은 이미 예배당에 앉아 새벽기도를 올리고 있었다.

그들 중엔 더욱 핼쑥해진 칠성의 아내도 있었다. 가끔씩 기침을 할 때를 제외하고는 감은 눈을 뜨지도 않고 자세를 흐트러뜨리지도 않은 채 기도에 열중했다. 하지만 교회 안으로 난입하듯 뛰어든 성 목사의 등장에 모두 기도를 멈추고 놀란 눈이 되었다.

성 목사는 예배당에 아무도 없는 것처럼 성큼성큼 걸어 단상 앞에 있는 커다란 십자가와 마주 섰다. 그가 사람들 사이를 걸어 지나갈 때마다 사람들은 그의 기세에 눌려 흠칫했다.

그들이 지금까지 보던 여유 있고 인자한 성 목사의 모습이 아니었기에 더욱 두렵고 기괴했다.

성 목사는 단상의 붉은 십자가 앞에 무릎을 꿇었다.

십자가를 올려다보던 성 목사의 눈에 금세 눈물이 맺혔고 굵은 방울이 되어 떨어져 내렸다.

그 모습에 예배당의 사람들은 놀라고 당황했지만 누구도 선뜻 나서지 못했다.

성 목사는 떨리는 목소리로 중얼거렸다.

"저는, 어떻게⋯⋯. 어떻게 해야 합니까⋯⋯."

그는 두 손을 모으고 눈을 감았다. 그 모습이 너무도 간절해 보였기에 소리를 내며 기도하던 사람들도 입을 다물고 바라보았다.

"저는 더 이상 할 수 있는 게 없습니다. 도대체 저는 어떻게 해야 합니까⋯⋯."

그의 떨리는 목소리는 흐느낌으로 바뀌었고, 흐느낌은 곧 울음소리로 바뀌었다.

성 목사의 눈에서는 눈물이 끝도 없이 흘러내렸고 입에서 흘러나온 침과 뒤섞여 바닥으로 떨어졌지만 미친 듯이 중얼거리며 기도에만 열중했다.

성 목사의 그런 모습에 당황한 이도 있었지만, 어떤 이들은 그의 모습을 보며 함께 울먹이기도 했다. 하지만 그 누구도 성 목사가 왜 그런 모습으로 기도하는지는 한마디도 언급하지 않았다. 다만 서로를 바라볼 뿐이었다.

그때 교회 문이 열리고 또 다른 누군가가 들어왔다. 성호였다.

그는 아기처럼 큰 소리로 울음을 터뜨리며 예배당 한가운데로 왔다.

"목사님! 우리 할머니가! 우리 할머니가!"

집부터 교회까지의 먼 길을 계속 울면서 왔는지 그의 목소리는 거의 쉬어 있었고 눈물과 콧물로 엉망이 된 얼굴을 옷소매로 연거푸 훔쳐내며 성 목사에게 다가갔다.

"우리 할머니가요! 우리 할머니가요!"

성호는 자신도 울음을 이제 멈춰야겠다는 생각을 했는지 잠시 숨을 고르며 멍한 표정으로 서서 말했다.

"목사님, 우리 할머니, 우리 할머니가 안 일어나요……."

성 목사는 자신의 얼굴을 손으로 훔쳐내고는 고개를 돌렸다.

성 목사의 얼굴을 본 성호는 같은 말을 반복했다.

"우리 할머니가 안 일어나요. 우리 할머니가 안 일어나요. 우리 할머니가……."

성 목사는 놀란 얼굴로 벌떡 일어섰다. 성호의 처량한 울음소리에 조금 전의 고통은 묻혀버렸다.

성 목사는 성호에게 다가서며 물었다.

"그, 그게 무슨 말이에요? 할머니가 안 일어나신다고요?"

"우리 할머니가 안 일어나요. 우리 할머니가 안 일어나요. 우리 할머니가 안 일어나요."

또다시 말을 무한 반복하는 성호의 어깨를 잡고 시선을 맞추며 성 목사는 다시 물었다.

"할머니가 안 일어나신다고요?"

성호는 눈물로 범벅이 된 얼굴로 말했다.

"네, 안 일어나요. 우리 엄마가, 엄마가 거울로 코를 대라고 해서 댔는데 안 보여요. 연기가 안 생겨요. 어떻게 해요. 엄마도 그랬는데, 엄마도 그랬는데!"

두서없이 횡설수설하는 성호의 말을 성 목사는 알아들었다. 할머니가 돌아가신 것이다.

성 목사는 성호의 얼굴을 손으로 감싸고 그가 안정을 찾을 수 있도록 최대한 시선을 맞췄다.

"성호 형제, 제 눈을 똑바로 봐요. 자, 자! 똑바로 봐요."

성호가 눈을 맞추자 성 목사가 차분한 목소리로 말했다.

"성호 형제, 할머니한테 같이 갑시다. 제 손 꼭 잡고 따라오세요. 아셨죠?"

성호는 고개를 끄덕였지만 막상 성 목사의 손은 심하게 떨렸다. 그걸 성호도 알았는지 성 목사를 빤히 바라보았지만 성 목사는 희미하게 웃어 보이는 것으로 설명을 대신했다.

성 목사는 아무렇게나 세워두었던 차에 성호를 태우고 곧장 성호의 집으로 향했다.

집으로 가는 길 내내 그의 머릿속은 복잡했다. 성호가 홀로 남겨지지 않기를 그토록 기도했건만 결국은 데려가신 것이다.

자신의 믿음이 부족해서인지, 아니면 자신이 알 수 없는 하나님의 또 다른 계획인 건지 미천한 자신으로서는 알 수 없었지만 한 편으로는 원망의 마음이 들기도 했다.

성 목사는 화들짝 놀라 고개를 흔들었다. 자신이 하나님을 원망하다니, 그런 일은 있을 수 없는 일이었다.

"아니야, 아니야!"

성 목사가 지르는 소리에 성호는 깜짝 놀라 다시 울기 시작했다.

어쩌면 성호 할머니는 돌아가신 게 아닐 수도 있다. 성호가 당황해서 잘못 안 것일 수도 있다. 자신의 기도가, 자신의 믿음이 이렇게 보잘 것 없는 것일 리 없다고 믿고 싶었다.

성호의 집에 도착하자마자 성호는 문을 열고 뛰어 들어갔다. 성 목사는 눈을 질끈 감았다 뜨고는 성호를 따라 집안으로 들어섰다.

"할머니! 할머니!"

성 목사는 할머니 방 앞에 멈춰 설 수 밖에 없었다.

밖과는 다른 정적이 방을 에워싸고 있었고 그 무게에 눌려 성 목사는 숨도 제대로 쉴 수 없었다.

한눈에 봐도 할머니는 이미 숨을 거둔 상태였다. 성호는 할머니를 부르며 울부짖었다.

"할머니, 우리 목사님 오셨어. 눈 떠봐, 응? 눈 떠봐."

할머니를 흔들어 깨우던 성호는 울상이 된 얼굴로 돌아보았다.

성 목사는 조심스럽게 방으로 들어가 할머니 옆에 자리를 잡고 앉았다. 떨리는 손으로 할머니의 목에 손을 대었다. 아무 것도 느껴지지 않았다. 성 목사는 여러 곳을 손가락으로 짚어 보았지만 결과는 마찬가지였다. 성호 할머니는 더 이상 일어나실 수 없었다.

성 목사의 믿음과 기도에도 불구하고 데려가신 것이다.

성호는 성 목사의 눈치를 살피며 조심스럽게 물었다.

"우리 할머니 왜 안 일어나시는 거예요?"

성 목사는 침통한 목소리로 혼잣말을 하듯 나직이 읊조렸다.

"돌아가셨어……."

"뭐라고요? 돌아가셨다고요?"

고개를 갸웃거리며 생각하면 성호가 놀란 얼굴로 말했다.

"죽었다고요?"

성 목사는 성호를 안타까운 눈으로 바라보며 말했다.

"하나님이 할머니를 곁에 두고 싶어서 데려가셨어요."

성호는 아무 말 없이 멍한 표정으로 앉아 있었다. 울지도 않았고 떼를 쓰지도 않았다.

성호의 얼굴에서 처음으로 그의 나이가 그대로 묻어나왔다.

성 목사는 그런 성호를 두고 말없이 일어나 마루로 나왔다. 언제 모였는지 마을 사람들이 마당에 모여 걱정스런 얼굴로 성 목사를 바라보고 있었다. 하지만 성 목사는 그들의 얼굴을 보며 쉽게 말을 할 수가 없었다.

멍한 표정의 성호가 나오며 마을 사람들을 향해 여전히 멍한 얼굴로 말했다.

"우리 할머니 죽었대요. 우리 할머니가……."

성호는 말을 마치지도 못하고 그 자리에 털썩 주저앉았다.

성 목사는 떨리는 목소리를 가다듬고 마을 사람들을 향해 최대한 차분하게 말했다. 그들이 죽음에 대해 두려워하지 않도록. 그리고 안심 할 수 있도록.

"여러분, 성호 형제의 할머니가 오늘 하나님의 품으로 떠나셨습니다. 우리가 기약했던 천국의 땅에 우리 중 가장 먼저 떠나셨습니다."

"워메……."

"에휴……."

사람들은 놀람과 슬픔으로 고개를 숙이며 아멘을 읊조렸다.

성 목사는 자신의 뒤에 주저앉아 있는 성호를 안타까운 표정으로 바라보았다.

그는 방향을 잃은 멍한 얼굴로 허공을 바라보고 있었다. 그런 성호의 모습에 성 목사의 가슴은 더욱 찢어졌다. 어쩌면 이 모든 게 자기 때문일지도 모른다는 생각마저 들었다.

자신의 믿음이 흔들려서, 하나님이 거두신 걸지도 모른다고 생각했다.

성 목사의 눈에서 눈물이 흘렀다. 자신의 믿음이 약하여 또 하나의 영혼이 승천했고 또 하나의 영혼은 오갈 데 없이 홀로 남겨졌다는 게 너무도 슬프고 억울했고 안타까웠다.

성 목사는 멍하니 앉아 있는 성호를 끌어안으며 말했다.

"성호 형제, 슬퍼하지 마세요. 할머니는 따스한 천국으로 먼저 떠나신 거예요."

성호는 성 목사의 품에 안겨 있다가 그의 등을 토닥이는 성 목사의 손길에 굵은 눈물을 뚝뚝 떨어트렸다. 그리곤 이내 큰 소리로 울었다.

사람들은 그 안타까운 모습을 보며 그 자리에 무릎을 꿇고 기도를 올렸다.

남은 자에 대한 안타까움과 먼저 떠나신 분의 안녕을 위해 그렇게 기도를 올렸다.

* * *

칠성의 아내가 가게 문을 열고 안으로 들어섰다. 가게에 앉아 있던 칠성은 전보다 안색이 훨씬 안 좋아진 아내의 얼굴을 빤히 바라보았다.

자세히 보니 안색뿐만 아니라 기색도 어두워진 것 같았다.

"몸도 성치 않은데 새벽기도는 좀 쉬었다가 하라니까."

"에휴……."

칠성 아내는 칠성 옆에 자리를 잡고 앉으며 길게 한숨을 내쉬었다.

"어디 아픈 거여?"

칠성 아내는 한동안 시름 깊은 얼굴로 바닥만 뚫어지게 바라보았다. 칠성은 아내의 눈치를 보며 조심스럽게 물었다.

"얼굴이 왜 그려. 무슨 일이 있었는가?"

칠성 아내는 긴 한숨과 함께 입을 열었다.

"성호네 할머니가 돌아가셨소."

칠성은 깜짝 놀라 반문했다.

"뭐여? 돌아가셨다고? 아니 기도하고 나서 괜찮다고 그랬는디 아니 어쩌다가……."

칠성은 아내가 시름에 잠긴 이유가 짐작이 갔다. 안 그래도 몸이 성치 않은데 성호 할머니가 돌아가셨다니 마음이 불편해진 것이리라.

"성호 할머니는 연세가 많이 들었잖여. 당신은 괜찮을 거여. 너무 걱정 말게."

칠성 아내는 또다시 한숨을 내쉬며 말했다.

"어휴, 정말 어쩐다요. 천국에 들어갈 자리는 한정되어 있는디, 벌써 한 자리가 차버렸으니 어쩌면 좋단 말이요."

칠성은 아내의 반응에 흠칫 놀랐다.

"그러니까 천국 자리가 하나 차서 근심인 거여?"

칠성의 말은 듣는 둥 마는 둥 아내는 혼자 곰곰이 생각하다 조심스럽게 말을 꺼냈다.

"천국 가려고 줄선 사람들이 여기만 있는 것도 아니고……. 이러고 있다가는 자리가 금세 다 찰 것이요."

아내는 칠성을 빤히 바라보았다. 칠성은 약간 당황했지만 아무 말도 하지 않았다. 아내는 칠성을 붙잡으며 말을 이었다.

"우리 당장이라도 하나님 앞에 재물 다 올려버립시다. 그리해야 안 되것소?"

칠성은 난감한 표정으로 대답했다.

"아니 그건 담달이나 들어갈 자리 정해지면 한다고 안 했소."

"그럴라 했는디, 아무래도 빨리 드리는 게 좋겠소. 그리합시다. 네?"

여전히 확답을 못하고 있는 칠성을 보던 아내가 눈을 치켜 뜨며 말했다.

"마을 사람들은 서의 다 헌금으로 바쳤는데 왜 우리만 아직도 안 드리고 있는 것이요!"

"이 사람아, 그렇다고 그렇게 갑자기……."

"그렇게 아깝소?"

칠성은 아내를 달랠 만한 적당한 말을 찾지 못했다.

"아까운 게 아니라, 아직 하늘에 자리가 안 정해졌다고 하니까……."

아내는 칠성을 바라보며 섭섭한 표정으로 말했다.

"얼마 있지도 않은 재산 아까우면 아깝다고 하소!"

"내 말은 그런 말이 아니잖여."

"나 죽고 나서 천국에 못 가기라도 하면 당신이 책임질 것이요? 당신 맘에 사탄이 싹 틀라고 하는 것이요, 뭐요? 담달에 어차피 드릴 거 왜 지금 못 드린단 말요! 아까운 것이요?"

"아니 그런 것이 아니라……."

칠성은 말을 잇지 못했다.

"그럼 마음대로 하소! 난 그냥 콱 죽어뿌러서 지옥 불에 떨어져 버릴 라니까!"

"왜 그렇게 말을 무섭게 하고 그려……."

칠성을 빤히 바라보던 아내는 갑자기 눈물을 터뜨리며 말했다.

"당신이 나한테 이럴 줄은 몰랐네! 내가 헛산 것이구먼, 헛산 것이여! 당신 하나 보고 시집와서는 내가 그 고생을 했는데 나한테 남은 건 지옥 불밖에 없었구먼. 에구 억울햐, 억울햐……."

칠성은 씁쓸한 표정으로 아내의 등을 쓸어주며 말했다.

"내가 잘못했네, 내가 잘못했어. 이 사람아, 내 말은 그런 말이 아니잖여. 알았으니까 그만 울어. 당장 내일이라도 목사님한테 연락해서 다 바치세. 응? 그럼 될 거 아니여. 왜 울고 그랴……."

울던 아내가 울음을 뚝 그치며 칠성을 돌아보았다.

"참말이요?"

"참말이고말고."

그제야 아내의 얼굴에 화색이 돌았다.

"이게 다 나만 좋자고 하는 게 아니잖소. 헌금 드리면 당신도 천국에 자리가 생긴다 안 혔소. 살아생전 고생만 했는데 죽어서라도 편하게 살아야 하지 않것소?"

"그려, 자네 말이 맞네, 자네 말이 맞아."

아내는 언제 그랬냐는 듯 밝은 얼굴로 벌떡 일어났다.

"그럼 내 당장 은행에 가서 보상금이니 뭐니 찾아오리다."

"조금 쉬었다가 가도 되잖여."
"불안해서 안 되것소. 자리 차기 전에 빨리 다녀와야겠소."
"그려, 그려."
칠성은 어두운 얼굴로 미소를 띤 채 고개를 끄덕였다.
갈수록 핼쑥해지는 아내의 모습에 칠성은 큰 숨을 내쉬고는 아내를 안아주었다.

* * *

최 장로는 앉지도 않고 휴대폰을 귀에 댄 채 사무실 안을 휘젓고 돌아다녔다.
걷다가 발에 걸리는 건 뭐든지 걷어 차버렸다.
말을 듣고 있던 그의 얼굴이 점점 더 벌게지더니 이윽고 소리를 질렀다.
"이 개새끼야, 그런 개좆같은 소리만 할 거면 입 닫고 당장 사무실로 와! 입을 확 다 뒤통수까지 찢어 버릴 라니까!"
다시 귀를 기울이던 최 장로는 또다시 욕설을 뱉었다.
"야, 야! 묻는 말에는 대답 안 하고 계속 딴소리 할래? 그러니까 도대체 언제 찾을 거냐고, 언제! 그 쥐 좆만 한 마을 어디 숨어 있을 곳도 없겠구만 그걸 아직도 못 찾아? 눈깔에 야광이라도 박아줘야 보이겠냐? 확 다 잘려야 정신 차리지? 응!"
잠시 거친 숨을 내쉬며 휴대폰에 귀를 기울이던 최 장로가 말을 이었다.

"대가리에 똥만 찼냐? 똥만 찼어? 마을에 없으면 다른 곳을 뒤져 봐야 할 것 아냐! 내 말은 마을에 없는데도 계속 뒤지란 말이 아니라, 이 개……."

최 장로는 말을 하다 말고 뒷목을 잡으며 잠시 심호흡을 했다.

스스로 생각하기에 충분히 흥분이 가라앉았다고 생각했는지 다시 휴대폰을 귀에 가져다 대고 조금 전보다는 차분한 목소리로 말했다.

"그러니까, 내 말은 마을을 이 잡듯이 뒤졌는데도 없다면 거기 없는 거 아니겠니? 그러면 다른 곳을 찾아봐야지. 그 다른 곳이 어딘지는 나도 모르니까 너도 그 똥만 찬 대가리로 생각이란 것을 하면서 찾아봐야지 이 씨발놈아! 밥숟가락을 창자까지 쑤셔 넣어줘야 그제야 처먹을래!"

얼마 가지 않아 그의 목소리는 다시 커졌다.

"됐고, 됐고! 그 새끼 딸년 일하는 곳으로 당장 가봐! 내가 똑똑한 게 아니고 네가 멍청한 거야 이 자식아! 그 새끼 못 찾으면 올 생각하지 마. 그냥 그대로 고향에 가서 아버지한테 맞아 뒈지든, 감방에 가서 아구창이 날아가든 너 꼴리는 대로 해. 알겠어? 알겠냐고! 얼른 찾아와!"

최 장로는 휴대폰을 테이블 위에 던져버리고는 제자리에서 돌아다니기를 반복했다.

"에이, 병신 같은 새끼들! 이젠 돌대가리 새끼들하고 일하는 것도 이제 지친다, 지쳐! 쌍놈의 새끼들. 쯧!"

최 장로는 아직도 화가 풀리지 않는지 애먼 의자를 걷어찼다.

그는 생각난 듯 책상으로 자리를 옮겨 서랍에서 장부와 문서들을 꺼내 하나씩 살피기 시작했다.

"생각보다 돈도 안 되고, 스트레스만 쌓이고. 아주 돌겠구만, 돌겠어."

노크 소리와 거의 동시에 문이 열리며 성 목사가 들어섰지만, 최 장로는 힐끗 보는 게 전부였다.

그는 여전히 서류를 뒤적거리며 중얼거렸다.

"그 새끼 진작 없애 버렸어야 했는데. 하여튼 싸가지 없어 보이는 것들은 아예 싹을 잘랐어야 하는 건데, 쯧!"

성 목사는 그런 최 장로를 빤히 바라보다 불렀다.

"최 장로님."

"왜요."

"헌금에서 백만 원만 내주십시오."

최 장로는 성 목사를 보지도 않고 콧방귀를 뀌었지만 성 목사는 다시 말했다.

"장로님, 헌금에서 백만 원만 내주세요."

최 장로는 그제야 성 목사를 돌아보았다.

"백만 원이요? 왜요?"

"성호 형제 할머님이 돌아가셨습니다. 장례치를 형편은 안 되지만 그렇게 집에 모셔둘 수는 없지 않습니까. 그래서 장례를……."

"아, 장례비."

최 장로는 어이없다는 듯 또다시 콧방귀를 뀌며 되물었다.

"그걸 왜 우리가 대야 하는 건데?"

"네? 우리 이웃이 그렇게 되었는데 어떻게 모른 채 합니까? 몸이 불편한 성호 형제에게 맡겨둘 수도 없는 일이잖아요."

최 장로는 책상 앞으로 걸어 나오며 갑자기 손뼉을 쳤다.

"대단하시네, 우리 목사님. 성자네 성자."

"……."

"누구는 조금이라도 더 챙겨줄려고 아등바등하는데, 누구는 혼자 생색내면서 기부 놀이 하시고 계시네."

성 목사는 입술을 꾹 다물었다. 최 장로는 성 목사 앞을 돌아다니며 말을 이었다.

"기부 놀이 재미있어? 재미있으면 나도 한 번 해볼까?"

"……."

"성 목사님, 기부라는 건 말이야, 자기 돈으로 하는 거야. 남의 돈으로 하는 게 아니라 자기 돈으로 하는 거라고. 응? 내가 이번 일에 얼마를 들인 줄 알아? 수천이 넘게 깨졌어. 그런데 우리 성 목사님은 얼마를 투자하셨을까?"

그는 생각하는 시늉을 하더니 말을 이었다.

"어이쿠, 빈 몸으로 오셔서 지 할일은 하지도 않고 마냥 잘 처먹고 계시네?"

 최 장로는 성 목사의 가슴을 손가락을 쿡쿡 찌르며 말했다.

 "하나님의 아들을 칭하시는 분이면 최소한의 양심은 있어야 하잖아. 내가 공기 좋은 시골에서 휴양이나 하라고 당신 불렀어? 아니잖아. 할 일도 안 하면서 뭘 달라고? 백만 원? 이거나 먹어."

 아무 말 없이 듣기만 하는 성 목사에게 최 장로는 손가락으로 욕을 해보였다.

 "내가 전에 뭐라고 했어? 남은 집 헌금 받아내라고 했어 안 했어?"

 그는 책상을 뒤적여 서류 하나를 꺼내 들었다.

 "이런 아직도 그대로네? 어떻게 된 걸까? 어떤 씹새끼가 일도 안 하고 무위도식을 하고 있는 걸까?"

 빈정대던 최 장로의 표정이 험악하게 일그러졌다.

 "이 새끼야, 오지랖 그만 피우고 네 일이나 똑바로 해. 지 할매는 지가 알아서 해야지 그걸 왜 네가 나서서 설레발치고 지랄이야?"

 그때까지 아무 말 않던 성 목사가 입을 무겁게 열었다.

 "최 장로님, 장로님도 아시다시피 성호 형제는 보살핌이 필요한 분입니다. 그런 사람에게 맡길 수는……."

 "야, 야! 적당히 하라고, 적당히! 분위기 파악 안 돼? 네가 따먹으려고 작업하던 그년 애비 때문에 지금 다 망치게 생겼

10. 할머니의 죽음 · 223

다고!"

 성 목사의 눈썹이 치켜 올라갔다. 그 모습을 놓치지 않고 본 최 장로가 말했다.

 "지금 화난 거야? 어느 부분에서 화가 난 걸까? '따먹으려고' 부분이야, '그년 애비' 부분이야? 어느 쪽이야?"

 성 목사는 턱 근육이 갈라질 정도로 이를 악 물었지만 아무 말도 하지 않았다.

 최 장로는 습관처럼 콧방귀를 뀌며 말했다.

 "그년 바라보는 네 눈빛, 내가 눈치 못 챈 줄 알아? 지금 따먹으면 전자발찌 차니까 몇 개월만 신경 끊고 제발 그년 애비나 신경 써, 새끼야! 영선 애비 그 개망나니 새끼 잡아야 한다고! 그 새끼가 어디서 뭔 짓을 할지 모른다고! 그 새끼 못 잡으면 너나 나나 다 끝장인 거 알지? 그러니까 그 병신 새끼 할매 장례비는 제쳐두고 그 새끼 잡아오라고. 아니면 남은 집 헌금이나 다 받아내던가. 알아듣겠어?"

 성 목사는 손을 모으고 말했다.

 "제발, 부탁입니다. 꼭 좀 주십시오. 장례라도 치러드려야 하지 않겠습니까? 부탁드립니다. 네?"

 최 장로는 성 목사를 노려보며 말했다.

 "아, 나 이런 엄청난 새끼를 봤나. 지금까지 실컷 떠든 게 이해가 안 가? 너도 똥 눌 때 뇌까지 싼 거야 뭐야?"

 "장로님, 제발······."

"이 새끼가 진짜 끝까지! 넌 뭐가 그렇게 당당해! 수배는 안 붙었다 이거야? 그래서 나는 절실하게 매달리고 있는데 너는 깨끗한 하나님 백성이라 이거야? 곧 죽어도 하나님 아들이니까 사람들 챙겨야 한다는 거야? 연기 그만하고 정신 차리라고 새끼야! 하나님은 눈깔이 없어서 네가 사기 치는 걸 못 보실 것 같냐!"

"최 장로님, 제발 주십시오, 제발!"

애원하는 성 목사를 향해 최 장로는 그의 뺨을 후려치며 버럭 소리를 질렀다.

"성철우, 너 이 새끼 아직도 주둥이를 나불거려? 나 잡혀 들어가면 너도 끝이야 새끼야! 넌 영원히 하나님하고 관계없는 일하고 살아야 된다고, 알아들어? 순진한 얼굴로 거짓말이나 하는 새끼가 꼴에 목사라고. 쯧쯧! 정신 차려 이 미친 새끼야!"

자신의 볼을 붙잡고 서 있는 성 목사를 향해 최 장로가 비웃으며 말했다.

"그래, 그게 네 재능이다, 재능이야. 나 혼자서는 죽었다 깨어나도 못할 일을 네 그 순진한 낯짝하고 주둥이 덕분에 해낸 거라고. 알아들어? 그러니까 딴 소리 지껄이지 말고 살 생각 해. 내가 죽으면 너도 죽는 거야. 알아듣겠어? 답답한 새끼……."

최 장로는 성철우를 밀치고는 사무실 밖으로 나가버렸다.

한동안 멍하니 서 있던 성 목사는 두 손으로 얼굴을 감싸 쥐며 주저앉았다. 훌쩍거리던 소리는 점점 흐느낌으로 변했다.

11. 아버지와 딸

민철은 영선이 다니는 공장 앞에서 담배를 피우며 초조하게 서 있었다. 주변을 두리번거리던 그는 마침 직원으로 보이는 사람이 지나가자 불러 세웠다.
　"네, 무슨 일이십니까?"
　"여기 사무실이 어디요?"
　"무슨 일로 오셨는데요?"
　"김영선이라고……"
　직원은 잘 모르겠다는 듯 고개를 갸우뚱하며 손짓을 했다.
　"누군지는 모르겠는데 사무실은 저 문으로 들어가셔서 물어보세요."
　민철은 고맙다는 인사도 없이 담배를 길바닥에 튕긴 후 남자가 가리킨 문으로 걸어갔다.
　조그맣고 낡은 건물의 문은 정문인지 뭔지도 알 수 없게 되어 있었다. 알루미늄 새시로 만들어진 문은, 유리는 금이 가 있고 아래쪽은 칠이 벗겨져 있었다.
　짐을 옮기다 파손이 되었는지 심하게 우그러진 곳은 생뚱맞은 색상의 페인트로 덧칠해져 있어서 더욱 도드라져 보였다.

민철은 복도에 들어서서 지나는 사람에게 물으려 했지만 소음만 시끄럽게 들릴 뿐 사람은 보이지 않았다. 그는 복도 벽에 쓰인 「사무실」이라는 글씨 밑에 매직으로 그려진 화살표를 따라 발걸음을 옮겼다.

사무실 문 앞에서 서성이던 민철을 보며 지나던 직원이 물었다.

"네, 어떻게 오셨죠?"

"영선이 어디 있소?"

"누구요?"

"김영선이라고 여기서 일하는 애."

직원은 민철을 천천히 바라보며 조심스럽게 물었다.

"김영선 씨는 혹시 어떻게 아시는 사이신지……."

민철은 불쾌한 듯 인상을 찌푸리며 대답했다.

"아비요."

"아, 그러시군요. 김영선 씨는 얼마 전에 그만뒀습니다."

"어디로 간다고 했소?"

"그야 저도 모르죠."

"정말 몰라?"

험악해진 민철의 얼굴을 보고 심상치 않은 것을 직감한 직원은 친절한 얼굴로 말했다.

"저는 모르지만 같이 일했던 동료들은 알지도 모르죠."

그는 손수 사무실 문을 열어주며 접견용 소파로 자리를 안

내하며 말했다.

"잠깐 기다리고 계시면 제가 직원들을 데려올 테니 직접 물어보시죠."

민철은 대답 대신 고개를 짧게 끄덕였다. 민철을 힐끗 보며 나간 직원은 잠시 후에 여러 명의 여공들을 데리고 돌아왔.

직원은 여공들을 민철의 맞은편에 나란히 앉게 하고 조심스럽게 말을 꺼냈다.

"여기 이 분이 영선 씨 아버지 되셔. 그러니까 영선 씨에 대해서 아는 대로 소상히 좀 말씀 좀 드려. 응?"

직원의 말에도 민철의 험악한 인상에 주눅이 든 여공들은 좀처럼 말을 꺼내지 못했다. 초조해진 직원이 민철의 눈치를 살피며 대답을 재촉했다.

"시간 없으니까, 그냥 아는 대로만 말씀드리면 돼. 자, 어서."

여공 한 명이 쭈뼛거리며 말을 꺼냈다.

"영선이는 회사 그만둔다고 하고 나갔는데……."

민철이 재킷 앞섶을 양 갈래로 열어젖히자, 허리춤에 꽂아 둔 낫이 선명하게 보였다. 그 모습을 본 여공들은 물론 직원까지 사색이 되었다. 민철이 매서운 얼굴로 물었다.

"그건 이미 알고 있고, 그래서 어디로 간다고 했냐고."

여공들은 잔뜩 겁을 먹고 눈치만 보았다. 답답해진 민철은 기어코 낫을 꺼내 테이블을 두드리며 말했다.

"내가 지금 장난치러 온 걸로 보여? 빨랑빨랑 아는 대로 얘기 안 해?"

조금 전에 말을 꺼냈던 여공은 민철의 서슬 퍼런 고함소리에 울음을 터뜨렸다.

그것을 지켜보던 직원은 조심스럽게 말했다.

"어르신, 그렇게 윽박지르면 대답을 더 할 수가 없으니까……."

민철의 번뜩이는 눈과 마주친 직원은 그대로 입을 다물어 버렸다. 민철은 낫으로 테이블을 더 세게 두드리며 다그쳤다.

"누구 아는 사람 있으면 아무나 말하라고!"

울음을 터뜨린 여공을 달래던 나이든 직원 한 명이 민철을 곱지 않은 시선으로 바라보며 말했다.

"그렇게 소리만 지르면 영선이가 어디 있는지 나온대요?"

민철은 눈을 크게 뜨고 그녀를 바라보았다.

"뭐여?"

"그렇게 낫 들고 소리 지르면 다냐고요!"

"아니 이런 건방진……."

나이든 여공이 될 대로 되라는 듯 큰 소리로 민철을 향해 소리쳤다.

"제발 영선이 좀 가만히 내버려 두시라고요!"

갑작스런 고함소리에 오히려 민철이 놀라 당황했다.

"영선이가 얼마나 열심히 살았는지 알아요? 알고서나 이렇게 행패 부리는 거예요?"

평소의 민철이었다면 뺨이라도 후려쳤겠지만 이상하게도 말문이 막혀 열리지가 않았다.

"그 어린 게 대학가겠다고 얼마나 아등바등하면서 살았는지 아시냐고요! 몇 푼 되지도 않는 돈 모아서……."

대차게 쏘아붙이던 나이 든 여공도 목이 메는지 말을 잇지 못했다.

"해준 게 뭐 있다고 이렇게 당당한 거예요? 그냥 애 낳아 두기만 하면 다 부모가 된데요? 그렇게 쉬운 게 부모 노릇이냐고요!"

여공의 울음 섞인 고함소리에 직원은 민철의 눈치를 보며 말렸다.

"에이, 희정 씨, 말씀이 좀 지나치네. 그렇게까지……."

여공은 말리는 직원의 팔을 뿌리치며 말했다.

"제발, 불쌍한 영선이 좀 가만히 두시라고요! 제발!"

그 말에 영선의 다른 동료들조차 눈물을 터트렸다.

울음으로 시작된 동료들의 말을 민철은 웬일인지 아무 말도 하지 않고 조용히 고개를 숙인 채 경청했다. 민철에 대한 비난에서부터 영선의 공장 생활까지 묵묵히 듣고만 있었다.

30분쯤 지나고 나서 민철은 인사도 없이 사무실을 빠져나왔다.

영선의 동료들이 한 말은 민철의 머릿속을 헤집어 놓았다.

그는 멍해진 상태로 무작정 거리를 걸으며 그 이야기들은 몇 번이고 되뇌었다. 특히 그녀들이 전한 마지막 이야기는 토시 하나 빠지지 않고 온전히 모두 기억이 났다.

"그래서 절망을 했었죠. 하늘이 무너진 것처럼 속상해 했었어요. 그럴 밖에요. 대학이 영선이한테는 전부였거든요."

"원래 돈도 다 모아놨었는데, 자기 아버지가 돈 다 가지고 가버렸다고……."

"아버지 때문에 자기 인생까지 망칠 순 없다고 했어요. 빨리 아버지한테 벗어나야 한다고……."

"그런데 영선이 교회에서 대학도 보내주고 돈도 많이 벌게 해준다고 그랬대요."

"교회에서 소개시켜 준 직장이 시내에 있대요. 거기서 먹고 자고 다하는 모양이에요. 6개월만 하면 된다고. 대학 입학금도 일단 교회에서 대줬대요."

"거기서 일하다가 대학도 가고 교회에서 마련해준 기도원에서 어려운 사람들한테 봉사하면서 살 거래요."

"영선이 언니, 행복해 보였어요. 제가 언니 알고 그렇게 행복해 보인 적은 처음이었어요. 환하게 웃었거든요."

영선의 동료들은 모두 자기 일인 냥 안타까운 얘기를 할 땐 슬픈 얼굴로, 기쁜 이야기를 할 땐 밝은 얼굴로 민철에게 들려주었다.

민철도 할 말이 있었지만, 아니 있다고 생각했지만 뭔가에 꽉 막혀서 한마디도 떠오르지 않았다.

"미련한 년……."

민철은 머리를 감싸 쥐었다. 이건 아니었다.

그 순진한 년이 사기꾼 놈들의 꾐에 빠져 정신이 빠진 것이다.

민철은 그놈들의 정체를 진작부터 알고 있었는데 딸년마저 자신을 믿지 못하고 놈들에게 넘어간 것이 너무나 답답했다. 옛날부터 미친년은 몽둥이가 약이라고 했다. 정신을 차리게 할 사람은 자신뿐이었다.

이게 다 그 사기꾼들 때문이다.

멍했던 민철의 눈에 독기가 피어올랐다.

품속의 낫을 손으로 확인하며 주머니에서 꾸깃꾸깃 접혀 있는 종이쪽지를 꺼내 다시 펼쳐 보았다.

다음 가야 할 곳이 정해지자 민철의 발걸음은 빨라졌다. 조금이라도 빨리 찾아서 끝을 내고 싶었다.

* * *

성 목사는 십자가 앞에 무릎을 꿇고 앉아 기도를 올렸다.

너무나 무력하게 느껴지는 자신이 할 수 있는 것은 이것 말고는 없었다.

고통스러운 듯 얼굴을 일그러뜨리고 목에 걸린 십자가를 만지며 기도하는 모습은 너무도 힘겨워 보였다.

불현듯 떠오른 목을 매단 지선의 모습이, 눈을 감아도, 떠도 계속 눈앞에 아른거렸다.

"저는 어떻게 해야 합니까, 어떻게 해야 합니까……."

십자가를 꼭 쥐어 하얗게 변한 그의 손에서 피가 흘러내렸다. 악다문 입술에서는 피가 터져 나왔다. 성 목사는 그런 것도 모른 채 기도에만 매달렸다.

답답해서 숨이 막히고 미쳐버릴 것 같은 이 순간을 기도만으로 버티고 있었다.

그때 어딘가에서 곱고 가녀린 목소리가 들렸다.

"목사님."

기억 저편에서 흘러오는 듯한 아련한 목소리. 성 목사는 천천히 눈을 뜨고 고개를 들었다.

"아……."

오랜만에 느끼는 따뜻한 기운에 성 목사는 자신도 모르게 작은 탄성을 뱉었다.

단상의 큰 십자가 앞에는 하얗고 따사로운 빛으로 어두운 예배당 전체를 밝게 비추며 자신에게 미소를 지어 보이는 한 여인이 서 있었다. 지선이었다.

지선은 촉촉한 눈으로 성 목사를 바라보며 말했다.

"목사님 잘못이 아니에요."

성 목사는 눈을 크게 뜨고 지선을 바라보았다. 그녀의 미소를 보니 눈물이 왈칵 쏟아져 나왔다. 그립고, 그립고, 또 그리운 사람.

그녀는 성 목사가 쏟아내는 눈물을 닦아 주기라도 할 것처럼 손길을 내밀었다.

자애로운 손길에 성 목사는 다시 눈을 감았다.

지선은 따스한 목소리로 속삭이듯 다시 말했다.

"목사님 잘못이 아니에요."

지선의 따듯한 기운이 성 목사의 온몸에 닿았다. 끝없이 흘러내리던 눈물이 멈추고 가슴 속에 뭉쳐 있던 뭔가가 사그라졌다. 자신을 짓눌렀던 모든 죄의 무게가 한꺼번에 사라진 것 같았다.

드디어 자신의 믿음이 그녀에게, 그리고 하나님에게 닿은 것이다.

성 목사는 숨을 편안히 내쉬며 눈을 떴다.

조금 전까지만 해도 자신을 바라보던 지선은 사라졌고 커다란 십자가만이 그 자리를 지키고 있었다.

"목사님."

여운이 채 가시기도 전에 불쑥 끼어든 누군가의 목소리에 뒤를 돌아보았다. 마을 남자 몇몇이 들어와 성 목사 뒤에 서 있었다. 앞에 있던 남자가 말을 이었다.

"장례준비 다 했는데요."

성 목사는 고개를 가볍게 끄덕여 보이고는 다시 고개를 돌려 단상의 십자가를 바라보았다.

십자가를 바라보는 그의 얼굴은 고통도 슬픔도 없는, 무표정한 얼굴만 남아 있었다.

그는 여전히 십자가에 시선을 둔 채 짧게 말했다.

"갑시다."

그는 무릎을 털고 일어나 마을 남자들을 따라 예배당 밖으로 나섰다.

교회에서 얼마 떨어지지 않은 곳에 갓 묻은 봉분이 검은 흙을 맨살처럼 드러내고 자리하고 있었다.

마을 사람들의 협조로 성호 할머니를 묻는 일은 얼마 걸리지 않아 정리되었다.

남자들 몇몇은 봉분의 흙이 흘러내리지 않도록 삽으로 몇 번 눌러주고는 뒤로 물러섰다.

무덤 곳곳을 살핀 성 목사는 마을 남자들에게 감사하다는 듯 눈인사를 건네고는 무덤 가까이 다가섰다.

마을 사람들도 다가서서 두 손을 모았다.

성 목사는 눈을 감으며 차분한 목소리로 기도하기 시작했다.

"하나님 아버지, 여기 하나님의 자녀인 이금순 자매님을 하나님께 보내기 위해 우리는 여기 모였습니다. 이금순 자매님은 언제나 부지런했고 발랐으며 이웃에게 사랑을 나누는 데 조금의 주저함도 없으셨습니다. 비록 지금은 우리 곁을 떠나셨지만 하나님의 곁에서 평온한 마음으로 천국의 평화와 안녕을 누리고 있음을 너무나 잘 알고 있습니다. 자매님이 생전에 지은 죄가 있다면 모두 사해 주시고 어여삐 여기시어, 하나님의 사랑받으며 영원히 행복할 수 있도록 하여 주시옵소서. 우리 모두가 그녀와 함께 웃으며 하나님의 곁에서 다시 만날 때까지……."

"아악! 아악! 으아악!"

곁에서 같이 기도를 하던 성호가 갑자기 고함을 지르며 그 자리에 누워서 발작을 일으켰다.

기도를 하던 사람들도 놀라 손도 대지 못하고 바라보기만 할 뿐이었다.

성호는 온몸에 경련을 일으키며 발버둥을 쳤다. 얼굴은 눈물과 콧물, 침으로 엉망이 되었다.

"으아악! 으아악!"

마을 사람 누구도 쉽게 다가가지 못했지만 성 목사는 망설임 없이 성호를 잡아 꼭 끌어안았다.

발작이 심해 잡고 있기도 힘들었지만 성호의 몸부림이 심할수록 성 목사는 더욱 힘을 주어 꼭 안아주었다.

성 목사는 아무 말도 하지 않고 그의 등을 쓸어주었다.

악을 쓰던 성호의 목소리가 점차 잦아들고 발버둥 치던 그의 몸도 안정을 되찾아 갔다. 성호의 움직임이 멈추자 성 목사는 그의 머리를 쓰다듬었다.

"괜찮아요, 괜찮아요."

성호는 조용히 눈물을 흘리며 주저앉아 흐느끼기 시작했고 성 목사는 그런 성호의 얼굴을 손으로 감싸 안으며 말했다.

"성호 형제, 다 괜찮아요. 두려워하지 마세요."

성 목사의 눈에 눈물이 고였다. 그는 엉망이 된 성호의 얼굴을 맨손을 닦아주며 말을 이었다.

"이제부터 성호 형제는 제가 보살필 겁니다. 아시겠죠? 아무 걱정 마세요."

성호는 눈물 젖은 눈으로 성 목사를 올려다보았고 성 목사도 성호의 얼굴을 똑바로 바라보았다.

"곧 있으면 우리 모두 행복해질 겁니다. 그러니까 저를 믿으세요. 우리 모두가 행복해질 수 있어요. 알겠어요?"

성호는 한참 동안 성 목사의 얼굴만 빤히 바라보다 고개를 끄덕였다.

성 목사는 성호의 머리를 다시 쓰다듬으며 말했다.

"우리 모두 행복해질 거예요."

주문을 외듯 그 말을 몇 번이고 반복했다.

* * *

민철은 여러 번 접었다 펴서 너덜너덜해진 종이쪽지를 들고 주택가를 돌아다녔다.

집집마다 돌아다니며 주소를 비교해 보고는 맞지 않으면 욕지거리와 함께 침을 뱉기를 여러 번. 그러다 낡은 다세대 주택 앞에서 멈췄다.

벽에 매직으로 대충 써 놓은 주소와 종이에 적힌 주소를 여러 번 확인하고는 눈을 빛냈다.

그는 침을 한 번 크게 뱉고는 활짝 열려 있는 건물 지하 계단으로 내려갔다.

문에 붙어 있는 낡은 번호를 보고는 한쪽의 현관문을 거칠게 두드렸다. 아무 반응도 없자 민철은 조금 전보다 더 세게 문을 두드렸다.

"이런 쌍!"

민철이 문을 발로 걷어차자 안에서 인기척이 들렸다. 또 걷어차기 위해서 들었던 발을 내려놓으며 문이 열리기를 기다렸다.

문 안에서 욕지거리를 하는 소리가 들렸다.

"어떤 새끼가 이 저녁에…… 누구요?"

누군가 문을 열고 얼굴을 내밀었다. 잠에 취한 듯 부스스한 얼굴의 그가 민철을 바라보며 물었다.

"누구……"

남자의 말이 끝나기도 전에 민철은 문을 확 열어 제쳤다. 남자를 거칠게 밀치며 구둣발로 집 안으로 들어섰다.

당황한 남자가 놀라 물러서며 말했다.

"당, 당신 뭐야?"

그의 말 따위는 들리지도 않는 듯 민철은 어둑한 집안을 둘러보았다.

현관 앞에는 수십 개의 신발들이 서로 뒤엉켜 한 가득 쌓여 있었고 싱크대에는 먹고 남은 음식 찌꺼기와 그릇이 수북이 쌓여 있었다.

등이 나가 일부만 켜진 전등은 군데군데 찢어져서 시멘트를 그대로 드러내고 있는 벽면을 을씨년스럽게 비추고 있었다. 그 아래 거실이라고 할 수도 없는 작은 공간엔 몇 명의 남자와 여자들이 뒤섞여 앉아 놀란 눈으로 바라보고 있었다.

방문은 두 개가 더 있었지만 굳게 닫혀 있었다.

좀 전에 문을 열었던 남자가 잠이 깼는지 인상을 구기며 민철의 어깨를 잡아채며 말했다.

"너 뭔데 막 들어오고 지랄이야? 신발 안 벗어?"

민철은 휙 돌아서며 남자의 멱살을 움켜쥐며 다짜고짜 물었다.

"영선이 어디에 있어."

거실에 앉아 있던 남자 몇몇이 벌떡 일어났다.

"저 새끼 뭐야? 그 손 안 놔?"

"영선이 어디 있냐고!"

"이 미친 새끼가!"

그들은 민철을 향해 달려들었지만, 민철이 허리춤에서 낫을 꺼내 든 것이 먼저였다.

낫을 허공에 크게 휘두르자 당황한 남자들이 흠칫하며 멈춰 섰다.

"대가리 쪼개지고 싶은 놈 있으면 와봐! 이 쌍놈의 새끼들!"

가장 뒤쪽에 있던 남자가 재빨리 싱크대에서 부엌칼을 찾아 집어 들었다. 민철은 곁에 있던 남자의 머리채를 잡고 그의 목에 낫을 갖다 대고 서슬 퍼런 목소리로 으르렁거렸다.

"이 새낀 목 따이는 거 보고 싶으면 한번 해봐, 이 개 쌍놈의 새끼들!"

여자들은 비명을 지르며 뒤로 물러나 방으로 뛰어 들어갔다.

이러지도 저러지도 못하고 부엌칼을 든 채 엉거주춤 서 있는 남자를 노려보며 민철이 다시 소리를 질렀다.

"피 보기 싫으면 영선이 어디 있는지 말해, 이 개새끼들아!"

민철은 방 안쪽을 향해 큰소리로 영선을 불렀다.

"김영선! 김영선!"

민철은 붙잡은 남자의 목을 금세라도 그어버릴 기세로 낫을 세워 들고 그를 앞세워 집 안 구석구석을 돌아다녔다.

"김영선!"

방문을 여는 순간 퀴퀴한 곰팡내와 썩은 음식 냄새가 한꺼번에 쏟아져 나왔다.

방 안의 모습도 밖의 모습과 별반 다르지 않았다. 개지 않은 이불과 막 벗어 놓은 옷들이 뒤엉켜 있었고 그 주변엔 과자 봉지와 먹다 남긴 컵라면 용기가 담배꽁초와 뒤섞여 냄새를 풍기고 있었다.

다른 방문을 열고 들어가자 스무살 전후로 보이는 어린 여자아이들이 촘촘히 붙어 두려운 눈으로 민철을 바라보고 있었다.

불을 켜고 그들을 한 명 한 명 확인 했지만 영선의 모습은 보이지 않았다.

민철이 낫을 든 손에 힘을 주자 남자의 목에서 피가 흘러나왔다.

"영선이 이년 지금 어디에 있냐고!"

소스라치게 놀란 남자가 더듬으며 말했다.

"아저, 아저씨, 일, 일단 이, 이것 좀 풀어 봐요."

"당장 말 안 혀!"

"마, 말하다가 베일까봐 그러니까, 좀만 풀, 풀어 주세요. 네?"

낫이 목에 더 깊이 들어오자 남자는 거의 비명에 가까운 소리를 지르며 말했다.

"지, 지금 여기 없어요! 여기 없다고요!"

"그럼 어디 있어!"

"오, 오늘은 저녁 타임이라 새벽에나 들, 들어온다고요! 좀 치워주세요! 이러다 죽, 죽겠어요!"

"뭐? 저녁 타임? 그게 뭐야?"

"지금 일하러 갔, 갔다고요! 낫 좀 제발……."

민철은 남자의 머리를 뒤로 더 젖혀 목살을 팽팽하게 만들었다. 남자는 침도 삼키기 힘든 자세였지만 연속 마른침을 삼켰고 그때마다 목젖이 낫에 닿아 벌벌 떨었다.

"일? 어디로 갔는데?"

"가, 가르쳐 드릴게요! 가르쳐 드린다고요!"

민철은 남자의 오금을 걷어차 무릎을 꿇렸지만 여전히 목에는 낫을 대고 있었다.

인질이 된 남자는 거실에서 주눅 든 채 서 있는 동료들을 원망의 눈으로 보았지만 그들은 꿈쩍도 하지 않았다.

민철은 그의 어깨 위로 종이를 내밀었다. 종이를 받은 남자는 고개를 숙일 수 없었기에 자신의 눈높이로 종이를 들어 올리고는 떨리는 손으로 위치를 적기 시작했다.

"똑바로 써 새끼야! 하나도 못 알아보겠잖아!"

"낫 때문에 제대로 쓸 수가 없, 없다고요."

그가 적는 동안 민철은 긴장하며 서 있는 다른 자들을 향해 이를 드러내며 소리쳤다.

"만약 거짓말이면 되돌아와서 한 놈도 남김없이 모가지를 따버릴 거여! 알겠어? 거짓말인지 참말인지는 궁금하면 한 번 해봐!"

주소를 다 적은 남자는 어깨 뒤로 종이를 내밀었고 민철은 종이를 받아 확인하고는 주머니에 대충 쑤셔 넣었다.

"일어나."

"네?"

"일어나라고 새끼야!"

남자가 일어나기를 기다려 민철은 뒷걸음질로 문을 열고 밖으로 빠져 나왔다.

밖으로 나오자마자 남자의 엉덩이를 걷어차 집 안으로 몰아넣고 문을 닫아버렸다.

민철은 금방이라도 찍을 듯 낫을 치켜들고는 문 앞에 서서 소리쳤다.

"쫓아 나오기만 해! 제일 먼저 나오는 놈은 대가리 구멍 날 각오하는 게 좋을 것이여!"

민철은 문을 몇 번 거칠게 걷어차고 기다렸지만 아무도 따라 나오지 않았다.

그는 뒷걸음질로 계단을 올라 건물 밖으로 나오자마자 달리기 시작했다.

다친 곳이 욱신거리고 힘이 부쳤지만 최대한 빨리 벗어나야 한다는 생각에 멈추지 않고 뛰었다.

* * *

반지하 방 놈이 알려준 대로 찾아 나온 곳은 시내의 유흥가였다.

며칠 전에 자신이 나왔던 곳과는 비교도 안 되게 변화한 곳이었다. 툭 튀어 나온 간판 마다 네온사인이 번쩍여 민철의 시야를 어지럽혔다.

주택가와는 달리 도무지 주소로는 알 수가 없었기에 놈이 써 놓은 글씨와 간판 이름을 일일이 비교하며 가야 했다.

술에 취해 흐느적거리는 사람들 틈에서 민철만이 붉게 충혈된 눈으로 사방을 노려보며 걷고 있었다.

"어이, 뭐여?"

술에 취해 비틀거리다 민철과 부딪힌 사람이 흐느적거리며 민철에게 말했다.

"앞에 똑바로 보고 다녀라!"

민철은 무시하고 지나가려 했지만 그는 민철의 어깨를 거칠게 잡아챘다.

"이 새끼가 사람을 무시해? 사과 안……."

민철은 놈의 얼굴을 후려쳤다. 충격에 못 이겨 쓰러진 남자에게 다가가 배를 몇 번 걷어차고는 다시 간판으로 눈을 돌렸다.

"야 이 새끼야! 거기 안 서?"

두들겨 맞았던 남자가 소리를 지르며 다시 일어섰다. 민철은 그를 무시하며 조금씩 걸어가며 간판을 확인했다.

무슨 간판이 이렇게 많은지, 이름까지 비슷비슷해서 찾기가 하늘의 별 따기였다.

"너 거기 안 서?"

남자는 또다시 흐느적거리며 다가왔고 민철은 허리춤에서 낫을 꺼내 찍어버릴 듯이 치켜들었다.

"아, 악! 미안합니다! 미안합니다!"

남자를 간단히 쫓아버린 민철은 조금 더 걷다가 한 가라오케 간판 앞에 우뚝 멈춰 섰다.

종이에 쓰인 이름과 틀림없이 똑같았다.

민철은 종이를 주머니에 넣고 낫을 꺼내기 편하게 고쳐 차고는 계단을 따라 지하로 내려갔다.

빨간색 싸구려 등이 전선에 엉켜 장식 되어 있었고 문 안쪽은 정육점처럼 붉고 어두운 등만 달려 있었다.

"어서 오세……요."

인사를 하던 점원은 민철의 행색을 살피며 시큰둥하게 바라보았다.

"어떻게 오셨어요?"

점원의 질문에도 민철은 대답도 하지 않고 방마다 문을 열고 안쪽을 확인했다.

사람은 다 달랐지만 술에 취해 여자를 끼고 노래는 하는 꼴은 어디나 다 똑같아 보였다.

"누구 찾아 오셨어요?"

민철은 다음 방문을 열고 들여다보기를 반복했고 점원은 따라다니며 계속 질문을 하다가 짜증난 표정으로 말했다.

"이러면 영업에 방해되니까 나가주세요. 네?"

점원이 민철의 팔을 붙잡았지만 민철은 거칠게 뿌리치며 계속 방문을 열고 들여다보기를 반복했다.

"이 양반이 진짜 말로 해서는 안되겠구만! 빨리 안 나가?"

민철은 복도 끝에 있는 방문을 열었다.

여자들이 술에 취한 남자 몇몇과 어우러져 춤을 추고 있었고, 그 뒤로 가라오케용 긴 소파에 여자들과 섞여 앉아 있는 일행도 보였다.

소파 뒤로 팔을 걸치고 곯아떨어진 남자 옆에 머리를 숙인 채 고개로 박자를 맞추고 있는 남자를 한 번 훑어보고 나가려던 민철은 놀란 눈으로 다시 방 안을 들여다보았다.

고개로 박자를 맞추고 있는 남자는 팔을 옆에 앉아있는 여자의 어깨 뒤로 둘러 그녀의 가슴을 만지작거리고 있었다.

남자는 손가락으로 여자의 젖꼭지를 잡고 베베 돌렸고 그때마다 여자의 미간에 주름이 생겼지만 입을 악다문 모습이 마지못해 견디고 있는 듯 했다.

여자는 고통을 참는 수도승처럼 정자세로 앉아 맞은 편 벽을 노려보고 있었지만 고통과 수치심과 싸워 이기려는 모습이 역력했다.

그런 여자의 모습에 민철의 눈이 뒤집혔다.

"이런 쌍!"

민철은 문을 쾅 소리 나게 열어젖히고 안으로 뛰어 들어왔다. 그 모습에 놀란 사람들은 노래도 멈추고 멍한 얼굴로 바라보았다.

"이런 쌍놈의 새끼!"

민철은 여자를 주무르던 남자의 머리를 낫의 손잡이로 냅다 후려쳤다.

"악!"

쓰러진 남자를 올라타고 발로 밟듯 두들겨 팼다.

"너 뭐야?"

그 난리 통에 옆에서 졸다가 일어난 남자가 민철에게 대들었지만 민철이 휘두른 주먹에 얻어맞고 다시 주저앉았다.

"이 쌍놈의 새끼가 어디다 손모가지를 놀려, 이 개새끼가!"

민철은 남자가 축 늘어질 때까지 밟고는 내려와 여자를 노려보았다.

여자는 너무 놀라 그 자리에 얼음처럼 굳어버렸지만 주변에 있던 여자들은 소리를 지르며 주저앉거나 도망쳤고 남자들은 놀란 얼굴로 바라보았다.

"저 새끼가 미쳤나!"

그제야 정신이 든 남자 일행이 한꺼번에 민철에게 달려들었지만 민철이 꺼낸 낫의 시퍼런 날을 보고 멈칫했다.

민철은 낫을 매서운 기세로 허공에 휘두르고는 테이블에 내리 꽂아 박아 넣으며 말했다.

"이 버러지 같은 새끼들! 콱 뒈지고 싶으면 와봐, 이 쌍놈의 새끼들아! 와 봐!"

민철이 남자들과 대치하고 있을 때 굳어 있던 여자는 슬그머니 그 자리를 도망치려 했다. 하지만 민철은 이미 알고나 있었던 것처럼 여자의 머리채를 휘어잡으며 소리쳤다.

"이 쌍년, 여기서 이러고 있어? 여기서 이러고 있어 이년아! 이 미친년아?"

어두운 조명에 화장을 진하게 하고, 어깨와 허벅지가 드러나는 야한 옷을 입었지만 민철의 눈을 속일 수는 없었다.

영선이었다.

두려움으로 정신이 반쯤 나간 영선이 부들거리며 떨고 있었다.

"이 꼬라지를 하고 여기서 이러고 있어! 이 쌍년!"

영선의 얼굴을 때리고는 낫을 뽑아 들어 남자들을 향해 흔들어 보였다.

"어떤 새끼건 방해하면 뒈질 줄 알아!"

민철은 영선의 머리채를 잡고는 개처럼 질질 끌고 나갔다.

모두가 그 모습을 보았지만 말리는 대신 한쪽으로 비켜서기 바빴다.

"이 새끼가 미쳤나!"

점원으로 보이는 몇몇이 민철 앞을 막아섰지만 눈이 뒤집힌 그에게 뵈는 건 없었다.

그는 낫을 휘둘러 복도에 있는 유리창을 박살내며 소리 질렀다.

"다 비켜, 이 쌍놈의 새끼들아! 오늘 장례 치르고 싶은 새끼는 지금 주둥이 나불대라! 이 낫으로 아가리를 확 찢어 줄라니까!"

호기롭게 나섰던 점원들도 괴물 같은 민철의 독기에 눌려 뒤로 물러섰다.

점원 몇몇이 기회를 봐서 민철을 덮칠 생각을 했지만 그는 그때미다 낫을 휘둘러 유리창을 박살냈다.

점원 하나가 어디서 났는지 쇠파이프를 들고 오다 민철과 딱 마주쳤다. 그가 당황한 사이 민철은 거침없이 그의 어깨 낫으로 찍었다.

"아악!"

민철은 영선의 머리채를 잡은 채 뒤로 돌며 낫을 치켜들었다.

"정신들 차리고 살아, 이 씨발년놈들아!"

민철은 저항하는 영선의 얼굴이며 머리를 가리지 않고 때리며 끌고 나왔다.

손을 들어도 택시가 서지 않자 민철은 거의 앞을 가로막아 택시를 세우고는 영선을 먼저 밀어 넣고 올라탔다.

택시 기사는 심상치 않은 분위기에 룸미러를 통해 바라보며 조심스럽게 물었다.

"어디로 모실까요······."

민철은 울고 있는 영선의 뺨을 올려쳤다.

"조용 안 해? 뭘 잘했다고 울고 자빠졌어?"

민철은 기사를 돌아보며 입을 열었다.

"남쪽 마을로 갑시다."

민철은 행선지를 밝히고 영선에게 매질을 더 했지만 택시 기사는 입을 다물고 앞만 보며 운전에 열중했다.

막 출발하는 택시 뒤로 급하게 지프차 한 대가 멈춰 섰다. 차가 멈춰 서자마자 문이 열리고 두 명의 사내가 내렸다. 그들은 서둘러 가라오케로 내려갔고, 뒤늦게 운전석에서 내린 지웅은 담배를 꺼내 물고 기다렸다.

그는 태연한 얼굴로 앞서 떠나는 택시를 빤히 바라보다 주변 사람들로 시선을 돌렸다. 그때 가라오케에 들어갔던 사내들이 급하게 뛰어나와 지웅에게 뭐라고 말을 했다.

가만히 말을 듣고 있던 지웅은 깜짝 놀란 듯 고개를 획 돌려 방금 택시가 떠난 방향을 바라보았다.

그는 담배를 집어던지고 운전석에 올라 급히 차를 출발시켰다. 그리고 방금 출발한 택시가 간 길로 지웅도 서둘러 움직였다.

시내 사무실에서 휴대폰을 받은 최 장로의 얼굴이 일그러졌다.

"너 땜에 휴대폰 바꾼 게 몇 번째인 줄 알아? 이번에도 놓쳤다간 다신 안 본다. 택시 타고 가면 그 새끼가 어딜 가겠어? 집밖에 더 가? 그래, 그 새끼네 집에 먼저 가서 기다리던지, 아니면 중간에 잡아서 족치던지 그건 알아서 하고, 놓치지만 마. 알겠어? 또 놓칠 것 같으면 차라리 끝장을 봐버려. 내 말 알아듣겠어? 무조건 잡아, 무조건!"

그는 전화기를 던지려다 가까스로 참으면서 주머니에 넣었다.

"저런 새끼들이랑 일하는 내가 참 장하다, 장해. 개자식들……."

최 장로는 마을 사람들의 명단과 금액이 적힌 장부를 살피던 중이었다.

그는 볼펜으로 명단 옆에 체크를 하다가 짜증이 났는지 볼펜을 집어던지고는 장부를 덮어 책상 위에 내던졌다.

"헌금도 그대로고, 그 개새끼가 활개치고 다니는 것도 그대로고 나아지는 게 하나도 없네, 하나도 없어! 밥버러지 같은 새끼들……."

그때 사무실 노크소리가 들렸다.

노크소리만 들어도 그가 누군지 최 장로는 알 수 있었다. 그는 소리만으로도 짜증난 얼굴로 출입문 쪽을 바라보았고 예상대로 성 목사가 들어섰다.

성 목사의 모습이 어딘지 모르게 평소와는 다르게 느껴졌지만 최 장로는 짜증난 표정을 감출 생각도 하지 않고 그대로 입을 열었다.

"헌금이 아직 그대로 던데 어떻게 된 거야? 정말 이따위로 나올 거야?"

성 목사는 아무 말도 하지 않고 무표정한 얼굴 그대였다.

그의 시선이 어딘지 모르게 다르다는 걸 느꼈지만, 정확히 무엇이라고 집어서 말할 수는 없었다.

최 장로는 휴대폰을 확인해 봤지만 지웅의 전화는 아직 오지 않았다.

"아니, 이 새끼는 잡았으면 잡았다, 아니면 아니다 전화를 해야 할 거 아니야? 왜 이렇게 전화를 안 해?"

최 장로는 점점 초조해지기 시작했다. 그렇게 두들겨 패고 구석진 공사장에 묶어놨는데도 탈출해서 경찰서를 헤집고 다니는 놈이었다.

최 장로는 불안한 듯 중얼거렸다.

"이번엔 꼭 잡아야 할 텐데. 이번에도 놓치면 끝이야, 끝! 입 막지 못할 것 같으면 죽여 버려야 해. 다시는 입 못 열게……."

불현듯 성 목사의 존재를 깨달은 최 장로가 돌아보며 물었다.

"거기 그렇게 서 있을 시간 없다고. 한 푼이라도 더 긁어내라고 좀! 이 답답한 양반아!"

그때까지 묵묵히 서 있던 성 목사가 낮지만 단호한 톤으로 입을 열었다.

"최 장로님, 신도들한테 모은 돈, 당장 주세요. 내일 당장 교회하고 기도원 자리 알아봐야겠어요."

최 장로는 어이없는 표정으로 성 목사를 바라보았다.

"뭐라고? 내가 그렇게 설명을 했는데도, 모은 돈 다 내놓으라고? 내가 등신으로 보이지?"

"장로님, 시간이 없습니다."

"그건 내가 할 소리야!"

"마을이 물에 잠기기 전까지 알아보려면 서둘러야 합니다."

최 장로는 성 목사를 빤히 바라보다 그의 목을 움켜잡고는 벽까지 강하게 밀어붙였다.

"죽고 싶냐?"

최 장로가 충혈된 눈으로 성 목사를 노려보았다. 성 목사는 최 장로의 팔을 잡았지만 그의 완력을 당해낼 수가 없었다.

"다시 한 번 지껄여봐. 뭐라고? 뭘 알아봐?"

최 장로의 위협에도 성 목사는 당황한 기색 없이 또박또박 말했다.

"교회랑 기도원 자리 알아본다고."

"이 새끼가 진짜 끝까지! 제정신이야? 그 돈이 네가 맘대로 써도 되는 돈으로 보여? 이게 다 너 혼자 한 일이냐고 이 새끼야! 그 미친 새끼가 날 얕보니까 이제 너까지 우습게 보는 거냐? 그런 거야? 지금 상황 파악이 안 돼? 헌금 안 낸 인간들한테 돈 빨리 뽑아 낼 생각은 하지 않고 계속 개소리만 지껄일 거야?"

"돈, 내놓으라고."

최 장로는 더 이상 참지 못하고 성 목사의 뺨을 후려쳤.

한 대로 끝난 것이 아니라 세 대를 연속 때리고는 입을 열었다.

"너 감방 가봤어? 안 가봤지? 너 같은 새끼들은 가느니 차라리 자살하고 싶은 곳이 바로 거기야. 종교인이 미성년자 강간에 사기죄까지 추가되면 어떻게 될 것 같냐? 차라리 죽여 달라고 기도하는 게 나을 걸? 그런데 지금도 이런 장난질이나 하고 있어? 나 잡히면 너도 끝인 거 아직도 모르겠냐? 근데 지금 그 얘기가 나와? 이 덜 떨어진 새끼야?"

성 목사는 최 장로가 그동안 보지 못했던 싸늘한 얼굴로 말했다.

"당신 원래 교회 세울 목적이 아니었지?"

"뭐?"

"당신은 하나님 안 믿잖아. 안 그래?"

최 장로는 어이없다는 듯 바라보다 눈을 부라리며 더욱 세게 성 목사의 목을 움켜잡았다.

"이 새끼 하자 있는 건 알았지만 이 정도인 줄은 몰랐네? 너 어디 모자란 거 아니냐?"

"아주 조금은 믿을 줄 알았어."

"새삼스럽게 무슨 개소리야? 하나님 같은 소리하고 있네."

최 장로는 비웃는 얼굴로 말을 이었다.

"새끼야, 나도 하나님 믿어. 근데 하나님은 나를 사랑 안 해! 알겠냐, 새끼야? 그게 무슨 말이냐면, 그딴 거 있으나 없으나 마찬가지란 얘기야! 또 있든지 말든지 관심도 없다고. 알겠어?"

"그런 거였어, 처음부터 그럴 생각이었던 거지."

"넌 하나님 믿지? 난 사업이 하나님이야. 투자를 했으면 수익이 반드시 돌아와야 하는 것이 사업이라고. 난 투자를 했고 그에 대한 수익은 하늘이 두 쪽 나도 얻어야 하는 거라고. 그런데 돈 한 푼 안 내고 무전취식한 새끼가, 돈을 다 내놓으라고? 내 쪽에서 보면 넌 순전히 날강도야, 이 새끼야. 알아들어?"

"궤변 늘어놓지 마."

"하나님 팔아서 등쳐먹겠다는 거잖아. 까놓고 얘기해서 네가 그 돈으로 교회를 지을지 펜트하우스를 지을지 누가 아냐고 새끼야. 대체 너 어딜 봐서 믿으라는 거야? 남은 헌금 다 받아내면 내가 돈 내주겠다고 하면 믿겠냐? 아니, 그렇게 한 번 믿어 볼래?"

"……."

"미친 새끼. 작작해라, 작작해. 이젠 장단 맞춰 주고 나발이고 할 시간도 없다, 병신아."

"사기꾼 세끼."

성 목사가 처음으로 뱉은 욕지거리에 최 장로의 얼굴이 험악하게 일그러졌다. 그는 성 목사의 목을 더 옥죄며 말했다.

"다른 놈은 다 그렇게 말해도 너는 안 되지 새끼야. 그 주둥이 내가 오늘 내 손으로……."

그때 열려 있던 문이 누군가 밀친 듯 소리를 내며 조금씩 열렸다.

문이 활짝 열리고 누군가가 그 곳에 서 있었다.

성 목사를 몰아붙이던 최 장로가 천천히 고개를 돌려 바라보았다.

성호였다.

성호는 문 앞에 서서 불안한 시선으로 그들을 바라보았다. 맞잡고 있는 손을 주무르며 초조하게 움직이고 있었다.

최 장로는 성 목사를 잡았던 손을 풀며 친절한 목소리로 성호에게 말했다.

"형제님이 여긴 웬일이에요? 무슨 일 있나요?"

그의 말에도 성호는 여전히 안절부절못하며 시선을 이리저리 굴리고 있었다.

최 장로는 이를 악다물었다가 풀며 말을 이었다.

"목사님하고 잠깐 할 얘기가 있는데 성호 형제는 잠깐 나가 있을래요?"

하지만 성호는 움직이지 않았다. 성 목사와 최 장로를 번갈아보고 서서 꼼지락거리고 있을 뿐이었다.

성 목사는 구겨진 옷을 털어서 펴며 말했다.

"장로님, 하나님의 계획은 사람의 머리로는 알 수가 없어요. 어떨 땐 너무 복잡하게 하셔서 어떤 게 맞는 건지 헷갈릴 때가 있죠. 하지만 결국엔 그게 하나님의 뜻이었다는 걸 깨닫게 된답니다."

최 장로는 부글거리는 속을 간신히 가라앉히며 말했다.

"목사님, 오늘은 이만 돌아가시는 것이 좋겠네요. 제가 할 일도 있고……."

하지만 성 목사는 말을 이었다.

"저는 살아가야 하는 이유를 모르고 살아왔습니다. 그 긴 세월을 괴로워하며 보냈는데 이제야 하나님께서 저의 존재 이유를 알려주셨습니다."

"목사님? 이만 돌아가시는 게 좋겠습니다만."

"준비가 되었다고 생각하셨는지 이제야 알려 주셨습니다. 그런 분이 하나님입니다."

최 장로는 이를 악다물고 말했다.

"그만가시라고요."

성 목사는 최 장로를 똑바로 바라보며 말했다.

"회개하세요."

그의 말에 최 장로는 더 이상 참지 못했다. 최 장로는 성호를 곁눈질로 힐끗 보며 성 목사에게 바짝 다가가 그에게만 들리는 소리로 말했다.

"적당히 하고 꺼져."

성 목사는 냉정한 눈으로 최 장로를 바라보았다.

"하나님의 이름으로 기회를 드리는 겁니다."

"뭐?"

반사적으로 큰소리가 튀어나온 최 장로는 다시 목소리를 낮추며 말을 이었다.

"네 몫은 없어 새끼야. 생각 같아서는 반병신을 만들고 싶은데 그동안 공적을 생각해서 이쯤에서 놔줄 테니까, 조용히 꺼져. 마음 바뀌기 전에."

"그게, 답입니까?"

"뭐?"

"좋습니다."

성 목사는 뒤로 한 걸음 물러서며 성호를 바라보았다.

초조하게 서성이던 성호는 성 목사의 시선을 받는 순간 우뚝 멈췄다. 하지만 그의 눈빛은 여전히 불안하게 흔들리고 있었다. 성 목사는 확신에 찬 듯 고개를 끄덕여 보였다.
 성호는 품속에 떨리는 손을 넣었다.
 "지금 뭐 하자는……."
 천천히 품에서 빠져나온 성호의 손에는 칼이 들려 있었다. 최 장로는 놀란 눈으로 성호를 바라보았다.
 성호가 긴장된 모습 그대로 사무실 안으로 들어서기를 기다려 성 목사는 문을 잠갔다.
 "뭐, 뭐야! 뭐하는 거야!"
 성호는 칼을 두 손으로 꼭 잡고 최 장로를 향해 조금씩 걸어왔다. 그의 뒤로 성 목사의 싸늘한 얼굴과 목소리가 들렸다.
 "이 모든 게 하나님의 뜻입니다."
 최 장로는 놀란 눈으로 성 목사와 성호를 번갈아 보았지만, 겁에 질린 목에서는 더 이상 말은 나오지 않고 쇳소리가 섞인 다급한 숨소리만 나왔다.
 겁먹은 성호의 얼굴도 점점 굳어졌다. 하지만 그것도 잠시, 뒤에서 조용히 읊조리는 성 목사의 목소리에 성호의 얼굴에서는 두려움이 걷히고 있었다.
 최 장로는 다가오는 성호로부터 멀어지기 위해 뒷걸음질을 쳤지만 벽에 부딪혀 더 이상 도망칠 곳이 없었다.
 최 장로는 다급하게 말했다.
 "형, 형제님, 지금 잘못하시는 겁니다! 이러면 천국도 못 가고 엄마도 할머니도 못 만나게 됩니다! 아시겠어요? 그 칼 버리세요!"

성호는 순간 흠칫하며 성 목사를 바라보았지만 성 목사는 괜찮다는 듯 고개를 끄덕여 보였다. 다시 용기를 얻은 성호는 최 장로를 향해 다시 다가갔다.

두려움에 비명을 지르는 최 장로의 뒤로 성 목사의 주기도문을 외우는 소리가 들렸다.

"하늘에 계신 우리 아버지, 그 이름을 거룩히 여김을 받으시오며 나라에 임하시오며 뜻이 하늘에서 이루어진 것 같이 땅에서도 이루어지이다. 오늘 우리에게 일용할 양식을 주옵시고 우리가 우리에게 죄 지은 자를 사하여 준 것 같이 우리 죄를 사하여 주시옵고, 우리를 시험에 들지 말게 하옵시고, 다만 악에서 구하옵소서."

성호는 온몸으로 최 장로를 덮쳤다.

균형을 잃고 넘어진 최 장로 위에 성호가 올라타고 앉았다.

"살려줘! 살려줘! 아악!"

성호는 하늘을 올려다보며 칼을 치켜들었다가 힘껏 내리꽂았다.

동시에 최 장로의 비명소리가 뚝 끊어졌다.

경련과 같은 작은 움직임마저 사그라졌지만 성호는 잠시 고개를 숙인 채 그대로 앉아 있었다.

칼이 꽂힌 자리에 피가 피어나기 시작했다.

숨을 고르던 성호는 그 모습을 바라보다 일어서며 말했다.

"목, 목사님, 피나요, 피."

성 목사는 그런 성호의 머리를 쓰다듬어 주었지만 주기도문을 외는 것을 그만두지는 않았다. 최 장로의 몸에서 흘러나온 피가 그의 셔츠를 다 적시고 바닥에 고이기 시작했지만 성 목사의 기도는 멈추지 않았다.

* * *

민철은 화난 얼굴 그대로 택시 뒷좌석에 앉아 한마디도 하지 않고 앞만 노려보고 있었다. 그런 민철과는 대조적으로 옆에 앉아 있는 영선의 눈물은 그칠 줄 모르고 계속 흘러내렸다.

택시 기사는 겁을 먹은 듯 경주마처럼 앞만 보며 운전에만 열중했다.

시내의 풍경이 금세 끝나고 산길을 지나 논밭이 보이기 시작했다. 민철은 생각난 듯 또다시 버럭 고함을 질렀다.

"야 이년아 거기서 일하라고 교회에서 그러대? 이 미친년아?"

"아버지는 몰라요. 아무것도 몰라요."

"아무것도 모르는 건 너여, 이년아! 그 새끼들이 어떤 놈들인 줄이나 알고 이러는 거여?"

"이게 다 하나님 뜻이에요. 하나님이 계획해 놓으신 일이라고요."

"세상에 어떤 하나님이 술집 작부나 하라고 그러디! 응?"

"아버지가 하나님의 큰 뜻을 어떻게 알아요!"

"너는 아냐 이 정신 나간 년아?"

"아버지는 죽었다 깨어나도 모르실 거예요!"

"하나님, 하나님! 닥치지 못해? 그놈의 하나님 소리 한 번만 더 했다가는 아가리를 꿰매버릴 것이여! 넌 이제 집밖으로 한 발짝도 못 나갈 줄 알아! 교회고 나발이고 평생 밖으로 못 나갈 줄 알아!"

"아버지! 제발! 제발 저 좀 내버려 두세요, 제발!"

"이런 얼빠진 짓이나 하고 돌아다니는데 어떻게 내버려둬! 응? 어떻게 내버려둬!"

"저는 천국에 갈 14만 4천 명 안에 들었다고요. 그게 어떤 건지 아세요? 전 세계에서 14만 4천 명밖에 못 가는 천국이라고요. 전교에서 1등 하는 것보다 더 힘든 거라고요, 아버지. 제발 좀 내버려 두세요, 제발……"

"당장 그 아가리 안 닥쳐! 정신 나간 년……"

영선은 눈물을 흘리며 택시 안에 앉아서 자신의 목에 걸려 있는 십자가를 만지작거리다 문득 유리창에 비친 자신의 모습을 보았다.

화장이 얼룩진 얼굴과 이미 엉망이 되어버린 머리, 그리고 여기저기 찢어져서 너덜거리는 옷. 이제껏 살아온 자신의 인생을 그대로 함축해 놓은 것 같았다.

아버지가 곁에 있는 한 자신의 인생은 앞으로도 이럴 것이 분명했다. 이 지옥을 벗어나는 건 하나님만이 유일한 희망이었다. 하나님의 일을 하며 그 영광을 높일수록 행복한 삶으로 한 걸음 더 다가길 수 있었다.

뭐든 영선의 것이라면 빼앗아 가기만 하던 아버지와는 반대로 하나님은 그녀에게 등록금도 내주었고 행복한 세상도 약속했다.

주변을 돌아보니 집이 점점 더 가까워지고 있었다. 이대로 집에 간다면 영선 자신의 남은 삶은 더 나아질 수가 없었다. 이제 희망이 생겼는데, 이제는 조금 행복해질 수 있을 거라 생각했는데…….

처량한 자신의 모습 아래로 차 문 손잡이가 눈에 들어왔다. 하나님이 자신을 사랑하신다면 처량한 자신의 처지를 도와주실 것이 분명했다.

조용히 잠금 장치를 누른 영선은 이를 악물고 차에서 뛰어내렸다.

놀란 택시 기사는 급히 브레이크를 밟았고 민철은 열린 차 문을 바라보았다. 영선이 앉아 있던 자리가 비어 있었다. 민철은 영선의 자리로 옮겨 앉아 영선이 뛰어내린 자리를 바라보았다. 멀리 논길을 몇 번 구른 영선이 몸을 일으켜 비어 있는 논바닥을 뛰기 시작하는 것이 보였다.

"이 사람들이 미쳤나!"

택시 기사가 화난 목소리로 소리를 질렀지만 민철은 낫을 꺼내 들었다. 그 모습에 기사가 입을 다물고 시선을 돌렸다.

"기다리쇼."

민철은 차에서 내려 영선의 뒤를 쫓기 시작했다. 민철은 이를 악물고 영선에게 시선을 고정한 채 달렸다.

영선은 뒤쫓아 오는 민철을 돌아보며 죽을힘을 다해 달리고 또 달렸다.

"저리 가! 저리 가!"

영선은 비명에 가까운 소리를 지르며 뛰었지만 거리는 점점 더 좁혀졌다.

민철의 거친 숨소리가 바로 뒤에서 들리는가 싶더니 뭔가에 걸린 듯 머리가 뒤로 확 젖혀졌다.

"아앗!"

"이 쌍년이 도망을 쳐?"

영선은 자신의 목을 훔켜쥔 민철의 손을 있는 힘껏 깨물었다.

"아악!"

민철이 고통으로 손을 풀자 영선은 다시 도망치기 시작했다. 손을 물려 화가 난 민철은 더욱 무서운 기세로 영선의 뒤를 쫓았다.

영선은 죽을힘을 다해 달렸지만 조금 전보다 더 빨리 붙잡혔다. 영선을 붙잡은 민철은, 이번엔 말도 하지 않고 때리기부터 했다.

"애비를 물어? 애비를 물어! 이 망할 년! 오늘 뒈졌어, 이년! 버르장머리를 싹 고쳐주마, 이 호로쌍년."

민철은 얼굴을 가리는 영선의 손을 억지로 잡아 치우며 마구잡이로 때렸다.

손으로 가리고 저항하던 영선의 팔이 축 늘어졌다. 민철의 손찌검을 맨얼굴로 받아내던 영선이 주저앉고 나서야 민철의 구타는 멈췄다.

"또 도망쳐봐. 또다시 그랬다가는 발모가지부터 부러뜨릴 테니까, 그리 알아, 이년아."

민철은 일어날 힘도 없어 보이는 영선의 뒷덜미를 잡고 억지로 일으켜 세웠다.

일어서다 주저앉기를 반복하는 것이 짜증났는지 민철은 영선의 머리채를 잡고 개처럼 끌었다. 영선이 아파서 비명을 지르건 말건 택시를 향해 곧장 발걸음을 옮겼다.

멀리 논두렁 끝에서 자동차 불빛이 하나 보였다. 라이트 한쪽만 들어오는 구형 지프였다. 빠른 속도로 다가오던 차는 점점 속도를 줄이더니 택시 뒤에 바짝 붙어 섰다.

차 문이 열리고 세 명의 사내가 내려서는 것이 보였다.

운전석에서 내린 사내는 담배를 꺼내 물고는 민철이 있는 곳을 바라보았다.

그가 빨아들인 담뱃불이 빨갛게 달아올랐다가 희미해지는 게 보였다.

뒷좌석에서 내린 사내가 택시기사에게 뭐라고 말을 건네고는 돈을 건넸고 그것을 받아든 기사는 고개를 끄덕이고는 택시에 올라탔다.

불길한 생각에 민철은 걷던 걸음을 멈췄다.

"저 새끼……."

택시의 브레이크 등에 불이 들어온다 어느새 택시는 휑하니 가버렸다.

담배를 피우던 사내는 불똥을 튕기고는 하나 더 꺼내 입에 물었다. 그는 논두렁에 서서 민철이 있는 곳을 바라보고 있었다.

그가 담배를 빨아들이자 담뱃불이 환하게 밝아지며 남자의 얼굴이 선명하게 보였다. 지웅이라 불린 놈이었다. 자신을 죽기 직전까지 두들겨 패고 공사장에 묶어 놓았던 놈의 얼굴이 잊힐 리가 없었다.

"저 개새끼……."

민철은 이를 갈며 지웅을 노려보았다.

여유롭게 담배를 피우는 지웅과 달리 나머지 두 사람은 바쁘게 돌아다녔다. 한 명은 차 트렁크를 열고 쇠파이프를 여러 개 꺼내 길이를 대 보며 고르고 있었고 다른 한 명은 휴대폰으로 누군가에게 전화를 했다가 번호를 누르기를 반복하고 있었다.

전화를 걸던 사내가 지웅을 향해 고개를 가로저으며 뭐라고 말을 하자 지웅이 핸드폰을 받아 한 번 더 전화를 걸어보았다.

그도 통화가 안 되기는 마찬가지였는지 휴대폰을 원래 주인에게 돌려주고는 다른 사내가 가져오는 쇠파이프를 받아 들었다.

지웅은 쇠파이프를 잡고 야구를 하듯 자세를 잡더니 크게 휘둘렀다. 뭔가 맞는 소리가 들리더니 민철의 근처에 돌이 하나 튀며 지나갔다. 그러더니 뭐가 재미있는지 자기들끼리 큰 소리로 웃었다.

지웅이 담뱃불을 튕기는 것을 신호로 쇠파이프를 하나씩 나눠 든 사내들이 먼저 논두렁을 내려와 민철을 향해 다가오기 시작했다.

민철은 영선을 옆에 내팽개치고 허리춤에서 낫을 꺼내 들고는 신발을 고쳐 신는 척하며 조심스럽게 흙을 한 움큼 쥐고는 놈들을 맞이할 준비를 했다.

놈들은 민철과 대화할 수 있는 정도의 거리에서 멈춰 섰다.

"이 개새끼들……."

뒤늦게 온 지웅이 사내들 사이에 자리하며 입을 열었다.

"어이 영선 아빠! 말로 합시다!"

"시끄러 개새끼들아!"

"에헤, 사람이 그렇게 비뚤어졌으니까 맨날 그렇게 힘들게 살지. 적당히 타협하면서 살면 좀 좋아? 안 그래?"

민철은 잔뜩 긴장한 얼굴로 맞서 있을 뿐 이번엔 아무 대꾸도 하지 않았다.

지웅은 쇠파이프로 논바닥을 툭툭 치며 말을 이었다.

"세상이 그렇게 다 무식하게만 풀리는 건 아니야. 나이도 자실 만큼 자신 분이 왜 그렇게 생각이 짧아? 이 세상은 계약으로 시작해서 계약으로 끝나는 거라고."

지웅은 쇠파이프로 민철을 가리켰다.

"그렇게 낫 들고 설친다고 해결되는 게 아니라고. 이제 낫 내려놓고 어른답게 말로 합시다, 말로."

"내가 내 딸 데려가겠다는데 너희들이 뭔 상관이여? 빨리 안 꺼져?"

"얘기 했잖아. 계약이라고. 그 애, 우리랑 계약해서 풀어주고 싶어도 풀어줄 수가 없다니까? 돈 천만 원이 먼저 나갔는데 어떻게 풀어 주냐고."

"뭐, 뭐? 천만 원?"

"요새 등록금 참 비싸. 안 그래? 웬만한 자동차도 살 수 있는 돈이라니까? 그러니까 풀어줄 수가 없다고."

민철은 쓰러져 있는 영선을 바라보았지만 영선은 고개를 숙인 채 앉아 있을 뿐이었다.

"그러니까 영선 아버지, 그 애 놓고 그냥 조용히 사라져."

지웅의 말에 곁에 있던 사내가 놀란 얼굴로 지웅을 돌아보며 말했다.

"어? 형님, 사장님이 이 새끼도······."

지웅은 알고 있다는 듯 눈을 깜빡여 보이고는 말을 이었다.

"딸이 빚만 다 갚고 나면 집으로 곱게 돌려보내줄 테니까 조용히 해결합시다. 응?"

"미친 새끼들, 사기를 치려면 병신들 등이나 쳐! 내가 병신으로 보이냐?"

지웅은 고개를 가로저으며 혀를 찼다.

"이래서 무식하면 몸이 고생한다니까. 진심으로 말하는데 딸년 지금 넘기면 살려줄게."

민철은 거칠게 침을 뱉으며 말했다.

"미친 새끼들, 어디 할 수 있으면 혀봐. 이 쌍놈의 새끼들, 이 낫으로 눈깔을 다 후벼 파 놓을 라니까!"

지웅은 표정을 굳히며 말했다.

"말 참 좆같이 하시네. 그럼 할 수 없지. 난 분명히 말했다!"

지웅이 눈짓을 하자 사내들이 파이프를 치켜들고 달려들었다.

민철은 쥐고 있던 흙을 먼저 달려온 사내의 얼굴에 뿌렸다.

"뭐, 뭐야 씨발!"

사내가 당황한 순간 민철은 그의 다리를 낫으로 찍어냈다.

"아악!"

뒤이어 달려든 사내가 민철을 움직이지 못하도록 어깨를 잡았지만 민철은 그 반동으로 돌아서며 이마로 놈의 얼굴을 들이받았다.

"아이고!"

낫에 다리를 찍힌 사내가 이를 갈며 민철의 등을 향해 쇠파이프를 휘둘렀다.

둔탁한 충격이 민철의 등에서 시작해 삽시간에 전신으로 퍼졌다.

충격이 심했는지 민철은 그대로 앞으로 쓰러졌다.

놈은 민철의 머리를 향해 파이프를 치켜들었지만, 민철은 쓰러진 자세 그대로 낫을 휘둘러 놈의 발등을 내리 찍었다.

"으아악!"

그는 파이프를 떨어뜨리며 그 자리에 주저앉았다.

얼마나 세게 박혔는지 낫은 그의 발 등을 관통하고 지나 땅에 박혀 고정한 꼴이 되었다.

어둠속에서도 샘물처럼 흘러나오는 피는 선명하게 보였다.

민철은 놈의 발목을 밟고 낫을 우악스럽게 뽑아 들었다.

"아악!"

민철이 자세를 잡기도 전에 이번엔 발목으로 쇠파이프가 날아왔다.

"으윽!"

미처 피하지 못한 민철은 발목으로 쇠파이프를 받아낼 수밖에 없었다. 뼈 속 깊은 곳에서부터 고통이 느껴졌다. 고통이 척추를 타고 올라와 전신을 휘감았다.

고통이 척추까지 타고 올라왔지만 민철은 이를 악물고 버티며 파이프를 쥐고 있는 놈의 팔을 낫으로 베었다.

놀란 사내는 파이프를 놓쳤고 그 틈을 놓치지 않고 민철은 낫의 손잡이로 그의 얼굴을 올려쳤다. 놈의 얼굴에 쏟은 충격이 낫 손잡이를 통해 그대로 민철의 손까지 전해졌다.

제대로 맞은 놈은 광대뼈가 부러져 주저앉았는지 평평해진 얼굴로 쓰러져 경련을 일으켰다.

그때 쇠파이프가 바람소리를 일으키며 날아오는 것이 느껴졌다.

본능적으로 피했지만 완전히 피하지는 못하고 어깨를 얻어맞았다.

쓰러진 민철 뒤로 쇠파이프를 든 지웅이 비웃는 듯한 표정으로 나타났다.

"이 양반, 그냥 망나니가 아니었네. 그 나이에 대단해! 응? 대단하다고! 약수터라도 다니는 거야? 응?"

지웅은 쇠파이프를 높이 치켜들었다가 민철을 향해 힘껏 내리쳤다.

간신히 몸을 굴린 민철이 지웅의 다리를 향해 낫을 휘둘렀지만 지웅은 앞쪽 다리만 슬쩍 들어 피하고는 쇠파이프로 민철의 등을 후려쳤다.

또다시 나동그라진 민철을 향해 지웅이 말했다.

"한 번 써먹은 걸 또 써먹으면 어떻게 하나? 안 그래?"

지웅은 아직 제대로 일어서지 못한 민철을 향해 쇠파이프를 휘둘렀다.

이번에 날아든 쇠파이프는 이제까지와는 격이 달랐다. 제대로 보지도 못했는데 이미 다리를 치고 지나갔다.

"내가 촌구석에서 이러고 다니니까 우습게 보이지? 그렇다고 너 같은 쓰레기 새끼까지 날 물로 보면 안 되지. 나에 대해서 잘 모르잖아? 안 그래?"

그는 한 손으로 쇠파이프를 짧게 잡고 빠르게 때렸다. 두 손으로 휘두를 때보다 강도는 약했지만 절대로 가볍게 대할 수준은 아니었다.

머리라도 맞는 날엔 쪼개져서 죽을 것 같았다.

이번엔 어깨를 창처럼 찔러 들어왔다. 뭉뚝한 파이프였기에 망정이지 진짜 창이었다면 팔이 떨어져 나갔을지도 모른다고 생각했다.

"나도 이제 좀 사람답게 살고 싶어서 마지막으로 밑천 좀 마련하겠다는 데 왜 이렇게 훼방이야? 응?"

지웅은 구르고 기어서 피하는 민철을 따라가며 때렸다. 민철이 고통스러운 신음소리를 냈지만 지웅은 개의치 않고 자신의 말만 했다.

"빼앗으라고 해서 빼앗고, 죽이라고 해서 죽였고! 뒤집어쓰고 학교 다녀오라고 해서 다녀왔는데! 퇴물 취급하더니 헌신짝처럼 버리더라, 그 씨발 새끼들이! 이 나를! 이 강지웅이를!"

조용히 시작했던 그의 말은 빈 논밭을 울리는 커다란 고함소리로 끝을 맺었다.

흥분한 지웅은 한동안 씩씩거리며 숨을 몰아 쉴 뿐 아무 말도 하지 않았다.

　지웅은 비틀거리며 일어서는 민철을 보며 다시 차분한 목소리로 말했다.

　"사람은 누구나 끝이 있는 거야. 꼰대 당신도 그런 건 잘 알 거 아니야. 너 같은 인생 살까봐 겁나서 이 발버둥을 치고 있는 거라고. 그냥 강 위에 떠다니는 부유물 쓰레기 인생 말이야."

　"다 씨부렸냐, 이 개새끼야?"

　민철의 말에 지웅은 맥이 풀리는 듯 픽 웃으며 말했다.

　"그래 내가 너 같은 종자하고 무슨 말을 하겠냐. 나 좀 살자. 너만 없어져 주면 되니까 제발 그냥 곱게 끝내자."

　지웅은 쇠파이프를 두 손으로 잡고 휘두를 듯 치켜들고 말을 이었다.

　"나도 더 이상 갈 데가 없다고!"

　지웅은 눈을 부릅뜨고 민철의 머리를 향해 쇠파이프를 있는 힘껏 내리쳤다.

　민철은 머리를 그대로 내줄 것처럼 서 있다 팔을 접어 얼굴을 가려서 파이프를 막아냈다.

　팔이 부러지는 듯한 고통을 참으며 지웅의 어깨를 향해 낫을 내리 찍었다.

　놈의 몸에 박혀 들어간 느낌이 낫을 통해 손끝에 전해졌다.

　당황한 지웅의 얼굴이 멍해지다 비명이 터져 나왔다.

　"으아악!"

민철은 무릎을 꿇는 지웅을 내려다보며 말했다.

"이 개새끼들, 내가 두 번 당할 줄 알았지?"

그는 지웅의 머리채를 잡고 흔들며 소리쳤다.

"내 돈은 어쨌어! 내 돈은 어쨌냐고, 이 씨벌놈들아!"

민철은 지웅의 어깨에서 낫을 뽑아 들고는 발로 그의 가슴팍을 걷어 차 쓰러뜨렸다.

지웅 위에 올라탄 민철은 목을 두 손으로 움켜쥐고 조르며 말했다.

"이 개새끼들아, 내 돈 내놔! 내 돈 내놓으라고! 내 돈……."

그때 민철은 머리에 강한 충격을 받았다.

희미해지려는 의식을 간신히 붙잡으며 뒤를 돌아보았다.

쇠파이프를 든 영선이 부들거리며 서 있었다.

분노로 희미해지려던 민철의 의식이 다시 또렷해졌다.

민철은 서서히 일어나 매섭게 치켜 뜬 눈으로 영선을 노려보았다.

영선은 피를 흘리며 서 있는 악귀와 같은 민철의 모습에 파이프를 떨어뜨렸다.

민철은 방금 맞은 곳을 더듬었던 손을 펴보았다. 피가 흥건하게 묻어 나왔다.

영선은 뒷걸음질을 치며 두려움을 떨치듯 크게 소리 질렀다.

"당신! 당신만 없으면 난 행복해! 네가 내 인생을 망치고 있어! 바로 네가!"

민철은 손을 뻗어 영선의 목을 움켜쥐었다.

"네가 망치고 있다고! 네가! 네가! 네가!"

몸부림치며 소리를 지르는 영선을 바라보는 민철의 눈빛이 젖어들었다. 그는 손을 들어 영선의 뺨을 후려치며 소리를 질렀다.

"정신 차려! 정신 차려, 이년아! 정신 차리라고! 제발 정신 차리라고 이년아!"

민철이 지르는 소리는 점차 울부짖음으로 변했다.

영선은 계속 맞으면서도 민철의 옷을 붙잡고 흔들면서 고함쳤다.

"다 너 때문이야! 너 때문이라고!"

영선의 고함소리에 그녀의 뺨을 때리던 민철의 손이 멈췄다.

영선을 바라보는 민철의 얼굴은 슬픔과 분노로 일그러졌다.

"이게 다 너 때문이라고……."

민철이 붙잡았던 손을 힘없이 놓자 영선은 그 자리에 주저앉아 흐느끼기 시작했다.

"모두 아버지 너 때문이라고……."

민철은 텅 빈 논밭에 우두커니 서서 딸의 그런 모습을 한참 동안 바라보았다.

* * *

집에서 십자가 앞에 앉아 기도를 드리던 영선 어머니는 밖에서 들리는 인기척에 놀라 밖으로 뛰어나갔다.

피투성이가 된 민철이 영선을 끌고 집 마당에 넋 나간 표정으로 서 있었고 그 옆엔 엉망이 된 영선이 다 죽어가는 모습으로 주저앉아 있었다.

영선 어머니는 버선발로 뛰어가 영선을 끌어안았다.

"영선아! 아이고 영선아!"

어머니가 잡아 흔들었지만 영선의 얼굴엔 생기가 하나도 없었다. 희망도 행복도 모두 증발해 버리고 절망만 남아 있는 얼굴이었다.

민철은 방으로 들어가 자물쇠를 들고 나왔다. 영선을 안고 있는 영선 어머니를 거칠게 밀치고는 영선의 머리채를 잡고는 창고로 끌고 갔다.

영선 어머니는 놀라 민철 앞에 무릎을 꿇고 앉아 빌었다.

"아이고, 영선 아버지! 제가 잘못했어요. 애를 죽이려 그러요! 제발, 살려만 주세요! 그러다 정말 천벌 받아요! 이거 다 하나님이 보고 계시다고요. 하나님이 무섭지도 않으세요? 예?"

영선 어머니의 말에 멍했던 민철의 표정이 또다시 일그러졌다.

"이 답답한 여편네야, 닥쳐! 다 가짜야, 가짜라고! 아직도 그걸 몰라? 그 새끼들 다 가짜라고!"

"영선 아버지! 이러지 마시오! 이러다 영선이 잡것소! 이러지 마시오!"

민철은 영선 어머니를 밀치고는 창고 문을 열었다.

거의 실신 상태인 영선은 창고 안으로 던져지면서도 뭐라고 웅얼거렸다.

창고 문을 닫으려던 민철이 영선을 돌아보았다.

영선은 멍한 목소리로 힘없이 말했다.

"제가…… 사랑받고 있대요."

민철은 영선의 말에 잠시 멈칫했다.

"제가 사랑받기 위해 태어났대요. 그리고 반드시 행복해질 거라고 하셨어요. 하나님이 그러라고 절 만드신 거래요."

민철은 고개를 돌리고 창고 문을 닫으려고 했다. 영선은 민철을 바라보며 물었다.

"그런데, 그게 다 가짜라고요? 그게 가짜에요?"

민철의 얼굴이 분노와 고통으로 일그러졌다.

영선은 상체를 벌떡 일으키며 마지막 발악을 했다.

"아버지! 그게 다 가짜면 전 왜 태어난 거예요! 말해 보세요! 말해 보시라고요!"

민철은 뭔가 대꾸를 하고 싶었지만 입 밖으로 말이 나오지 않아 입술만 달싹이다 말았다.

잠시 영선을 물끄러미 바라보던 민철이 중얼거리듯 말했다.

"그, 그게 네 팔자여……."

민철의 말에 영선은 얼굴이 굳어졌다. 민철은 고개를 다른 곳으로 돌리고 창고 문을 잠갔다.

그 앞에서 화난 듯, 슬픈 듯, 묘한 표정으로 바닥을 바라보던 민철이 고개를 들었다.

창고 앞에서 통곡하듯 울고 있는 아내를 지나 뒤뜰로 사라졌던 민철은, 휘발유 한 통과 낫을 든 모습으로 다시 마당에 나타났다.

그는 딸이 갇혀 있는 창고와 그 앞에서 여전히 울고 있는 아내를 보며 중얼거렸다.

"내가 다 없앨 거여. 이 개 잡것들, 내가 다 없애버릴 거라고."

민철은 실성한 사람처럼 휘발유통을 들고는 밖으로 나섰다.

그는 사냥감을 노리는 야수처럼 번뜩거리는 눈으로 앞 만 바라보며 곧장 교회로 향했다.

딸의 모습이 몇 번이고 머릿속을 맴돌았다.

소리 지르며 대들던 모습과 창고에서 자신을 바라보던 시선이 잊히지가 않았다.

"싹 다 없애버릴 것이구먼."

그는 다짐하듯 중얼거리며 걸음을 재촉했다.

쇠파이프로 맞은 곳 여기저기가 부어오르고 욱신거렸지만 조금도 지체할 생각이 없었다.

사기꾼 놈들을 없애버릴 수 있는 건 자신밖에 없었으니까.

마을 사람 모두 사기꾼에게 홀려서 제대로 생각할 수 있는 사람은 자기가 유일했으니까.

                   *   *   *

불이 꺼진 교회가 눈앞에 보였다.

괴물처럼 잔뜩 웅크리고 있는 비닐하우스 교회에 도착한 민철은 문을 박차고 들어섰다.

아무도 없는 교회 내부를 둘러본 민철은 휘발유통의 뚜껑을 열고 휘발유를 뿌리기 시작했다.

"사탄 마귀는 너거들이여! 이 개놈의 새끼들! 오늘 다 없애 버릴 겨!"

교회 사무실에서 시작된 민철의 걸음은 단상을 지나 예배당 구석구석을 향했다.

"오늘로 다 끝내는 겨! 모두 다!"

휘발유를 길게 뿌리며 입구로 나온 민철은 예배당 안으로 빈 휘발유통을 집어던졌다.

민철은 주머니에서 라이터를 꺼내들고 교회를 한 번 더 올려다보았다. 이로써 모든 것이 끝나는 것이다.

사기꾼 장로와 목사도 끝이고, 놈들이 팔아먹는 샘물도, 하나님도 끝이다.

이것만 없애버리면 모두 다 제정신으로 돌아올지도 모른다고 생각했다.

칠성이도 제정신으로 돌아와 자신을 예전처럼 대해줄 것이다. 영선이도 영선 어미도 자신들이 속았다는 것을 깨달을 것이다.

민철은 옳았다. 그가 살아온 인생 전체를 옳았다고 할 수 없을지는 몰라도, 적어도 이번만큼은 자신이 분명 옳았다.

그는 라이터에 불을 켜 바닥에 뿌려져 있는 휘발유 가까이 댔다.

훅 소리와 함께 불을 빨아들인 휘발유는 줄타기를 하듯 삽시간에 예배당 안쪽으로 퍼지기 시작했다.

비닐로 되어 있는 벽이 녹아 내려 커다란 구멍이 뚫렸고 나무로 맞춰 놓은 단상과 교탁이 딱딱 소리를 내며 불에 타기 시작했다. 벽을 타고 솟아오른 불길은 삽시간에 천정을 태웠다. 단상 위에 세워져 있는 십자가에도 불이 붙어 타오르다 허리가 부러지며 교탁을 덮쳤다.

뜨거워진 불길에 민철은 뒤로 물러섰다.

부서져 내리는 소리는 마치 사탄 마귀가 불길에 휩싸여 신음소리를 내는 것 같았다. 하나로 뭉쳐 거대해진 불꽃은 이 일을 끝장내는 것을 축하라도 하는 듯 너울거리며 주변을 환하게 밝혔다.

사방으로 퍼진 불꽃은 하늘을 향해 손짓을 하며 높이 솟아올라 교회 입구에 세워 놓은 십자가마저 집어 삼켰다.

민철은 뒤로 더욱 물러섰다.

이 사탄 마귀가 불에 타 없어지는 모습을 하나도 빠짐없이 지켜보고 싶었기 때문이었다.

그때 민철의 뒤에서 인기척이 느껴졌다. 놀란 민철은 뒤를 돌아보았다.

성호가 멍한 얼굴로 불에 타고 있는 교회를 바라보고 있었다. 민철이 돌아서니 성호는 그에게 언제나처럼 예의바르게 인사를 했다.

"안녕하세요."

"넌 뭐야? 넌 또 여기에 왜……."

민철의 시선은 성호가 입고 있는 옷으로 향했다. 불빛에 옷 전체가 밝게 빛났지만 옷에 묻어 있는 것이 피라는 것은 어렵지 않게 알 수 있었다.

"너 옷, 그거 왜 그래?"

성호는 민철의 질문에는 대답하지 않고 다른 말을 했다.

"아저씨, 저기요, 우리 할머니 천국에 하나님 옆에 가셨대요."

그런 성호를 빤히 바라보며 민철이 말했다.

"뭔 소리를 하는 거여?"

"근데, 저는 이렇게 모질라서 그냥은, 천국에 그냥은 못 간대요."

알 수 없는 성호의 말에 민철이 보인 반응은 콧방귀가 전부였다.

"하나님 뜻대로 마귀 사탄을 없애야 천국에 갈 수 있대요."

민철은 턱짓으로 교회를 가리키며 말했다.

"마귀 사탄 지금 불타고 있잖여, 멍청아."

"나, 할머니랑 엄마 있는 데 가야 돼요, 아저씨. 꼭 할머니랑 엄마랑 같이 살 거예요."

"이 병신아, 그거 다 헛소리여 헛소리!"

"아니에요, 갈 수 있다고 그랬어요! 마귀 사탄 없애면 갈 수 있다고 그랬어요!"

"누가 그랬어?"

"하나님이요!"

"뭐? 그 목사 새끼가 그랬지? 그 사기꾼 새끼 지금 어디 있어? 어디 있어!"

"아니에요, 천국에 갈 수 있다고 그랬어요!"

"넌 못 가, 병신아! 죽었다 깨어나도 못 가! 그런 데는 없다고!"

"아니야! 이 마귀 사탄아!"

성호는 온몸을 부딪치며 달려들었고 민철은 달려드는 성호의 몸을 잡아 옆으로 내던졌다.

"이 버르장머리 없는 새끼! 누가 마귀 사탄이여! 누가……."

민철은 뜨끔해진 자신의 배를 바라보았다.

칼이 박힌 채 피가 조금씩 새어 나오고 있었다. 당황한 민철은 배를 움켜쥐고 주저앉았다. 그새 넘어졌던 성호가 벌떡 일어섰다.

불을 등지고 선 성호의 눈에서 붉은 빛이 나는 듯 했다. 그는 또다시 민철에게 달려들었다.

성호는 주저앉아 있는 민철을 쓰러뜨리고 그 위에 올라탔다. 그리고는 배에 박혀 있던 칼을 빼들었다. 불기둥이 빠져나가는 것 같은 고통이 민철의 온몸을 떨리게 했다.

"죽어, 이 사탄아! 죽어!"

성호는 그 칼을 민철의 가슴을 향해 내리꽂았다.

민철은 팔을 들어 성호가 내리누르는 손을 막았다. 성호는 침을 질질 흘리며 온몸의 체중을 실어 민철에게 칼을 꽂으려 했다.

민철은 점점 힘이 빠지는 것을 느꼈다. 칼끝이 가슴에 닿았다.

성호는 핏줄이 터질 것처럼 붉어진 눈으로 민철을 노려보며 내리눌렀다. 살면서 단 한 번도 본 적이 없는 성호의 모습에 민철은 소름이 돋았다.

민철은 성호의 칼 든 손을 붙잡고 다른 손으로는 성호의 목을 움켜잡았다. 성호는 목을 졸려 메어진 목소리로 외쳤다.

"죽어! 죽어, 이 사탄아! 어서 죽어!"

민철은 목을 조르던 손으로 성호의 얼굴을 몇 번이고 올려쳤다.

눈알에 핏줄이 터져 붉게 물들고 코뼈가 부러져 내려앉아도 성호는 칼만은 포기하지 않았다. 민철은 주변을 더듬어 손에 잡히는 돌을 들어 성호의 머리를 후려쳤다. 눈알이 하얗게 뒤집히며 성호의 몸에서 힘이 빠져나갔다.

성호의 몸이 옆으로 기울자 민철은 그를 밀쳐 내고 올라타 돌로 몇 번 더 내리쳤다. 그가 정신을 잃고 축 늘어지고 나서야 민철은 배를 붙잡고 주저앉았다. 흥건하게 흘러나온 피는 그의 옷을 새까맣게 물들이고 있었다.

민철은 숨을 몰아쉬며 간신히 일어섰다. 잠시 숨을 고르던 그는 떨어뜨린 낫을 집어 들고 불타는 비닐하우스 교회를 뒤로 한 채 어딘가를 향해 걷기 시작했다.

* * *

텅 빈 벌판을 비틀비틀 걷고 있는 민철의 발걸음은 칠성의 가게로 향하고 있었다.

어릴 때부터 언제나 그랬다. 민철이 결국 찾게 되는 사람은 칠성이었다. 자신에게 거짓말하지 않고 있는 그대로 말해 줄 수 있는 사람. 자기를 가장 잘 이해해 주는 사람.

배를 움켜잡은 손가락 사이로 피가 흘러나와 손까지 빨갛게 물들어 있었다. 점점 굳어서 진득해질 만하면 상처에서 피가 울컥하고 쏟아져 나와 다시 적시기를 반복했다.

민철은 칠성의 가게 앞에 서서 무릎을 짚고 잠시 숨을 골랐다.

그는 불이 꺼져 있는 가게 문을 열고 안으로 들어섰다. 어두운 가게 안에서 방이 있는 곳을 향해 큰 소리로 불렀다.

"칠성아! 칠성아!"

소리를 지를 때마다 상처가 벌어지며 피가 쏟아져 나왔지만 개의치 않고 다시 불렀다.

"칠성아!"

민철은 불이 켜진 방의 미닫이문을 열어 젖혔다.

가장 먼저 눈에 들어온 것은 칠성의 등을 돌린 뒷모습이었다. 그 옆에는 길게 누운 칠성의 아내도 있었다.

칠성은 아내의 얼굴을 쓰다듬으며 돌아보지도 않고 인사를 건넸다.

"형님 왔소."

"칠성아, 그놈들, 그놈들 지금 어디 있냐?"

민철의 질문에 대답도 하지 않고 칠성은 아내의 얼굴만 계속 어루만지고 있었다.

"칠성아, 이놈아!"

그제야 칠성은 민철을 돌아보았다. 피투성이가 된 민철을 보고도 칠성은 놀라지 않았다. 그는 평온한 목소리로 나직하게 말했다.

"형님, 무사하셨구랴."

"언릉 말해라 이놈아! 그놈들 어디 있냐고!"

칠성은 몸을 옆으로 돌려 민철에게 아내의 얼굴을 보여주었다.

"형님, 이 얼굴 한 번 보쇼."

그의 말대로 민철은 칠성의 아내 얼굴을 바라보았다. 엷은 미소를 띤 채 누워 있는 모습이 참으로 평온하게 보였다.

"이상하게 아침부터 기침을 자지러지게 하더니, 이렇게 갔소."

칠성의 말에 민철은 약간 충격을 받은 듯 입을 다물었다. 칠성은 여전히 아내의 얼굴을 바라보며 말을 이었다.

"이 얼굴을 보소. 참 평화롭지 않소? 내 생전 이런 얼굴은 처음 보오."

민철은 안타까운 듯 울먹이는 목소리로 칠성을 불렀다.

"칠성아, 이놈아……."

칠성은 아내의 머리와 얼굴을 쓰다듬으며 말했다.

"내가 이 사람이랑 살면서 이렇게 평화로운 얼굴은 정말로 첨 보는구만요."

민철은 안타까운 표정으로 말했다.

"칠성아, 다 가짜여. 그놈들 다 사기꾼이란 말여. 정신 차려, 이놈아……."

칠성은 웃는 얼굴로 민철을 바라보며 대답했다.

"형님, 그놈들이 왜 사기꾼이요. 그놈들이 사기꾼이면 지금

이 사람 얼굴은 뭐요. 사기꾼이 어떻게 이 사람 얼굴을 이렇게 편안하게 할 수 있다는 거요. 지금 천국에 가서 하나님 품에 편히 있을 거구먼요."

"이 답답한 친구야, 하나님이 다 뭐여. 그놈들 그냥 돈 받아 낼라고 거짓말한 가짜란 말이여!"

"거짓말은 형님이 하고 계시요. 이 얼굴을 한번 보고 말해 보소. 이게 가짜라고요? 허허, 그럼 지금 이 사람은 어디로 갔 다는 거요?"

칠성은 아내의 얼굴을 바라보며 힘없이 웃었다.

"형님, 가짜 아니요. 그럴 리가 없소. 그러면 안 되는 거요."

"이놈아, 그놈들 어디 있어. 그놈들 지금 어디 있냐고!"

"지금 이 사람은 제일 행복해 하고 있을 거요."

칠성은 그 어느 때보다 따뜻한 손길로 아내의 양 볼을 쓸어 내리며 말을 이었다.

"이 사람아, 좀만 기다리게. 내 금방 따라갈 테니까……"

"이놈, 칠성아!"

민철의 벽력같은 고함소리에도 칠성은 아내의 머리만 쓰다 듬었다. 칠성은 주머니를 뒤적여 자동차 열쇠를 민철에게 던 져주며 말했다.

"시내에 가면요. 사거리 금은방 옆에 반석교회라고 있을 거요."

"반석교회?"

"예, 거기 가면 진짠지 아닌지 알 수 있을 것이요."

"이놈아, 다 가짜라고. 아직도 그걸 모르고 있는가……."

칠성은 그제야 민철을 돌아보며 말을 이었다.

"형님, 이제 그만하쇼. 그렇게 사는 거 지겹지도 않소. 얼른 가 보쇼. 가보면 알게 될 거요. 그놈들이 가짠지 형님이 가짠지……. 나는 이 사람 표정 보고 이제 확실히 알겠구먼요."

칠성의 말에 민철의 눈시울이 붉어졌다.

허탈한 미소를 지으며 칠성은 말을 이었다.

"진짜든 가짜든 그게 무슨 상관이오. 행복하면 그걸로 된 거 아니오. 고생만 한 이 사람 이렇게 행복하게 떠났으니 난 이제 아무래도 좋소."

민철은 더 이상 칠성을 보지 못하고 그가 던져준 열쇠를 집어 들고 가게 밖으로 나왔다. 하지만 한동안 발걸음이 떨어지지 않았다.

시커먼 가게를 젖은 눈으로 바라보던 민철은 가게 앞 평상 위에 놓여 있던 수건을 집어 배의 상처를 감싸고 가게 옆에 세워둔 칠성의 낡은 트럭으로 발걸음을 옮겼다.

13. 최후의 심판

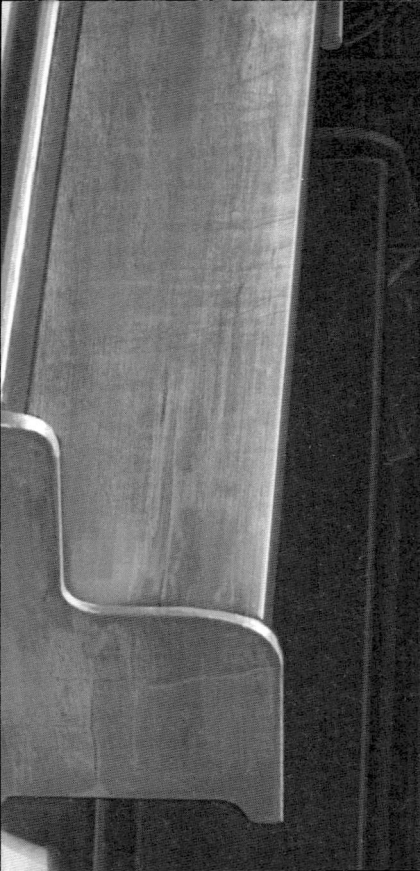

민철은 감기는 눈을 억지로 비벼 뜨며 버텼다. 팔다리가 점점 떨려오는 것이 금방이라도 주저앉을 것 같았지만 다리를 때리며 버텼다.

 점점 흐려지는 그의 상태와는 달리 칠성의 낡은 트럭은 어두운 밤길을 달려갔다.

 논밭을 지나 산길을 따라 돌아가던 트럭의 헤드라이트에 나무에 처박혀 있는 구형 지프의 뒷모습이 보였다. 민철의 눈썹이 꿈틀거렸다. 한눈에 지웅의 차라는 것을 알 수 있었다.

 차 근처엔 어떻게 튀어 나왔는지 아무렇게나 쓰러져 뒹굴고 있는 사내들의 모습이 보였다. 그들은 조금의 움직임도 없이 팔다리가 꺾인 채 처박혀 있었다. 나무에 부딪힌 지프의 앞부분은 완파되어 부서져 있었고 그 위로 앞 유리를 뚫고 나온 지웅의 피 흘린 얼굴이 보였다.

 민철은 창문을 통해 그들을 한번 훑어보고는 속력을 다시 높였다. 지프가 더 이상 보이지 않을 때까지 지웅과 그 무리들은 아무런 움직임도 없었다. 민철은 머리를 좌우로 흔들며 시내로 곧장 차를 몰았다.

얼마 지나지 않아 산길이 끝나갈 무렵 불빛이 하나둘 보이기 시작했다. 지나치게 늦은 시간이라 그런지 시내의 불빛도 띄엄띄엄 켜져 있었다. 민철은 정신을 차리기 위해 창문을 열었다. 산속의 차가운 새벽 공기가 쏟아져 들어와 그의 폐와 머리를 차갑게 식혔다.

민철은 칠성이 알려준 반석교회 근처 공중전화 박스 앞에 차를 세웠다. 새벽 공기가 너무 차가워 식어가는 민철의 봄을 더욱 떨리게 했다. 그는 공중전화 박스 안으로 들어가 수화기를 들고 긴급호출 버튼을 눌렀다.

신호가 떨어지자 112를 누르고 누군가 받을 때까지 기다렸다.

"네, 경찰섭니다."

"지금 사람 죽이러 가는 길이여."

"선생님, 다시 말씀해 주시겠습니까? 뭐 하러 가신다고요?"

"그 사기꾼 새끼들 싹 다 잡아 죽이러 간다고."

잠시 말이 끊겼던 경찰이 대답했다.

"선생님, 장난 전화 하시면 처벌받습니다."

"지금 내 말이 장난으로 들려? 그 사기꾼 새끼들이 하나님 팔아서 우리 마을 사람들 돈 다 등쳐 먹으려고 하는데 그게 장난이여?"

"선생님, 성함이 어떻게 되십니까?"

"김민철이다, 김민철!"

"선생님이 화나신 건 이해합니다. 하지만 술 드시고 이렇게 전화하시면 큰일 나요, 선생님. 계속 이러시면 처벌받으실 수도 있다니까요."

"사기꾼은 그 새끼들인데 내가 왜 처벌받아! 그 새끼들이 사기 치는 걸 내가 알아버리니까 날 죽이려고 했는데 내가 왜 처벌을 받냐고!"

"법이 바뀌어서 이렇게 경찰에 장난전화하면 처벌받으니까 이만 끊으시죠. 선생님 같은 분들 때문에 진짜 급한 사람들이 도움을 못 받을 수도 있잖아요. 네?"

"에라이 이 개새끼들아! 그 쌍놈의 새끼들 때문에 내 마누라나 딸년이나 정신이 나가버렸는데도 장난이라는 거여?"

"김민철 씨, 진짜 처벌받고 싶어서 작정했어요?"

"좋아, 새끼들아! 너희 새끼들이 내 말을 믿든 안 믿든 난 그 새끼 잡아서 죽일 테니까, 그 다음은 너거들이 알아서 혀! 이 개놈의 새끼들아! 내가 그렇게나 말을 해도 믿지를 못하니 하는 수가 없지! 시체가 굴러다니는 꼴 보고도 이따위로 나오나 보자고, 이 개새끼들아!"

민철은 수화기를 내려놓다가 성질이 나는지 몇 번을 내리쳤다. 수화기 목이 부러지고 나서야 휙 내던지고는 전화박스 밖으로 나왔다.

민철은 담배를 하나 꺼내 물고 맞은편 골목에 서 있는 건물을 바라보며 연기를 길게 내뿜었다. 그는 몇 모금을 더 빨고는 주머니에 손을 꽂은 채 툭 뱉어버리고 길을 건넜다.

가까이서 본 건물은 멀리서 볼 때보다 더 낡고 더러웠다.

지하에는 단란주점이, 2층엔 미용실이 있는 건물은 군데군데 페인트칠이 벗겨져, 안 그래도 우중충한 모습을 더욱 우중충하게 만들었다.

미용실 위 3층 유리창에 「반석교회」라는 글씨가 싸구려 접착 비닐로 붙어 있었지만 여기저기 떨어져 나가서 제대로 알아보기도 어려울 지경이었다. 건물 꼭대기에 네온사인을 두르고 서 있는 십자가만이 교회라는 것을 알아보게 해주었다.

교회 유리창 한쪽에 길게 붙어 있는 LED 간판에 「당신은 사랑받기 위해 태어난 사람입니다.」라는 글귀가 깜빡이며 빠르게 지나가는 것이 보였다.

민철은 시커먼 동굴처럼 입을 벌리고 있는 건물 현관 안으로 들어섰다.

계단을 오르는 자신의 발소리가 크다고 생각한 민철은 조금 더 조심스럽게 발을 내딛었다. 3층에 다다른 민철은 천천히 문을 열고 안으로 들어갔다. 예배당이라고 쓰인 곳을 열어 본 민철은 콧방귀를 뀌었다.

반석교회라고 쓰인 창문 안쪽엔 작은 의자 하나 없이 텅 비어 있었다. 치우다 만 쓰레기가 자루째 맨 뒤에서 뒹굴고 있었고 홍보 전단지 몇 장이 바닥에 굴러다녔다.

민철은 전단지를 한 장 집어 들었다. 언젠가 마을에서 본 적 있는 「반석 꽃동산」을 알리는 전단지였다.

　민철은 예배당과 연결되어 있는 사무실 문을 향해 발걸음을 옮겼다.

　그 앞에 서서 숨을 한 번 크게 들이키고는 낫을 손에 단단히 쥐고 아주 천천히 문을 열었다. 그의 기대와는 달리 사무실도 사람이 없기는 마찬가지였다. 다만 예배당과는 달리 어렴풋이 가구 몇 가지가 놓여 있는 것이 보여 그나마 덜 황량하게 느껴졌다.

　민철은 창밖에서 흘러들어 온 희미한 불빛에 의지해 사무실 안을 천천히 둘러보았다. 싸구려 책상 뒤 벽면엔 마을 지도가 붙어 있었고 그 옆엔 「반석 꽃동산」 포스터가 자리 잡고 있었다.

　책상 앞엔 접대용 소파와 테이블이 세로로 놓여 있었다. 소파로 시선을 돌리던 민철은 깜짝 놀라 낫을 치켜들었다.

　등을 돌리고 앉아 있는 사람의 모습에 민철은 바짝 긴장했다. 민철은 당장이라도 휘두를 수 있게 낫을 치켜들고 조심스럽게 다가갔다.

　"이 사기꾼 새끼! 여기 처박혀서 뭐하고 있냐. 내 죽이러 올 줄 알고 목 닦고 기다렸냐!"

　하지만 날선 민철의 고함소리에도 조금의 미동도 없었다. 민철은 앉아 있는 사람과 거리를 두고 그의 얼굴을 확인하기 위해 반대편으로 이동했다.

"이 개놈의 새끼……."

예상대로 최 장로가 반듯한 자세로 앉아 있었다. 하지만 놈은 낫을 들고 있는 민철을 보고도 놀라는 기색이 전혀 보이지 않았다. 이상하게 생각한 민철은 그를 자세히 보기 위해 좀 더 가까이 다가갔다.

"헉!"

소파에 앉아 있는 것은 최 장로가 분명했지만 그는 이미 산 사람이 아니었다. 혼이 빠져 나간 지 오래된 것 같은 흐리멍덩한 눈을 한 최 장로가 무표정한 얼굴로 무심하게 앉아 있었다.

최 장로의 가슴에서 흘러나온 피는 그의 셔츠와 바지를 적신 채 소파까지 적시고 있었다. 피는 소파뿐 만이 아니라 바닥에까지 묻어 있었지만 그것은 흐린 것이 아니라 끌린 듯한 자국이었다.

그때 어디선가 들어본 익숙한 목소리가 들렸다.

"어르신."

민철은 깜짝 놀라 낫을 치켜들고 소리가 나는 쪽을 바라보았다.

성 목사가 깔끔한 차림으로 귀신처럼 서 있었다.

"오셨습니까? 이리 오실 줄 알았습니다."

민철은 최 장로의 시체를 턱으로 가리키며 물었다.

"이거 어떻게 된 거야?"

"아, 그 짐승 같은 놈은 상대할 가치도 없습니다."

성 목사는 시체를 눈앞에 두고도 담담하게 말을 이었다.

"뭐?"

"선량한 우리 형제자매의 피를 빨아먹는 놈은 살아 있을 이유가 없습니다."

"……."

민철은 상황 파악이 되지 않아 엉거주춤 서 있을 수밖에 없었다.

성 목사는 민철이 들고 있는 낫을 힐끗 보며 말을 이었다.

"어르신이 노여워하시는 건 당연합니다. 저 또한 화가 났고 분노했습니다. 저런 더러운 짐승이 있는 한 하나님에 대한 불신도 계속 생기겠지요. 하지만 이젠 괜찮습니다. 노여움 푸세요, 어르신. 저 놈은 하나님의 사랑을 이용해 자기 돈 챙기는 것밖에 몰랐습니다. 죽어도 마땅한 놈이지요."

민철은 갑자기 밀려오는 두통에 머리를 잡으며 말했다.

"넌 도대체 정체가 뭐야? 목사여 사기꾼이여? 대체 뭐여?"

성 목사는 양팔을 벌려 보이며 말했다.

"전 하나님의 자식일 뿐입니다. 우리 인간은 원래 모두 하나님의 자식이에요. 하지만 저런 놈도 있지요. 저 놈은 사탄이 쓰인 놈이지요. 하나님의 뜻을 거스르기 위해 사탄의 꾐에 넘어간 불쌍한 놈입니다. 저런 가치 없는 놈 때문에 어르신의 손을 더럽힐 필요는 없습니다. 저런 놈들은 결국 하나님의 심판을 받게 되니까요."

민철은 갑자기 밀려오는 두통과 함께 성 목사의 뜻 모를 말에 머리가 복잡해졌다. 같은 편인 줄 알았던 놈들이 자기들끼리 물어 죽인 것이다.

머리를 감싸 쥐는 민철을 향해 성 목사가 말을 이었다.

"어르신, 어르신이 어떻게 이 세상을 살아온 줄 압니다. 어르신한테 세상은 힘들고 이겨내야만 하고 쓰러뜨려야만 하는…… 그래야만 살 수 있는 세상이 있을 겁니다. 안 그렇습니까?"

민철은 성 목사를 노려보며 이빨을 드러내 보였다.

"니가 뭘 알아! 니가 뭘 아냐고, 새끼야!"

"전 다 이해합니다. 그리고 저만 이해하는 게 아니에요. 이미 하나님도 다 이해하고 계십니다. 그 낫 내려놓으세요. 이제 어르신은 저를 의지하고 믿으면서 행복하게 사시면 되는 겁니다. 영선 자매가 원하는 것도 바로 그것입니다."

머리를 움켜쥐던 민철이 영선이란 말에 놀라 고개를 쳐들었다.

"뭐? 영선이?"

"네, 처음 영선 자매가 우리 교회에 왔을 때 저한테 편지를 한통 썼어요. 아마 어르신은 모르셨을 겁니다."

성 목사는 주머니에서 편지를 꺼내 읽기 시작했다.

"목사님 안녕하세요. 전 김영선이라고 합니다. 오늘 하나님을 만나고 저는 너무나 큰 희망을 품을 수 있었습니다. 저에겐 인생이 너무나 힘들고 고달픈 것이었거든요. 그런데 그런 힘든 인생이 오늘과 같은 감동을 느끼기 위해 그동안 하나님이 예비하신 것임을 알게 되었어요. 목사님 부탁을 드리고 싶어요. 저에게 그런 희망을 보여주셨듯이 저희 아빠에게도 그 희망을 보여주실 순 없을까요?"

편지를 읽어주는 성 목사의 목소리에 민철의 얼굴에 감정이 떠오르기 시작했다.

성 목사는 그런 민철의 얼굴을 힐끗 보며 마저 편지를 읽었다.

"우리 아빠는 저보다 더욱 힘든 인생을 살아오신 분입니다. 그리고 저와는 달리 어디 기댈 데도 없는 분이에요. 언젠가부터 저는 아빠는 왜 나에게 다른 아빠들처럼 많은 것을 해주지 못할까 원망도 참 많이 했어요. 하지만 오늘 기도를 통해 하나님이 응답해 주셨어요. 아빠가 나에게 생명을 주시고 내가 이렇게 하나님을 만날 수 있게 사람으로썬 이해하지 못할 상황을 만들어 주신 것도 아빠라는 걸요. 정말 이제는 아빠에게 힘을 주고 싶어요. 제가 하나님을 통해 희망을 봤듯이 우리 아빠도 그 희망을 봤으면 좋겠어요."

민철은 어찌할 바를 모르며 우는 듯한 신음소리를 냈다. 성 목사는 성경을 읽듯 편지의 끝자락을 마지막으로 읽어 내려갔다.

"모든 사람들이 아빠를 나쁜 사람이라고 하더라도 이 세상에 아빠를 사랑하는 사람은 분명히 둘은 있어요. 하나님과 바로 저에요."

민철은 아예 그 자리에 주저앉아 울기 시작했다. 성 목사는 민철을 향해 더욱 힘이 실린 목소리로 편지를 읽었다.

"목사님, 저희 아빠에게 희망을 주세요. 우리 가족 모두가 하나님 품으로 갈 때까지 행복하게요."

성 목사는 편지를 다 읽고 다시 주머니에 넣으며 민철에게 다가갔다.

"어르신 일어나세요. 하나님이 어르신을 사랑하듯이 저도 어르신을 사랑합니다. 어르신이 나쁜 게 아닙니다. 어르신을 그렇게 만든 이 세상의 수많은 사탄들 때문이지요."

민철은 고개를 숙인 채 여전히 울었다.

"울고 싶을 땐 실컷 우는 것도 좋습니다. 그건 부끄러운 게 아닙니다. 솔직한 겁니다."

민철은 울먹이는 목소리로 중얼거렸다.

"그런 적이 없어……."

"네?"

민철은 못 알아들은 성 목사를 향해 천천히 고개를 들며 말했다.

"아빠라고 한 적이 없다고, 이 새끼야……."

당황해서 한 걸음 뒤로 물러서는 성 목사와는 반대로, 민철은 천천히 일어나 성 목사에게 다가섰다. 그의 이글거리는 표정과는 달리 목소리만큼은 분노와 슬픔이 뒤섞여 심하게 떨리고 있었다.

"그 년은 태어나서 단 한 번도 나한테 아빠라고 한 적이 없다고!"

"……."

"다 거짓말이여! 처음부터 끝까지 다 거짓말이여! 영선이 년이 날 사랑하지 않는다는 것쯤은 나도 알아! 그 정도는 나도 알고 있다고, 이 거짓말쟁이, 사기꾼 새끼야!"

몰아붙이며 포효하는 민철에게서 뒷걸음질 치던 성 목사는 우뚝 멈춰 서서 민철을 빤히 바라보았다.

그리고는 주머니에 넣었던 편지를 다시 꺼내 펼치며 중얼거렸다.

"이상하네? 어머니한테는 엄마라고 하던데."

그의 태평한 얼굴과 목소리에 민철의 등골이 오싹해졌다. 편지를 바라보던 성 목사는 픽 웃으며 편지를 아무렇게나 던져버렸다. 그는 약간 고개를 기울이고 민철을 바라보며 입을 열었다.

"그래도 애비는 애비네. 그런 걸 눈치 채고."

성 목사의 돌변한 태도에 민철은 할 말을 잃었다. 원래 사기꾼 새끼라는 걸 알고는 있었지만 이렇게까지 안면이 뒤바뀔 줄은 미처 몰랐기 때문이었다.

"너, 넌, 대체……."

성 목사는 싸늘하게 변한 표정으로 대답했다.

"기회를 줬는데 또······. 오늘은 전부 기회를 차버리는 놈들만 있네. 하나님의 뜻만 아니었다면 기회 같은 거, 주지도 않았을 거야. 이미 늦어버렸지만."

다시 시작된 두통에 민철은 머리를 감싸 쥐었다.

"가끔은 모른 척하고 따라와야 하는 때도 있는 거야. 하나님은 모든 죄를 알면서도 그렇게 기회를 주시곤 하지. 언제나 우매한 인간들이 눈치를 못 채는 게 문제지만."

"미친 새끼······. 도대체 무슨 헛소리를 하는 거야?"

성 목사가 표정을 굳히며 대답했다.

"좋게 끝나기는 틀렸다고, 새끼야."

성 목사가 뒤로 물러서는 순간 민철의 뒤에서 누군가 소리를 지르며 달려들었다.

민철은 놀라 낫을 휘두르며 돌아섰다.

머리에서 흘러내린 피로 얼굴을 전체를 뒤집어 쓴 성호가 칼을 치켜들고 달려왔다.

"죽어라, 이 사탄 마귀야!"

민철은 이빨을 꽉 깨물고 성호를 맞았다. 성호가 내지른 칼은 민철이 휘두른 낫과 부딪혀 튕겨졌다. 하지만 성호는 칼을 놓치지 않고 곧바로 민철의 얼굴을 향해 칼을 찔렀다.

민철은 낫으로 성호의 팔을 쳐냈지만 칼을 완전히 피할 수는 없었다. 빗나간 칼은 민철의 어깨에 깊이 박혔다.

민철이 휘두른 낫이 팔뚝에 절반쯤 박혔지만 성호의 거센 공격은 수그러들 줄 몰랐다. 민철은 이를 악물고 이마로 성호의 얼굴을 들이받았고 성호는 아직 놓치지 않은 칼을 민철의 가슴을 향해 내질렀다.

다급한 마음에 민철은 맨손으로 칼날을 감싸 쥐고 간신히 버텼다. 칼날이 손을 파고들며 살을 베었고 그 사이로 굵은 핏줄기가 팔뚝을 타고 흘러내렸다.

"이제 그만 죽으라고 사탄아! 이 사탄아!"

성호는 기합을 넣듯 이빨이 다 부러진 입으로 외치며 칼 쥔 손에 힘을 주었다. 그때마다 민철은 고통으로 얼굴을 일그러뜨리며 간신히 버티었다.

뒤엉켜 싸우는 두 사람을 보며 조바심이 난 성 목사가 미친 듯이 소리를 질렀다.

"기회를 주면 그냥 모른 체 따를 것이지 왜 나서고 지랄이야! 이게 다 쓰레기 같은 너 때문이야! 네가 죽는 건 다 너 때문이라고! 난 분명 기회를 줬는데도 넌 그걸 거절한 거야! 세상이 그렇게 쉬운 줄 알아? 때리고 소리 지르고 들이받으면 세상을 쉽게 살 수 있을 것 같냐고, 이 무식한 새끼야! 그만하고 이제 그냥 죽어버려! 죽어버리라고!"

성 목사는 성호가 힘을 내기를 기도하며 이 지옥 같은 상황이 빨리 끝나기를 바랐다. 이건 성 목사 자신도 원하는 일이 아니었다. 하지만 행복한 세상을 위해서 필요한 필요악과 같은 일이라고 생각했다. 선량한 이들을 괴롭히는 사악한 자들을 몰아내야 비로소 성 목사가 꿈꾸는 세상이 될 수 있는 것이다.

저 악한 이들만 없으면 자신을 따르는 마을 사람들을 위해 교회를 짓고 기도원을 지어 모두가 함께 얼마든지 행복하게 살 수 있을 것이다. 그러기 위해서는 저 쓰레기들은 꼭 죽어줘야 했다. 자신이 꿈꾸는 세상에 거스르지 않는 선량한 사람들만 남아야 했다.

하지만 저 지겨운 악마는 계속 버티고 있었다. 살이 찢어지고 베여 피가 철철 흘러도 놈은 지치지도 쓰러지지도 않았다.

인상을 쓰고 성호와 격투를 벌이고 있는 민철의 머리에서 뿔이 자라나는 것이 보였다. 그의 엉덩이에 뾰족한 꼬리가 생겼고 그의 발은 소의 발굽처럼 뭉뚝하게 변했다.

죽은 지선의 아버지도 그랬다. 사탄, 마귀 그 자체였다.

그 사탄은 천장에 닿을 듯이 자란 뿔을 휘두르며 긴 손톱으로 성호를 죽이려고 했다. 날카롭게 위아래로 솟은 송곳니는 침을 뿌려대며 뭐든지 씹어 삼킬 듯이 달그락거렸다.

성 목사는 두 주먹을 꼭 쥔 채로 소리쳤다.

"넌 사탄이야! 네 주변 사람들 모두를 괴롭히는 사탄이라고! 저 최 장로 같이, 돈밖에 모르는 유다 새끼랑 악마 같은 너만 없으면 모두가 행복해 질 수 있다고. 모두 행복하게 살 수 있다고 이 새끼야! 그러니까 이제 좀 죽어줘! 모두를 위해서라도 죽으라고!"

성 목사의 고함소리에 성호는 소리를 지르며 민철을 밀어 쓰러뜨렸다. 쓰러진 민철 위에 올라탄 성호는 반쯤 뒤집힌 눈으로 침을 질질 흘리며 민철의 목을 졸랐다.

성호는 목을 조르면서 주문처럼 할머니를 불렀다.

"할머니, 할머니!"

민철은 숨이 막혀 더 이상 버틸 수가 없었다. 이걸 버텨 내지 못하면 죽는 것이다. 아니, 사기꾼 새끼들에게 지는 것이다.

민철은 이를 악물고 마지막 힘을 다해 성호의 손을 쳐냈다. 중심을 잃은 성호의 가슴을 발로 밀어 차서 벽으로 밀쳤다. 민철은 기회를 놓치지 않고 곧바로 일어나 벽에 부딪힌 성호의 얼굴을 향해 주먹을 내지르기 시작했다.

한 번, 두 번, 세 번……

턱뼈가 부서지고 눈이 하얗게 뒤집힐 때까지 민철의 주먹질은 멈추지 않았다.

주저앉는 성호의 얼굴을 따라 내려가며 민철은 주먹질을 했고, 성호의 팔이 축 늘어지고 나서야 주먹질을 멈췄다.

민철은 성호를 내려다보며 주먹을 쥐고 활처럼 뒤로 당겼다. 그가 성호를 향해 마지막 일격을 가하려는 순간 등 뒤로 형언할 수 없는 고통이 밀려왔다.

민철은 천천히 뒤를 돌아보았다.

칼을 든 채 울먹이고 있는 성 목사의 얼굴이 보였다. 민철은 칼을 찌른 성 목사의 손을 움켜잡았다. 성 목사는 우는 소리로 외쳤다.

"제발, 죽어! 이 사탄, 악마 같은 새끼야, 제발 죽어 달라고!"

성 목사가 칼을 뽑으려 했지만 민철은 뽑지 못하게 단단히 그의 손목을 움켜잡고 있었다. 그런 민철의 모습에 질린 성 목사는 애원하듯 말했다.

"이 악마야, 제발, 죽으라고, 제발……."

민철은 악문 이빨 사이로 성 목사를 향해 말을 뱉었다.

"넌, 괴물이야."

그의 말이 성 목사의 귀에 박혀 들어왔다. 성 목사는 창문에 비친 자신의 모습을 보았다. 균일하지 못한 유리창에 비친 자신의 얼굴이 괴물처럼 일그러져 보였다.

성 목사의 얼굴이 험악하게 변했다.

"너, 이 새끼!"

성 목사는 민철의 손을 쳐내고 칼을 뽑았다.

"으윽!"

고통으로 주저앉은 민철을 향해 성 목사는 칼을 치켜들었다.

"죽어 새끼야!"

칼을 내리꽂으려는 순간 성 목사의 얼굴에 갑자기 손전등 빛이 비쳐졌다.

"꼼, 꼼짝 마! 움직이면 쏜다!"

성 목사는 눈을 찡그리며 빛이 들어오는 쪽을 돌아보았다. 경찰 몇 명이 잔뜩 긴장한 얼굴로 사무실 밖에서 그를 향해 총을 겨누고 있었다.

성 목사는 안타까운 표정으로 민철을 바라보았다. 민철은 고통스러운 가운데서도 입술을 비틀어 웃고 있었다.

"내가 맞았어, 내가 이겼다고."

민철이 뭐라고 중얼거리든 성 목사는 여전히 안타까운 얼굴이었다.

"너만 죽었다면, 너만 죽었다면……."

여전히 칼을 들고 있는 성 목사를 향해 경찰이 윽박지르듯 소리를 질렀다.

"칼 내려놔! 천천히!"

성 목사는 힘없이 칼을 떨어뜨리고 그 자리에 섰다.

경찰 한 명이 조심스럽게 성 목사에게 다가가 떨어뜨린 칼을 발로 차내고 그를 바닥에 넘어뜨리고는 손을 뒤로 돌려 수갑을 채웠다.

"너를 현행범으로 체포한다. 묵비권을 행사할 권리가 있고……."

또 다른 경찰은 무전을 하며 민철에게 다가와 상태를 살폈다.

"아저씨, 괜찮으세요?"

민철은 대충 고개를 끄덕이며 힘없이 벽에 기대앉아 수갑을 차고 있는 성 목사를 바라보았다.

"넌 끝났어, 새끼야. 끝장났다고······."

경찰은 쓰러져 있는 성호와 소파에 앉아 있는 시체를 발견하고는 깜짝 놀란 목소리로 무전을 했다.

그 와중에도 민철과 성 목사는 각자의 목소리로 끊임없이 무언가를 중얼거렸다.

* * *

경찰차와 구급차의 요란한 경광이 건물 전체를 정신없이 비추었다.

최 장로의 시체가 들것에 실려 구급차에 실리고, 이어서 엉망이 된 성호가 수갑을 찬 채 들것에 실려 나왔다. 성호는 피를 흘리면서도 다 깨진 입으로 빙긋 웃으며 말했다.

"내가 사탄을 죽였다. 이제 나 천국 간다. 할머니, 엄마랑 같이 산다. 내가 사탄을······."

그 뒤로 두 명의 정복 경찰에 의해 수갑을 차고 나오는 성 목사는, 끌려가면서도 눈을 감고 중얼거리듯 기도를 쉴 새 없이 올렸다.

"어이, 이제 그만 조용히 좀 하지?"

경찰의 핀잔에도 성 목사의 기도는 멈추지 않았다.

구급대원과 경찰의 부축을 받아 내려오던 민철은 잠깐 멈춰 서서 경찰차를 타는 성 목사를 지켜보았다. 성 목사는 경찰차에 타서도 고개를 숙인 채 끊임없이 입술을 달싹이고 있었다.
　민철을 부축하던 구급대원이 말했다.
　"그냥 들것에 타시죠. 네?"
　하지만 민철은 말없이 다시 걷기 시작했다. 응급조치를 받은 붕대도 어느새 피가 배어나와 붉게 물들어 있었다.
　대원은 고집을 부리는 민철을 보며 고개를 가로젓고는 그를 구급차에 실었다.
　"출발!"
　민철이 타기를 기다려 문을 닫은 경찰이 구급차 뒷문을 탕탕 치자 구급차는 병원을 향해 달려가기 시작했다.

* * *

　아침이 시작된 시골 마을은 여느 때처럼 안개로 뒤덮여 있었다.
　안개 사이로 모습을 드러낸 경찰차는 마을 입구에 도착해서 멈춰 섰다.
　"정말 괜찮으시겠어요? 댁까지 모셔다 드린다니까요."
　김 경장이 차에서 내리는 민철에게 창문 너머로 물었지만 민철은 대답도 하지 않고 차문을 닫았다. 이미 저만치 걸어가는 민철의 뒤에 대고 김 경장이 큰 소리로 말했다.

"어르신, 그동안 죄송했습니다! 내일 경찰서 나가야 하니까 집에 꼭 계시고요! 예?"

여전히 무뚝뚝하게 걸어가는 그의 모습을 보며 김 경장은 고개를 가로저으며 차 방향을 돌렸다.

민철은 마을 초입에 있는 작은 다리를 건너 논두렁길을 따라 걸었다. 며칠 전 이곳에 올 때와 똑같이 안개가 자욱하게 끼어 앞이 제대로 보이지 않았지만 민철은 익숙하게 걸었다.

가끔 찾아오는 고향이긴 했지만 어릴 때 배운 자전거 타는 법은 평생 잊히지 않는 것처럼 이 길이라면 눈을 감고도 돌아다닐 수 있었다.

해가 뜨면서 안개는 급속히 사라졌고 어느새 멀리 보이는 산 정상까지 희미하게나마 보이게 되었다. 민철은 주머니에 손을 꽂은 채 그 자리에 서서 한눈에 보이는 마을의 전경을 물끄러미 바라보았다.

곧 물에 잠길 마을의 모습을 한 바퀴를 돌며 아주 천천히 바라보았다. 논두렁길에 있는 양수기 보관함도, 길을 가로지르는 새마을 천으로 만들어진 양수관도 모두 마을 풍경과 어울린 모습이었다.

민철은 다시 발걸음을 옮겨 마을로 들어섰다.

두꺼운 석고붕대를 감은 팔은 긴 고리모양의 끈으로 목에 걸려 있었고, 다리와 발목은 붕대를 감아 제대로 굽혀지지도 않았다. 여기저기 베이고 멍든 얼굴은 핏자국 대신 붕대와 반

창고가 자리하고 있었다.

　민철은 머리를 동여맨 붕대가 답답한지 벗어버리려다 생각을 고쳐먹고 그대로 두었다. 배에는 붕대를 두껍게 감았지만 피가 스며 나와 얼룩이 져 있었다.

　마을 입구에 들어서자 하나둘 아침 일을 하러 나가는 사람들의 모습이 보였다. 그들은 걷던 걸음을 멈추고 만신창이가 되어 터벅터벅 걸어오는 민철을 바라보았다. 하지만 그 누구도 가까이 다가서거나 말을 걸지는 않았다.

　칠성의 가게 앞 평상에 앉아 이야기를 나누던 마을 남자들도 민철에게 모두 입을 다물었다. 민철은 가던 길을 멈추고 말없이 칠성을 돌아보았고 칠성 또한 마주 보았으나 아무 말도 하지 않는 건 마찬가지였다. 민철은 주머니를 뒤적거려 차 열쇠를 꺼내 칠성에게 던져 주며 말했다.

　"경찰서에 있다."

　칠성은 차 열쇠를 받아들었지만 한 번 쓱 보는 걸로 대답을 대신했다.

　민철은 다시 집을 향해 걷기 시작했다. 논밭 너머로 보이는 교회 자리는 완전히 전소된 잔해만 남아 을씨년스럽게 하얀 연기만 희미하게 피우고 있었다. 사람들은 그런 사실을 아는지 모르는지 그 누구도 그일 때문에 수선을 떨거나 하지 않았다.

　집에 가는 길에서도 마을 사람들과 마주쳤지만 멍하니 바라보는 사람들과 달리 민철은 눈길 한 번 주지 않고 지나쳐갔다.

지난밤 그 많은 일을 겪었지만 집은 예전 모양 그대로 자리하고 있었다.

집 마당으로 들어서는 민철의 눈에 들어온 것은 창고 앞에 주저앉아 있는 아내였다. 밤새도록 그러고 있었는지 죽은 듯 엎드려 있던 그녀는, 울고 있는 듯 간혹 어깨가 떨리는 것 말고는 움직임이 없었다.

민철은 아무 말도 없이 그녀 앞을 지나 창고로 향했다. 주머니에서 열쇠를 꺼내 잠갔던 자물쇠를 열고 문을 당겼지만 잘 열리지 않았다. 민철은 한쪽 손만으로 더 힘을 주어 잡아당겼다.

문이 무겁게 열렸다. 먼저 눈에 띈 것은 안쪽 문고리에 팽팽하게 걸려 있는 노끈이었다. 그리고 노끈의 반대 끝엔 영선이 있었다. 그녀의 목에는 정성스럽게 묶은 노끈이 걸려 있었고 문에 머리를 기대고 길게 누워 있었다. 문을 잡아당기자 영선의 힘없는 몸이 함께 딸려 나와 창고 문턱에 걸쳐졌다.

민철은 그 모습을 멍한 얼굴로 쳐다보았다.

칠성의 아내와는 달리 차갑기만 한 딸의 얼굴에는 아무런 감정도 실려 있지 않았고 보랏빛으로 변한 입술 사이엔 혀가 살짝 걸려 있었다. 아내는 이미 알고 있었던 것처럼 민철을 경멸의 눈으로 노려보다 땅바닥을 내리치며 통곡하기 시작했다.

"아이고, 영선아! 아이고! 아이고!"

죽어 있는 영선을 보며 민철이 중얼거렸다.

"내가 맞았어, 내가 맞았다고……."

아내의 통곡소리에 묻혀 잘 들리지 않았지만 민철의 목소리는 가늘게 떨리고 있었다.

"내 말이 맞았다고……."

가늘게 떨리던 그의 목소리는 어느덧 울먹이는 소리로 변했다.

"내가 맞았다고! 그놈은 가짜여! 가짜라고! 전부 가짜라고!"

발악하듯 소리를 지르던 민철은 그 자리에 힘없이 무너져 내렸다.

"내가 그랬잖여……. 다 가짜라고 그랬잖여……."

창고에 반쯤 걸려 죽어 있는 영선과 그 앞에서 통곡하는 아내. 그리고 그들 사이에 멍하니 앉아 있는 민철…….

참으로 오랜만에 온 가족이 한자리에 모였어도 그들의 모습엔 변함이 없었다.

영원히 그럴 것처럼.

에필로그

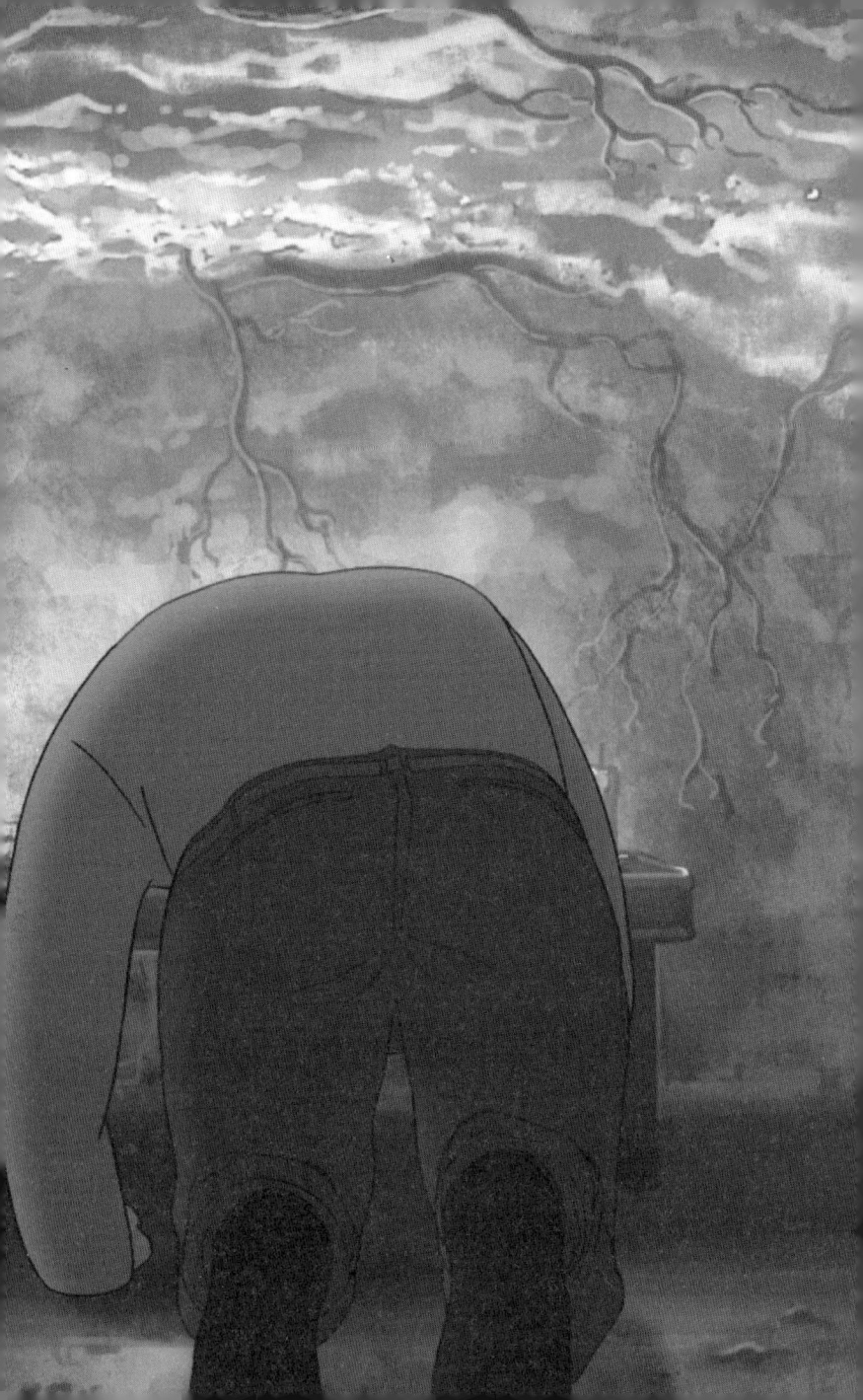

마을 초입 작은 다리 앞엔 쇠기둥에 철판을 붙여 만든「수몰 예정지역」경고판이 세워져 있었다. 그 뒤로 논두렁 옆에 있던 양수기 보관함은 텅 비어 있었고 양수관도 철거된 지 오래였다.

마을 입구에는 잡초가 무성히 자라 있었고 그 잡초는 논밭까지 퍼져 길과 따로 구분이 되지 않을 정도였다. 길가에 늘어서 있는 집은 모두 텅 비어 마당과 지붕에도 잡초들이 들어서 있었다. 부서져 떨어져 나온 문은 마당까지 삐져나와 있었다.

텅 빈 것은 칠성의 가게도 마찬가지였다. 평상엔 먼지만 수북이 쌓여 있었고 가게 안 진열대에는 과자 대신 거미줄이 둘러져 있었다.

마을 곳곳엔 물이 차오르는 위치를 표시한 깃발들이 여기저기 꽂혀 바람에 나부꼈고 담벼락에는 알 수 없는 기호가 락커로 표시되어 있었다.

민철의 집도 황량하긴 마찬가지였다. 다른 집과 마찬가지로 이 집 담벼락에도 기호가 표시되어 있었고 그 옆엔 뭔가를 알리는 문서가 떨어질 듯 말 듯 위태로운 모양새로 붙어 있었다.

집 주변에서 자라던 잡초가 마당 안쪽까지 퍼져 들어온 것은 다른 집이나 매한가지였지만, 부엌에서 밥을 차리고 있는 아내의 모습만이 유일하게 달랐다.

민철의 아내는 아무 일도 없는 것처럼 부엌에서 밥상을 차리고 있었다. 밥상에 조촐한 찬과 밥을 대충 내려놓은 후, 큰 그릇 하나를 꺼내 밥상 위에 올렸다. 그 그릇에 찬밥과 김치를 대충 넣고는 밥상을 통째로 들고 안방으로 들어갔다.

잠시 후 문을 열고 나온 그녀는 찬밥과 김치만 넣었던 그릇을 들고 예전의 영선의 방으로 향했다. 그녀는 익숙한 듯 문을 조금 열고 들고 온 그릇을 안으로 밀어 넣었다. 조금 기다리고 있자 안쪽에서 손만 쑥 나와 그릇을 챙겨들고 다시 어둠 속으로 사라졌다.

밥을 꾸역꾸역 먹는 소리를 확인한 아내는 고개를 가로저으며 다시 안방으로 돌아갔다.

영선의 방에서 이불을 뒤집어 쓴 채 맨손으로 밥을 집어 먹고 있던 그는 머리가 하얗게 새어 버린 민철이었다.

민철은 늙고 지쳐 보이는 얼굴로 허공을 응시하다가 다시 밥을 집어 먹기를 반복했다. 중풍인지 아니면 뇌졸중인지, 그의 육체를 유지하던 무언가가 한순간에 빠져나간 것처럼 보였다. 그는 상처만 남아 예민해진 늙은 짐승처럼 불안정해 보였다.

그는 다시 이불을 뒤집어쓴 채 몸을 조금씩 흔들며 알 수 없는 말을 중얼거리다 갑자기 무엇인가 생각난 듯 천천히 일어섰다.

불편한 다리를 간신히 펴고 잘 펴지지 않는 손으로 벽을 짚고 일어선 그는, 방 한쪽 구석에 놓아 둔 지팡이를 들고 밖으로 나섰다.

그는 다른 곳엔 눈길 한 번 주지 않고 마당으로 나서다 잠시 멈춰 창고를 돌아보았다. 손질을 안 한 지 오래된 듯 군데군데 이끼와 거미줄이 덕지덕지 붙어 있었고 녹슨 문고리는 손대지 않은 지 수백 년은 되어 보였다.

민철은 지팡이에 의지해 유령 마을처럼 변한 마을길을 절뚝이는 다리로 비틀거리며 걸었다. 수많은 집들을 지나 산으로 향한 민철은 산 입구에서 위를 한 번 올려다보고는 힘든 걸음을 옮기기 시작했다.

그는 오르다 숨이 차면 멈춰 서서 허리를 펴고 마을을 돌아보았다. 움직이는 것이라고는 나부끼는 깃발 외에는 하나도 없는 마을을 보며 한숨을 길게 내쉬고 다시 오르기를 반복했다.

햇빛도 잘 들지 않는 깊은 산속으로 들어온 민철은 나무뿌리 사이로 뚫린 토굴 앞에서 걸음을 멈췄다. 작은 아이도 들어가기 힘들만큼 조그만 크기였지만 그는 거의 기듯이 하여 토굴 안으로 기어 들어갔다. 움직이기 힘들 만큼 좁디좁은 공간은 민철이 들어서자 그나마 들어오던 빛이 완전히 막혀 깜깜해졌다.

토굴 안에서 풀과 흙냄새 사이로 촛불의 잔향이 느껴졌다.

안쪽 벽 앞에는 몇 개의 초들이 나란히 늘어서 있었다. 대부분은 몸을 다 태우고 바닥에 눌러 붙어 있었고 그나마 멀쩡해 보이는 초는 한 개뿐이었다. 민철은 라이터를 켜고 멀쩡해 보이는 심지에 불을 붙이고 그 앞에 무릎을 꿇고 앉았다.

유일하게 빛을 내는 촛불에 민철의 얼굴이 비쳐 불의 흔들림에 따라 함께 일렁였다. 민철의 얼굴은 심하게 일그러져 있었고 그의 뒤틀린 입술은 저주인지 기도인지 모를 말들을 끊임없이 쏟아냈다.

흉터로 일그러져 감정을 알 수 없는 그의 눈에서 굵은 눈물이 흘러내렸다. 눈물은 주름지고 베인 볼을 타고 내려, 중얼거리는 그의 찌그러진 입술 옆으로 흘러갔다.

-END-

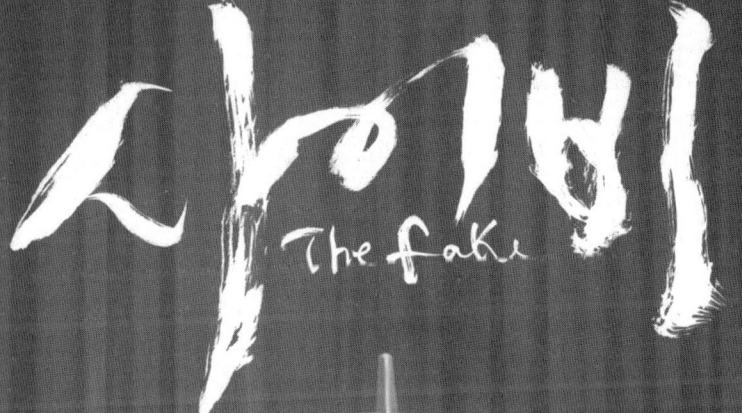

INFORMATION

| **제목** | 사이비
| **각본·감독** | 연상호
| **출연** | 양익준 오정세 권해효 박희본
| **장르** | 애니메이션 스릴러
| **상영시간** | 100분
| **상영등급** | 청소년 관람불가
| **개봉** | 2013년 11월 21일
| **제공·배급** | NEW
| **제작** | 스튜디오 다다쇼

CAST

| **최경석** 役 | 권해효
| **김민철** 役 | 양익준
| **성철우** 役 | 오정세
| **김영선** 役 | 박희본

AWARDS

제46회 시체스국제영화제
애니메이션 최우수작품상 수상

제27회 AFI 영화제 New Auteur 부문(경쟁부문) 초청

제18회 부산국제영화제
한국영화의 오늘 – 파노라마 초청

제38회 토론토영화제 뱅가드 부문 초청

STORY

마을을 구원할 유일한 '믿음'
VS
'믿음'을 의심하는 한 남자

수몰예정지역인 마을에 교회가 새로 생긴다.
기적을 빙자해 사람들의 보상금을 노리는 장로를 돕는 목사와
그들의 정체를 유일하게 알고 있는 주정뱅이 폭군,
그리고 이들을 둘러싼 사람들은 결국 충돌하는데...

당신이 믿는 것은 진짜입니까?

ABOUT MOVIE 1

장르적 경계 넘는 돋보이는 주제 의식과 스릴 넘치는 재미
강렬한 충격, 묵직한 전율!
독보적인 서스펜스를 선사하는 애니메이션 스릴러 탄생

연상호 감독은 학교폭력에 대한 이야기를 다룬 〈돼지의 왕〉을 통해 굵직한 주제의식과 극사실적 접근의 과감한 화법으로 메시지 전달을 위한 애니메이션이라는 장르의 자유로운 활용이라는 독특한 영화적 스타일을 선보이며 한국 애니메이션의 새 지평을 열었다.

〈사이비〉는 수몰예정지역인 마을을 배경으로 기적을 빙자해 사람들을 현혹하는 목사와 그의 정체를 유일하게 알고 있는 술주정뱅이 폭군, 그리고 이들을 둘러싼 사람들의 충돌을 통해 '당신이 믿는 것은 진짜'인지에 대한 질문을 던지는 본격 사회 고발 애니메이션이다. 특히 이 작품이 주목 받고 있는 것은 〈돼지의 왕〉과 마찬가지로 애니메이션에서 쉽사리 다루지 않았던 소재와 주제에 접근하기 위한 강렬한 그림체의 선택, 여기에 스릴러적인 사건의 전개를 통해 장르의 경계를 넘나드는 유연한 변주에 있다.

〈사이비〉라는 제목처럼 영화는 누구나 착한 사람이라고 믿는 목사의 거짓과 누구나 나쁜 사람이라고 생각하는 한 남자의 진실이 만들어내는 극명한 대비의 드라마와 낯선 비판을 통해 종교와 인간 관계 속에 그려지는 선과 악의 경계를 도발적으로 그린다. 거짓을 말하는 선한 자와 진실을 말하는 악한 자를 등장시켜 인간의 양면성을 꼬집고, 기형적으로 변해버린 잘못된 믿음이 가져오는 비극적인 결말을 통해 선한 자와 악한 자를 구분 짓는 것 자체가 무의미해지는 사회의 씁쓸한 단면을 극대화해 보여준다. 특히 이러한 묵직한 주제를 더욱 돋보이게 하는 것은 장로와 목사, 술주정뱅이 세 사람이 몰고 올 예정된 파국을 향해 돌진하는 스릴 넘치는 전개가 애니메이션이라 믿을 수 없는 긴박한 분위기를 연출하고 이에 긴장감 넘치는 서스펜스가 빚어내는 전율을 만들어내는데 있다. 또한 〈사이비〉가 다룬 이러한 주제는 단순히 영화적인 과장이 아니라 실제로 근래 사회 고발 교양 프로그램에서 방영되는 현대 사회에서 일어나고 있는 이슈이다. 지난 10월 19일 SBS [그것이 알고 싶다]에서 방영된 '불꽃 목사의 수상한 축복' 편은 믿음을 이용한 목사의 사기극을 집중 조명했는데 마치 〈사이비〉의 충격적인 소재를 고스란히 담은 듯해 눈길을 끌었다.

신선한 충격을 던지며 한국 영화계에 센세이션을 일으킨 연상호 감독의 차기작 〈사이비〉. 실사 영화를 뛰어넘는 스릴과 서스펜스로 영화적 재미가 돋보이는 애니메이션 스릴러라는 독보적인 장르의 탄생을 예고한다.

ABOUT MOVIE 2

등장부터 센세이션!
전 세계가 주목하는 연상호 감독 연출
시체스국제영화제 애니메이션 최우수 작품상 수상 &
세계 유수 영화제 러브콜

연상호 감독은 〈돼지의 왕〉을 통해 인간의 양면성을 꼬집는 리얼하고 실감나는 스토리와 강한 주제의식이 돋보이는 뚝심 있는 연출을 선보이며 등장과 함께 신선한 충격을 던졌다. 이에 한국 애니메이션 최초로 칸 국제영화제 감독주간 부문에 초청되고 시드니영화제, 에딘버러국제영화제, 뉴욕아시안영화제, 카를로비바리국제영화제, 시체스국제판타스틱영화제 등 세계 36개국에 소개되어 센세이션을 일으켰다. 뿐만 아니라 2011년 부산국제영화제 넷팩상을 비롯한 3관왕을 수상했고, 캐나다 판타지아영화제 베스트데뷔상 특별언급과 베스트 애니메이션 영화상의 영예를 안았다. 또한 미국 사일런트리버영화제 특별상과 스페인 ANIRMAU 애니메이션 영화제 필맥상, 빌바오판타지영화제 각본상을 수상하는 영광을 누렸다.

연상호 감독이 선사하는 올해 가장 뜨거운 문제작 〈사이비〉는 올해 부산국제영화제 '한국영화의 오늘-파노라마' 부문에 초청되어 선보인 후 리얼하고 실감나는 스토리로 수작이라는 평을 얻었다. 또한 제46회 시체스국제영화제 애니메이션 최우수작품상을 수상하는 쾌거를 이루며 세계 영화계의 많은 기대와 주목을 받고 있다. 시체스국제영화제는 매년 10월 스페인 바르셀로나 근교 시체스에서 개최되는 영화제로 SF, 스릴러, 공포, 애니메이션 등 판타스틱 장르에 초점을 맞춘 장르영화제이다. ANIMA'T 부문의 개막작으로 초청된 〈사이비〉는 애니메이션 강국 일본의 히데아키 안노 감독의 〈에반게리온 Q〉, 마사히로 히로다 감독의 〈드래곤볼Z〉 및 영국, 브라질 등의 총 9편의 애니메이션 영화와 경쟁한 끝에 최우수작품상을 수상하는 영예를 안았다. 뿐만 아니라, 제 27회 AFI 영화제의 유일한 경쟁 섹션인 New Auteur 부문에 초청되었다. 특히 초청작 중 〈사이비〉가 유일한 애니메이션이라는 점에서 더욱 눈길을 끈다. AFI 영화제가 미국 최고 권위의 영화연구소에서 주최하는 영화제로 상당한 권위를 인정받고 있는 만큼 이번 〈사이비〉의 AFI 영화제 초청 상영은 영화의 완성도에 대한 신뢰를 더한다.

ABOUT MOVIE 3

양익준, 오정세, 권해효, 박희본! 캐릭터와 혼연일체
실사 연기를 넘나드는 연기파 배우들의 열연

연상호 감독의 전작 〈돼지의 왕〉에서 실감나고 생생한 목소리 연기를 보여줬던 양익준과 오정세, 박희본이 각각 김민철, 성철우, 김영선 역을 맡아 다시 한 번 연상호 감독과 호흡을 맞췄다. 더불어 대한민국 대표 연기파 배우 권해효가 사기꾼 장로 최경석 역을 맡아 실사 연기 그 이상의 열연을 펼쳤다. 내로라하는 연기파 배우들의 동반 출연과 이들이 선보일 연기 대결은 그야말로 최고의 관전 포인트임이 분명하다.

마을에서도 내쳐진 폭군으로 유일하게 장로의 정체를 알고 있는 술주정뱅이 김민철은 폭력적이고 모두가 증오하는 대상의 인물이다. 〈피와 뼈〉의 기타노 다케시 같은 캐릭터를 그리고 싶었던 감독은 거대한 벽처럼 소통이 안 되는 인물에 감정이 풍부한 인물을 더하고 싶어 양익준을 캐스팅하게 되었다. 시나리오 단계에서부터 이야기를 많이 나누어 작품에 대한 이해도가 높았던 그는 한층 더 깊어진 감정연기와 폭발적인 열연으로 관객들을 매혹할 예정이다.

장로의 꼬임에 넘어가 사람들에게 믿음을 전파하는 진실한 목사 성철우는 서글서글한 느낌이 드는 동시에 뭔가 베일에 싸인 듯 선과 악을 알 수 없는 의문의 인물로 〈돼지의 왕〉과 〈사랑은 단백질〉에서 호흡을 맞췄던 오정세가 열연했다. 후반부에 모든 감정을 폭발시키기 위해 초반부에 농밀한 감정의 축적을 보이는 적역의 연기를 펼친다.

마을 사람들의 보상금을 노리는 사기꾼 장로 최경석은 영화 내내 사건을 이끌어가는 중요 인물로 대한민국 대표 연기파 배우 권해효가 맡았다. 선한 듯 인간적이면서도 어딘가 비밀을 감춘 듯한 이중적인 매력 덕분에 캐스팅 된 그는 영화와 드라마 등 실사 연기에서도 드라마에 힘을 더하는 탁월한 연기자답게 녹음 첫 날부터 캐릭터와 혼연일체의 모습을 보이며 〈사이비〉에서 가장 눈에 띄는 활약을 보여줬다.

김민철의 딸이자 맹목적인 믿음의 희생양, 김영선은 적극적으로 자기 인생을 바꾸려고 노력을 하지만 끝내 불우한 삶을 보내는 비극적인 인물로 개성파 배우 박희본의 혼신을 다한 연기가 비극적인 삶을 지낸 김영선의 모습을 완벽하게 재현해내며 씁쓸한 사회 현실의 단면을 보여준다.

특히 이들은 대립 구조를 이끌어 가는 중심 축이 되는 만큼 그들의 연기 흐름과 톤이 중요했다. 그래서 네 주인공의 목소리는 선 녹음을 진행하여 배우들의 습관이나 말하는 호흡, 목소리 연기에 사용되었던 제스처나 움직임 등을 그림체에 반영했고, 그 목소리 톤을 바탕으로 한 만큼 캐릭터와 놀라운 싱크로율을 선보인다.

PRODUCTION NOTE 1

환상의 호흡 자랑하는
실력파 스탭들과 함께한 〈사이비〉 탄생기
최규석 작가와 함께한 시나리오와 독보적인 그림체

〈사이비〉의 시나리오는 〈돼지의 왕〉 제작 전에 완성되었다. '가장 편하고 재미있게 쓸 수 있는 이야기를 만들어보자'는 생각으로 시작된 시나리오 작업은 〈돼지의 왕〉과 마찬가지로 만화가 최규석 작가와 함께 진행되었다. 최규석 작가는 [습지 생태보고서], [공룡 둘리에 대한 슬픈 오마주] 등으로 독보적인 작품세계를 구축한 〈사이비〉만의 독특한 그림체를 만드는 데 가장 큰 공언을 했다. 감독과 이미 수 차례 작업을 같이 하여 캐릭터를 그림으로 구현하는 과정에서 새로운 아이디어가 많이 추가되어 처음 기획했던 상태보다 영화의 결이 한층 풍부해졌다.

사실적인 그림체와 강렬한 비주얼, 거침없는 스토리 전개로 개성 있는 작품 세계를 선보여온 연상호 감독은 어릴 적부터 삽화체 만화와 애니메이션을 좋아하여 자연스럽게 삽화체를 기반으로 한 애니메이션을 기획하게 되었다. 2012년 1월부터 스토리보드를 포함한 프리 프로덕션 작업이 시작되었고, 2012년 7월에 캐릭터와 배경 미술 설정을 포함한 콘티 작업을 마쳤다.

PRODUCTION NOTE 2

캐릭터의 움직임과 표정, 디테일 살린 선 녹음과 연출의도 돋보인 음악 등 생생한 제작과정

배우들과 미팅 후 전작 〈돼지의 왕〉과 마찬가지로 선 녹음이 진행됐다. 선 녹음 방식은 배우와 캐릭터의 입 모양이 일치하여 관객들의 감정이입이 용이할 뿐만 아니라 녹음 과정에서 감독이 미처 생각하지 못한 연기나 디테일을 살릴 수 있기 때문에 더욱 자연스러운 느낌의 목소리가 완성되었다.

연상호 감독은 각 분야에서 활발히 활동을 하고 있는 실력파 스탭들을 구성했다. 연상호 감독은 변기현 미술 감독과 처음으로 손을 잡았다. 〈사이비〉 역시 전작 〈돼지의 왕〉과 마찬가지로 시나리오 자체에 극적인 요소가 많아 그림자를 많이 사용했고 이야기가 좀 더 극적으로 보이게 하기 위해 조명을 설정하며 미술 작업을 했다고 전한다.

〈감시자들〉, 〈도둑들〉, 〈은밀하게 위대하게〉 등의 음악 감독을 담당했던 장영규 음악 감독을 평소 눈 여겨 본 연상호 감독은 드디어 〈사이비〉를 통해 처음 함께 작업하게 되었다. 작품에 대한 명확하고 높은 이해도로 적극적으로 음악을 제시하는 등 최고의 파트너쉽을 발휘해 음악으로 감독의 연출의도가 돋보이는 데 일조하게 되었다.

2012년 9월에 프로덕션 작업을 시작하여 2013년 3월, 작화 작업을 마쳤다. 작화 작업이 끝난 후 편집 작업과 사운드 작업 등 끝없는 수정작업이 진행된 끝에 높은 완성도가 돋보이는 더욱 실감나는 애니메이션으로 탄생하게 되었다.

최경석 役 | **권해효**

CHARACTER & CAST

절대악 최경석

수몰예정지역인 마을사람들을 상대로
144,000명만이 천국에 갈 수 있다는 말로 현혹하고 기적을 빙자해
보상금을 갈취하려는 장로의 탈을 쓴 수배 중인 사기꾼.

목소리 | 권 해 효

묵직한 존재감을 가진 배우, 연기력의 정점을 보여주다

오랜 시간 다양한 장르를 통해 입체적인 캐릭터를 완성해 출연하는 작품마다
묵직한 존재감으로 관객들에게 신뢰를 주는 배우이다.
〈사이비〉에서는 사건의 중심에 선 사기꾼 장로 최경석으로 분해
캐릭터와 혼연일체 되는 명연기를 펼쳤다.
이번 영화를 통해 '권해효'라는 배우의 진가를 다시 한 번 관객들에게 깨닫게 해줄 것이다.

Filmography

영화 〈더 웹툰 : 예고살인〉(2013), 〈용의자X〉〈네버엔딩 스토리〉(2012), 〈다른 나라에서〉(2011)
〈시라노 ; 연애조작단〉(2010), 〈마음이 2〉(2010) 외 다수
드라마 〈결혼의 여신〉(2013), 〈드라마의 제왕〉〈유령〉〈드림하이 2〉(2012)
〈사랑을 믿어요〉〈내게 거짓말을 해봐〉(2011), 〈제중원〉(2010) 외 다수

성철우役 | 오정세

CHARACTER & CAST

거짓을 말하는 선한 자 성 철 우

반석 꽃동산을 설립한다는 최경석의 꼬임으로 마을에 온 목사.
선한 얼굴과 따뜻한 행동으로 마을 사람들의 신임을 얻어 가던 중
모든 것이 거짓이었다는 걸 알게 되지만
최경석의 행동을 어쩔 수 없이 묵인하게 된다.

목소리 | 오 정 세

다양한 캐릭터와 장르를 넘나드는 발군의 연기 내공

〈남자사용설명서〉, 〈히어로〉 등 다양한 장르에서 개성 강한 감초 연기부터
섬세한 감정 연기까지 섬세하게 조율하며 독보적인 캐릭터를 지닌 배우로 주목 받고 있다.
선과 악을 알 수 없고, 감정을 표현하지 않는 성철우의 캐릭터를 맡아
극 초반 차분한 모습부터 분노를 표출하는 클라이맥스까지 극변하는 폭 넓은
감정연기를 통해 관객들에게 섬뜩한 내면 연기를 선보인다.

Filmography

목소리 출연 〈돼지의 왕〉(2011), 〈사랑은 단백질〉(2008)
영화 〈히어로〉(2013), 〈뒷담화 : 감독이 미쳤어요〉 〈런닝맨〉 〈코리아〉 〈남자사용설명서〉
〈시체가 돌아왔다〉(2012), 〈커플즈〉(2011) 외 다수
드라마 〈미래의 선택〉(2013), 〈보고싶다〉(2012), 〈더 뮤지컬〉(2011)
〈민들레 가족〉(2010), 〈타짜〉(2008) 외 다수

김민철 役 | **양익준**

CHARACTER & CAST

진실을 말하는 악한 자 김민철

부인과 딸에게 욕과 폭력을 일삼고 딸의 등록금을 도박으로 탕진하는 등
동네에서도 두 손 두 발 다 들어버린 난봉꾼.
술집에서 우연히 최경석과 시비가 붙어 그가 수배중인 사기꾼이라는 사실을 알게 된다.

목소리 | 양익준

〈돼지의 왕〉에 이은 두 번째 조우, 폭발적인 감정 연기

연출과 주연을 맡은 영화 〈똥파리〉로 큰 주목을 받은 것은 물론
최근 드라마 〈세상 어디에도 없는 착한 남자〉와 영화 〈가족의 나라〉 등
TV와 영화에서 배우, 감독으로 활발한 활동을 하고 있는 그가
〈사이비〉를 통해 연상호 감독과 다시 조우하였다. 전작 〈돼지의 왕〉을 통해 캐릭터에 맞는
절제된 목소리 연기와 표현으로 이목을 집중시키며 호평을 받은 데 이어 이번 작품에서는
폭력적이고 이기적이지만 진실을 이야기 하는 김민철 역할을 맡았다.
시나리오 단계부터 함께하며 작품에 대한 이해도를 높이고
거침없고 풍부한 감정연기를 펼치며 캐릭터의 깊이를 표현하였다.

Filmography

목소리 출연 〈돼지의 왕〉(2011), 〈사랑은 단백질〉(2008)
영화 〈주리〉〈가족의 나라〉(2012), 〈집 나온 남자들〉(2010), 〈연인들〉(2008)
〈내 생애 최악의 남자〉(2007), 〈후회하지 않아〉(2006) 외 다수
드라마 〈세상 어디에도 없는 착한 남자〉(2012)
연출 〈시비타와 나가오〉(2012), 〈애정만세〉 중 〈미성년〉(2011), 〈똥파리〉(2009)
단편 〈Departure〉(2011), 〈아무말도 할수없다〉(2007), 〈그냥 가〉(2006) 외 다수

수상내역

2012 제10회 아시아나국제단편영화제 최우수 국내작품상 | 2011 제3회 일본 영화관대상 2위
2010 제7회 맥스무비 최고의 영화상 최고의 독립영화상 | 2010 제1회 올해의 영화상 발견상
2009 제12회 디렉터스 컷 어워드 올해의 독립영화상 외 다수

김영선 役 | 박희본

CHARACTER & CAST

희생양 김영선

아버지 김민철의 폭행을 참아가다 대학 등록금으로 모은 적금을 뺏긴 후 크게 좌절한다.
이 때 성철우 목사가 건넨 '사랑 받기 위해 태어났다'는 말에 은혜를 얻어
이 모든 것이 하나님이 예비하신 일이라 믿으며 교회를 위해 자신의 모든 것을 바친다.

목소리 | 박희본

틀에 갇히지 않은 연기로 촉망 받는 배우

틀에 갇히지 않은 연기로 단역과 조연, 장르를 가리지 않고
차분히 다양한 작품의 필모그래피를 쌓아가며 팬들에게 많은 사랑을 받고 있다.
이번 작품에서는 밝고 통통 튀는 이미지를 잠시 접어두고
극중 내면의 변화를 겪으며 여러 모습을 가지게 되는 김영선으로 완벽하게 분했다.

Filmography

목소리 출연 〈돼지의 왕〉(2011), 〈사랑은 단백질〉(2008)
영화 〈렛 미 아웃〉〈주리〉〈비정한 도시〉(2012), 〈세상에서 가장 아름다운 이별〉(2011)
〈도약선생〉〈그랑프리〉(2010) 외 다수
드라마 〈주군의 태양〉(2013), 〈패밀리〉〈할 수 있는 자가 구하라〉
〈신의 퀴즈 시즌 3〉(2012) 외 다수

FILM MAKERS

감독.각본 | 연상호

독창적이고 메시지가 담긴 애니메이션으로 자신의 필모그래피를 채워 넣으며,
많은 사람들에게 주목 받았다. 각본과 연출, 제작까지 겸한 첫 번째 장편
애니메이션 〈돼지의 왕〉으로 호평과 함께 흥행 역시 성공시켜
탄탄한 연출력에 대한 신뢰를 얻었다.
신선한 충격을 던지며 한국 영화계에 센세이션을 일으킨 감독의 차기작으로 더욱 주목 받는
〈사이비〉는 장르적 한계를 뛰어넘는 도발적인 주제의식과 연기파 배우들의 열연으로
다시금 잘 짜인 각본 안에 팽팽한 긴장감을 더해 또 하나의 기념비적인 작품 탄생을 예고한다.

연출의도

"누가 선하고 누가 악한가? 선과 악의 경계는 무엇인가?
본질은 선하지만 거짓을 말하는 사람과
본질적으로 악하지만 진실을 말하는 사람이 충돌하며
선과 악으로 인식되는 것을 긴박한 드라마와 스릴러 속에서 보여주고 싶었다"

Filmography
장편애니메이션 〈돼지의 왕〉(2011)
중편애니메이션 〈셀마의 단백질 커피〉 중 〈사랑은 단백질〉(2008), 〈지옥 : 두 개의 삶〉(2003) 외 다수
단편애니메이션 〈창〉(2012), 〈지옥〉(2003), 〈D-DAY〉(2000)
〈D의 과대망상을 치료하는 병원에서 막 치료를 끝낸 환자가 보는 창밖풍경〉(1998)
단편영화 〈생각, 나와 남〉(1997)

수상내역
2013 제46회 시체스국제판타스틱영화제 애니메이션 최우수 작품상 수상 〈사이비〉
2013 제17회 판타지아 영화제 애니메이션 단편상 – 특별언급 수상 〈창〉
2012 제16회 판타지아 영화제 베스트 데뷔상 – 특별언급 수상 〈돼지의 왕〉
2012 제16회 판타지아 영화제 베스트 애니메이션 영화 〈돼지의 왕〉
2012 제16회 부산국제영화제 넷팩상 〈돼지의 왕〉
2008 제4회 인디애니페스트 관객상 〈사랑은 단백질〉

FILM MAKERS

캐릭터 디자인 | 최 규 석

1998년 [솔잎]으로 잡지사 신인만화 공모전에서 금상을 수상하고,
2002년 [콜라맨]으로 동아 LG 국제 만화 페스티발 극화부문에서 대상을 수상했다.
2003년 패러디 단편만화인 [공룡둘리]로 이름을 알리기 시작했고,
[습지 생태보고서], [공룡 둘리에 대한 슬픈 오마주] 등 최규석 작가 특유의 위트와 재치,
개성 넘치는 그림체로 많은 팬층을 거느리며 활발히 활동 중이다.

Biography

[습지 생태보고서](2012), [지금은 없는 이야기], [인생기출문제집 세트](2011)
[울기엔 좀 애매한](2010), [공룡 둘리에 대한 슬픈 오마주](2009), [짜장면](2003) 외 다수

미술 | 변 기 현

상명대학교 만화학과와 만화영상대학원을 졸업하고,
2004년 서울 창작만화 공모 단편부문 대상과 2005년, 2007년엔 오늘의 우리만화상과
대한민국 만화부문 우수상 등을 수상하였다. 만화 속에 현대인의 욕망과 사회의 탐욕을
신랄하게 비판하는 주제의식을 담아 호평을 받았다.

Biography

만화 〈원미동 사람들〉(2012), 〈고양이 제트〉(2007), 〈로또 블루스〉(2005)
일러스트, 글 〈완득이〉(2009) 외 다수

FILM MAKERS

기술 | 연찬흠

연상호 감독의 단편 〈지옥 : 두개의 삶〉부터 애니메이션 작업에 참여하며
배경 미술을 거쳐 〈사랑은 단백질〉에서는 3D CGI, 〈돼지의 왕〉에서는
3D CGI와 더미 애니메이션을 맡아 작업했다.
이번 작품인 〈사이비〉에서도 높은 완성도의 CG를 선보이며 작품의 완성도를 높였다.

Filmography

〈돼지의 왕〉(2011), 〈셀마의 단백질 커피〉 중 〈사랑은 단백질〉(2008), 〈지옥 : 두 개의 삶〉(2003) 외 다수

음악 | 장영규

1997년 〈나쁜 영화〉를 통해 영화음악에 입문한 후
현재 50여 개 작품에서 활발히 활동 중이다.
2004년 〈얼굴없는 미녀〉로 제12회 이천 춘사대상영화제에서 음악상을 수상하고
2005년 〈달콤한 인생〉으로 제38회 시체스국제영화제
오피셜 판타스틱 최우수음악상을 수상했다.

Discography

〈감시자들〉〈은밀하게 위대하게〉〈남쪽으로 튀어라〉(2013), 〈박수건달〉〈도둑들〉〈모피를 입은 비너스〉(2012)
〈나는 공무원이다〉〈모비딕〉(2011) 외 다수

이미지 컷

인물의 여러 각도

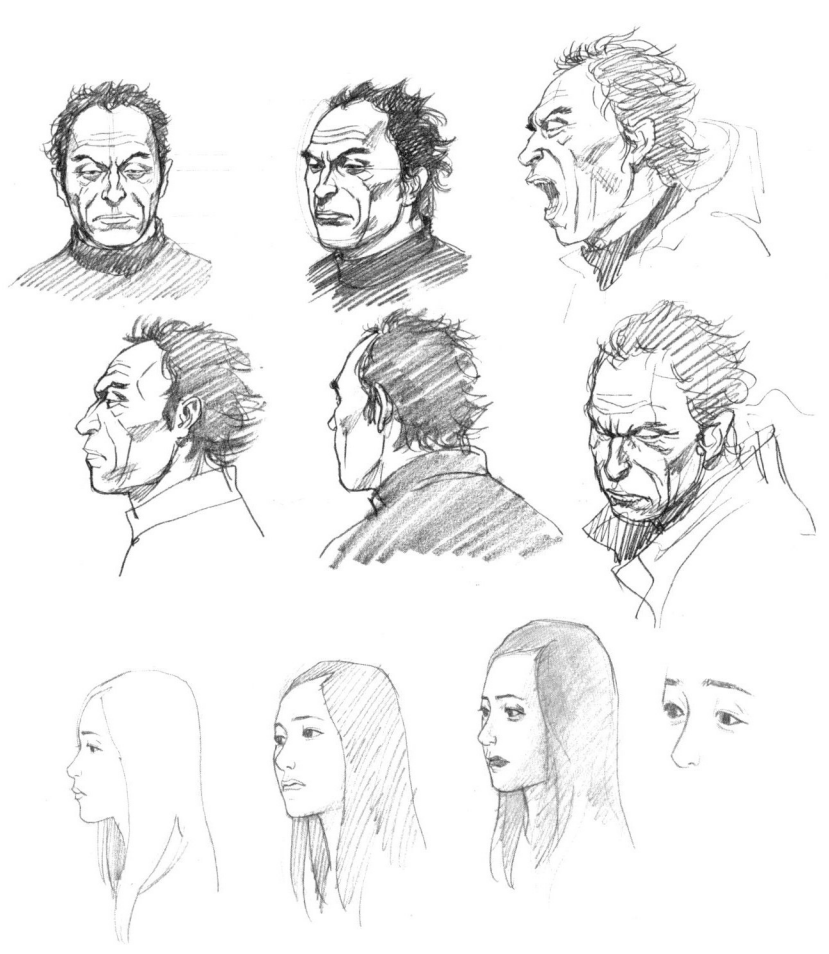

인물의 여러 각도

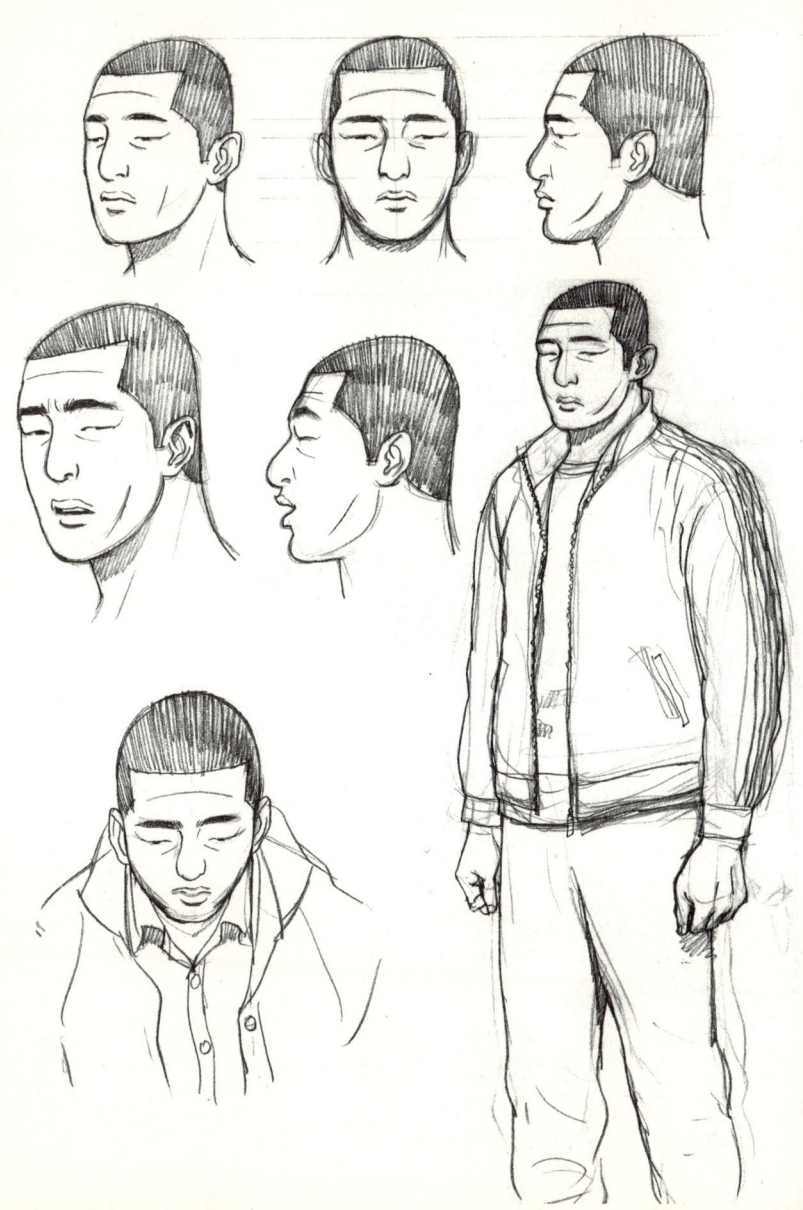

인물의 정면과 반측면

여러 가지 표정 묘사